ИРОНИЧЕСКИЙ
ДЕТЕКТИВ

Марина Васильева

Костюм надувной женщины

Москва

ЭКСМО

2003

ИРОНИЧЕСКИЙ ДЕТЕКТИВ

УДК 882
ББК 84(2Рос-Рус)6-4
В 19

Оформление серии художника *В. Щербакова*

Васильева М. Е.

В 19   Костюм надувной женщины: Повесть. — М.: Изд-во Эксмо, 2003. — 320 с. (Серия «Иронический детектив»).

ISBN 5-699-03918-X

«Молодой женщине-юристу требуется компаньон: пол женский, возраст не старше тридцати, умение обращаться с оружием, вождение автомобиля, владение рукопашным боем»... Вера Грач, бывший капитан регулярной армии, подошла по всем параметрам. Ее начальнице, Марине Азаровой, оказалось всего 25 лет от роду, однако ее знаниям и боевому задору может позавидовать не один заправский сыщик. Лихие девчонки организовали детективное агентство и сразу взялись за расследование: у старушки Поцелуевой украли картину — единственную память о покойном муже. Дело серьезное. Только почему же одной поздней ночью их увидели на крыше дома в нижнем белье, солдатских ботинках и с оружием в руках.

УДК 882
ББК 84(2Рос-Рус)6-4

ISBN 5-699-03918-X

ЗНАКОМСТВО

Было без пяти минут одиннадцать знойного июльского дня в городе Черноборске, что живописно расположился на правом берегу Волги, где-то между Костромой и Самарой. Молодая женщина, очень привлекательная, стройная, но не хрупкая, а скорее спортивного телосложения, и вообще вся такая, словно только что сошла с обложки журнала «Космополитен», твердой уверенной походкой вошла в здание Института повышения квалификации работников общественного питания, поднялась на третий этаж и на мгновение остановилась. Этого мгновения вполне достаточно, чтобы ее представить.

Синеглазую красавицу брюнетку зовут Верой. Фамилия ее Грач. Вера Грач. Капитан ВДВ. Увы, к великому сожалению, капитан в отставке. В отставке по причине... Впрочем, об этом как-нибудь в другой раз.

Перед Верой убегал вдаль коридор, по обеим сторонам которого темнели тяжелые, обитые кожей двери кабинетов. На дверях желтели позолотой ромбики номеров. По одной стороне номера были четные, по другой — соответственно, нечетные. Через секунду Вера уже знала, какая дверь ей нужна, и еще через мгновение уже шла к ней. Перед номером триста шестым она остановилась и решительно взялась за ручку двери.

Дверь открылась неожиданно легко и совершенно бесшумно. Вера сделала шаг вперед и оказалась в просторном шикарном офисе. Закрыла за собой дверь и огляделась. Офис был пуст. В том смысле, что людей в нем не было. Длинный пузатый диван и такие же кресла равнодушно смотрели на посетительницу. Массивный стол возвышался в самом центре комнаты. На нем красовался работающий компьютер, хотя кресло перед ним пустовало. Еще два офисных кресла стояли неподалеку. Два больших окна были полузакрыты жалюзи. Солнце пыталось пробиться сквозь них, но безуспешно. В офисе царил успокаивающий полумрак. С тихим гулом работал кондиционер. Было прохладно.

— Есть здесь кто-нибудь? — спросила Вера. Она ожидала чего угодно, но только не этой безмолвной пустоты. Бывшая десантница почувствовала легкую досаду. Однако это прошло сразу же, как только из-за крайнего кресла справа вдруг выросла фигура и направила на нее пистолет. Щелкнул, перекрывая шум кондиционера, предохранитель.

Это был мужчина. Красивый мужчина.

«Пожалуй, — подумала Вера, — он похож на Ричарда Гира. Только молодой и черноволосый. Нет, скорее он больше похож на Тимоти Далтона. Странно, почему он ничего не говорит? Хотя бы банальное «Руки вверх!», что ли?»

Мужчина сделал шаг по направлению к гостье.

Дальше все случилось очень быстро и само собой. Вера сделала встречный шаг, перехватила его запястье с оружием левой рукой, правой рукой взялась за воротник нападавшего, развернулась и кинула его через бедро. Одновременно завладела оружием, это был пистолет Макарова, и направила его в прижатое к полу лицо лежащего. Тот, как ни странно, оставался спокойным и невозмутимым.

— Что за идиотские шутки? — голосом, срывающимся от ярости, спросила Вера. — Кто вы такой? Почему с оружием? Из какого подразделения? Отвечать!

Мужчина не сопротивлялся, но и не отвечал. Вера церемониться с ним не собиралась и замахнулась для удара. Мало кто продолжает хранить молчание после хорошего тычка «макаровым».

— Он тебе все равно не ответит, — раздался за ее спиной спокойный женский голос. Достаточно приятный голос. В нем не было угрозы или агрессии.

Вера резко, не ослабляя захвата, обернулась, и ее рука с пистолетом инстинктивно направилась на говорившую.

Симпатичная блондинка стояла в двух шагах от Веры и смотрела на нее огромными светло-зелеными глазами с неподдельным восхищением, которое она тут же выразила в словесной форме.

— Здорово! Класс! Отпад! Круто!

Увидев удивление в глазах Веры, она приветливо ей улыбнулась и протянула руку:

— Здравствуй, я Азарова!

— Здравия желаю, — пробормотала Вера. Она все еще ничего не понимала.

— Да отпусти ты его! — Азарова указала на еще лежащего с заломленной рукой молчаливого красавца.

— Кто это? — спросила Вера.

— Это Ник, — быстро ответила Азарова и тут же поправилась: — Николай. Николай Караваев. А пистолет не заряжен.

— Ага, — губы Веры искривила злая усмешка, — ты Ирина Азарова, а я Алла Пугачева.

Вера демонстративно направила пистолет в голову Николая Караваева и нажала на спусковой крючок. «Макаров» громко щелкнул. Ник остался таким же невозмутимым.

— Он что, немой?

— Практически да, — немного помедлив, ответила блондинка. — А я Азарова. Честное слово Азарова. Только не Ирина, а Марина. Будем знакомы?

И она опять протянула Вере руку. Неудобно было отвечать на приветствие рукой с пистолетом, и Вера, предварительно еще раз убедившись, что он действительно без обоймы, положила его в ладонь Ника.

— Вера Грач, — представилась она и пожала Марине руку.

— Очень приятно. И давно с Кавказа, капитан Грач?

Брови Веры поползли вверх от удивления:

— А как вы догадались, что я капитан, да еще с Кавказа?

— Слушай, прекрати мне выкать, — весело ответила Марина, усаживаясь в кресло перед компьютером. Оттолкнулась ногами от стола и выехала на середину офиса. — Терпеть этого не могу.

— Ты не ответила на мой вопрос, — напомнила Вера.

— Изволь. Как говорил незабвенный Шерлок Холмс, это элементарно, Ватсон. Ну сама посуди. Как только ты вошла, я сразу поняла, что ты солдат. У тебя военная выправка. Когда ты бросанула Ника, это только подтвердило мои предположения. Реакция не просто наработанная или натренированная, а скорее реакция человека, который каждую секунду ждет нападения. Значит, он только что из «горячей точки». А «горячей точкой» у нас является Кавказ. Увы! Кстати, садись. Что стоишь?

Я же не генерал. — Азарова оттолкнулась ногами от пола и, проехав два метра, оказалась у дивана и оттолкнулась уже от него. Она была похожа на девчонку, которая балуется в отцовском кабинете. И видно было, что такое катание доставляет ей ни с чем не сравнимое удовольствие. — Ник, дай Вере кресло.

Ник с невозмутимым видом подкатил к Вере второе офисное кресло на ножках с колесиками. Вера села и неожиданно для себя тоже вдруг оттолкнулась ногой от пола и покатилась навстречу Азаровой. Они чуть было не сшиблись, но Марина ловко свернула в сторону, затем так же ловко развернулась. Вера попробовала сделать то же самое, но чуть не упала и тут же дала себе клятву, что научится кататься на офисном кресле так же лихо, как Азарова.

— В Средней Азии тоже неспокойно, — сказала Вера и строго посмотрела в глаза Марине. — И на китайской границе. Почему ты решила, что именно Кавказ?

— У тебя загар кавказский, — ответила та. — Не азиатский, не дальневосточный, а именно кавказский. А что касается капитана, то тут проще пареной репы. Тебе сколько лет? Не больше тридцати двух. Так?

— Тридцать пять, — уточнила Вера.

— Столько тебе не дашь. Запросто можно остановиться на тридцати. И все равно. Что такое в армии женщина? Рабочая лошадь. Это мужики звезды получают каждые два года. Не так ли? А женщинам фиг. Служите, любезные. Капитанские нашивки — потолок. Может быть, перед пенсией начальство раздобрится и даст майора. Я не права?

— Действительно, все просто, — улыбнулась Вера.

— Продолжаем разговор! — объявила Марина. — Хочешь минералочки? Или, может, чего покрепче? Я скажу Нику, он сбегает. Ты что предпочитаешь — вино или водку? Или, может быть, коньяк? В крайнем случае, можно по пивку. Ты с чем любишь, с сухариками или фисташками?

— Сначала о деле, — строгим голосом сказала Вера. Ей не понравилось, что Азарова ни с того ни с сего заговорила о выпивке. Она достала из сумочки сложенную вчетверо газету «Жизнь» и демонстративно стала ее разворачивать.

— Что ж, второй тест ты тоже прошла, — задумчиво рассматривая свой маникюр, сказала Азарова.

— Это твое объявление? — спросила Вера. — «Молодой женщине-юристу требуется компаньон. Требования: пол женский, возраст не старше тридцати, смелость, владение оружием, вождение автомобиля, знакомство с рукопашным боем, высшее юридическое образование. Обращаться в триста шестой офис дома номер двадцать пять по улице Балуева по вторникам и средам с десяти утра до семи вечера».

— Да, это объявление давала я, — глядя в потолок и продолжая вертеться в кресле, ответила Марина. — Клевый перл, да?

— И много молодых женщин уже отозвались на него?

Азарова несколько секунд помолчала, ее вьющиеся, причем безо всякой химии, волосы закрыли ей почти все лицо, и по нему трудно было понять что-либо. Наконец она остановилась, убрала челку и посмотрела на Веру:

— Ты первая!

— Я так и думала, — удовлетворенно выдохнула та.

Азарова даже несколько скисла:

— Это почему же?

— Слишком много требований.

— Ну это я так! Чтобы случайные люди не заваливали.

— Понятно. А что там у тебя за тест с коньяком?

— Да так, — засмеялась Марина. — Проверка на пристрастие к алкоголю. На фига мне алкашки нужны. Но ты его выдержала. Можешь не переживать.

— Понятно. Значит, Ник с пистолетом это тоже тест?

— Ну да.

— А если бы я его покалечила? Ты об этом не подумала?

— А что, могла бы?

— Запросто. Реакция не сработала. Все-таки уже месяц на гражданке. Случись это хотя бы две недели назад, я бы его просто убила.

— Вау! — только и сказала Азарова. — Бедный Ник. Оказывается, я так тобой рисковала.

Сидевший за компьютером Николай Караваев заметно побледнел. Вера продолжала:

— Теперь я хочу сказать, что по двум твоим параметрам я уже не подхожу.

— По каким?

— Во-первых, мне больше тридцати. Даже не тридцать два.

— Во-вторых?

— Во-вторых, у меня нет юридического образования.

— Да, — Азарова развела руками, — компьютер не той конфигурации.

— Что? — не поняла Вера.

— Но ведь это не беда! — воскликнула Марина. — Всегда можно сделать апгрейт. Образование всегда можно получить. Заочно. А возраст...

— А возраст уменьшить? — улыбнулась Вера.

— Ну и что? Ты все равно не похожа на этих старых грымз. И вообще ты мне нравишься.

— А сколько тебе лет?

— Страшно много. Двадцать пять!

Некоторое время они обе молчали. Марина продолжала кататься на кресле, Вере это занятие уже надоело, и она зависла где-то в районе письменного стола.

— Не находись около задней стенки монитора, — машинально сделала замечание Азарова. — Ты замужем?

— Была, — ответила Вера, откатываясь на безопасное расстояние.

— Я тоже! — почему-то обрадовалась Азарова. — Целых два раза. Первый раз по дурости. Молодая была. Еще до восемнадцати. Его звали Игорь. Мне тогда показалось, что я беременная. Во дура, да? И я заставила его на себе жениться. А потом мне стало скучно. Опять же, учеба... то да се... в общем, разбежались мы как в море корабли, но остались при этом добрыми друзьями. А ты тоже развелась?

— Нет, — ответила Вера. — Мой муж погиб во время первой чеченской кампании. Он тоже был десантником.

— Ой, прости! — Марина всплеснула руками.

— Ничего. Переболело. Но больше я замужем не была.

— И что, у тебя парней тоже не было?

— Ну почему же? — усмехнулась Вера. — Только...

— Можешь не продолжать. — Азарова махнула рукой. — Все ясно. Нормального мужика сейчас не найдешь. Вокруг одни уроды. Правильно?

— Точно!

Вера и Марина рассмеялись. А Ник, с которого бледность уже успела сойти, тихо усмехнулся.

— А кто был твой второй муж? — спросила Вера. — Это ничего, что я спрашиваю?

— Все путем! Тем более мой второй брак был совершен по трезвому, холодному расчету.

— Не может быть!

— Еще как может. Ты не думай, мне не деньги его были нужны. Хотя нет, вру, деньги тоже. Прежде всего мне нужна была его фамилия. Я ее как услыхала, сразу себе сказала: я выйду замуж за Костю Азарова и стану Азаровой. Что ты так на меня смотришь? У тебя какая девичья фамилия?

— Вечерина.

— Класс! Вот видишь, тебе меня не понять. Я до первого замужества была Иванова. Представляешь себе! Потом вышла замуж и стала Васильева. Ничего себе фамилии, да? Это же какой-то кошмар.

— Я как-то никогда об этом не думала.

— А вот я думала. И еще как. Поэтому теперь я не Иванова и не Васильева, а Азарова. Вао!

Марина мечтательно посмотрела в потолок.

— Марина Азарова! Это звучит. А с Костиком я потом развелась.

— Почему?

— Он же полный придурок. У него ай-кью завис где-то в коленях.

— Чего завис?

— Короче, если меня можно сравнить с «Пентиумом-три», то он рядом со мной «двести восемьдесят шестой».

Услышав такое сравнение, Вера расхохоталась. Марина тоже. Ник ухмыльнулся еще раз и уничтожил очередное чудовище в компьютерной игре.

— В общем, жить с ним я и так не собиралась.

Зато его мама помогла мне оборудовать вот этот офис. Она была счастлива, когда я ей сообщила, что ухожу от Костика. Она из тех мамочек, которые хотят видеть сыновей только у своей юбки. А мне жалко, что ли? Пусть берет.

— И чем ты занимаешься? — спросила Вера. Она еще раз окинула взглядом офис, пытаясь догадаться о его предназначении. — Я целый час голову ломала, думая, зачем молодой женщине нужна другая молодая женщина, которая к тому же должна владеть рукопашным боем, знать оружие и тому подобное. Телохранитель? Тогда зачем юридическое образование?

— Все очень просто, — объяснила Марина Азарова. — Я частный детектив.

— Частный детектив?

— Ну да. Сыщик.

Теперь уже Вера Грач открыла рот и совсем по-другому посмотрела на Марину.

— Что смотришь? Не веришь, что бывают женщины частные детективы?

Вера усмехнулась:

— Как я могу в это не верить, когда сама совсем недавно командовала взводом десантников.

— Вао! — воскликнула Азарова. — Круто! Просто не поверила бы, если б сама не увидела все собственными глазами. Не, в натуре, из нас с тобой выйдет команда.

— Ты уверена?

— На все сто! В одиночку работать трудно. Обязательно что-нибудь упустишь. А бывает и опасно. Зато вдвоем самый раз. Вспомни фильмы про копов. Они всегда вдвоем. Так как, хочешь быть моим партнером? Обещаю тебе двадцать пять процентов от общего дохода.

— А как же юридическое образование?

— Да плюнь на него. Я же плюнула. На фиг оно тебе сдалось? Ты знаешь жизнь, а это главное. К тому же есть еще кое-что.

— Что еще? — забеспокоилась Вера.

— А ну-ка подойди к зеркалу.

— Зачем?

— Подойди, подойди. — Азарова легко, словно мячик, спрыгнула с кресла и подбежала к висящему на стене слева от входа огромному овальному зеркалу. Тут же стала перед ним прихорашиваться. — Иди, я тебе кое-что покажу.

Вера покинула уже успевшее надоесть кресло и подошла к Марине. Та протянула ей берет. У нее на голове уже красовался такой же. Непонятно было, откуда они появились.

— Надень.

Вера надела, по привычке убрав все волосы и оставив лицо полностью открытым, глянула в зеркало и замерла от удивления. Рядом с ней стояла еще одна Вера, только не с голубыми, а с зелеными глазами. Таково было первое впечатление.

— Видишь? — Марина радовалась, словно ребенок. — Мы с тобой похожи, как близняшки. Знаешь, с таким сходством сколько дел можно натворить? Слушай, а может быть, мы с тобой и вправду сестры? Ты случайно не подкидыш?

— Нет, Марина, — Вера улыбнулась, — у меня нормальные любящие родители. Ручаюсь тебе, что они самые что ни на есть родные.

— Жаль, — вздохнула Марина. — Ну да ладно. Если приглядеться, то не такие уж мы и похожие. И все равно, ты прошла последний и самый важный тест. На сходство.

— На сходство?

— Да, я именно хотела кого-то, кто бы был похож на меня.

— Зачем?

— Пока еще сама не знаю, но в работе сыщика может пригодиться все. Так как, ты согласна?

Вера задумалась. Она была в полной растерянности. С одной стороны, когда она шла сюда, то пребывала в еще большем смятении, не зная, что ей предложат. Но теперь, когда все стало ясно, она не знала, какое решение принять. Ей нужно было время, чтобы подумать. Вера посмотрела на Азарову. Та уставилась на нее широко открытыми глазами. Она была похожа на ребенка, который при виде Деда Мороза с мешком, полным подарков, сгорает от нетерпения и ждет не дождется, какой же дар он получит. Вера поняла, что не в силах разочаровать свою новую знакомую, несколько странную, если не сказать эксцентричную.

— Согласна, — сказала она и протянула Марине руку.

— Йо-хо! — Азарова не пожала протянутую руку, а ударила по ней, как это делают тинейджеры. — Я в тебе не ошиблась. Терпеть не могу нерешительных людей. А ты решение принимаешь быстро, и это был последний тест. Ник, гони за шампанским! Это следует отметить.

ТЯЖЕЛАЯ РАБОТА

Женщина, не молодая, весьма полная и крупная, но приятной наружности, сидела в кабинете следователя Виктора Спивакова и утирала платком мокрое от слез лицо.

— Виктор Иванович, — жалобным голосом, пытаясь не разрыдаться, произнесла она, — ну как же так? Это ведь моя единственная память о муже! Эта картина, она мне очень дорога. Ее обязательно надо найти. Неужели ничего нельзя сделать?

— Дорогая Екатерина Дмитриевна, — полным участия голосом ответил Спиваков. — Мы делаем все возможное, уверяю вас, все, что в наших силах. Но и вы должны понять...

— Как это «все возможное»? — От возмущения Екатерина Дмитриевна даже привстала с места. — Почему же тогда так и не произвели обыск на квартире Скворцова? Ведь это он! Я уверена, что это он.

— Для обыска квартиры гражданина Скворцова у нас должны быть веские основания. Куда более веские, нежели ваша уверенность.

— Почему это моей уверенности недостаточно? — воскликнула Екатерина Дмитриевна. — По-вашему, я вру?

— Успокойтесь, гражданочка, успокойтесь, — Спиваков отечески положил ей руку на плечо и тяжело вздохнул. Не хотелось ему объяснять этой несчастной, что шансов найти ее украденное добро нет. Раскрываемость по квартирным кражам в их районе была самая низкая по городу. — Мы не всесильны. У нас дел выше крыши, а людей не хватает. Средств тоже...

— Средств? — Екатерина Дмитриевна оживилась. — Я дам вам средства. У меня есть деньги. Я вас умоляю!

И она стала судорожно рыться в сумочке, словно собиралась достать эти самые средства, которые помогут расшевелить обедневшую и обезлюдевшую милицию.

— Что вы делаете?! — воскликнул Спиваков.

— У меня есть деньги! — Она схватила следователя за руки. — Сделайте что-нибудь! Найдите мне картину! Или я наложу на себя руки. Это же Дейне-ка! Я вас умоляю.

— Даже если бы это был Рубенс или Рембрандт, — вздохнул Спиваков. — Дела ведутся в порядке очередности.

— Виктор Иванович! — Женщина разрыдалась и повалилась на стул, спинка которого жалобно заскрипела и затрещала под ее тяжестью. — Я умираю!

— Екатерина Дмитриевна! Екатерина Дмитриевна! — Спиваков засуетился. Он кинулся к графину, бросив на произвол судьбы пострадавшую. Та медленно, словно кисель, сползла со стула на пол. — Прекратите, пожалуйста, истерику! Попейте лучше водички!

— Что случилось? — В кабинет заглянул напарник Спивакова Руслан Гюнтер.

— Помоги поднять ее! — жалобно попросил его Спиваков.

Вместе с Гюнтером они с трудом водрузили Екатерину Дмитриевну обратно на стул и чуть ли не силой всучили ей стакан с водой. Она стала пить большими жадными глотками, давилась, и ее зубы стучали о стекло стакана.

— Ты что, сказал ей, какие у нас проценты раскрываемости по квартирным кражам? — спросил Гюнтер.

— Я тебе! — Спиваков готов был обрушить на товарища графин. — У человека беда, а ты со своими дурацкими шутками.

— А что я? Я ничего. Только ведь рано или поздно...

— Прекрати!

— ...придется поставить ее перед фактом, — закончил свою мысль Гюнтер. — Да ведь ты все равно через три дня в отпуск уходишь.

Тут женщина оторвалась от стакана и глазами,

полными невыносимого страдания, уставилась на милиционеров:

— Как так в отпуск? Какой еще отпуск? А кто же будет искать мою картину? Да ведь это катастрофа.

— Вот этот товарищ, — Спиваков кивнул на Гюнтера, — скорее всего, и будет искать. Дело передадут ему.

— Вряд ли, — сказал Гюнтер, — у меня и так дел выше крыши. Может, Кошкину или Собакину, а может, вообще у тебя оставят, и будешь с ним после отпуска возиться.

— Но это значит, — Екатерина Дмитриевна была бледна как мел, — что целый месяц мою картину вообще никто искать не будет?

Милиционеры молчали. Им вдруг стало невыносимо стыдно глядеть ей в глаза.

— Скажите мне правду! Самую горькую. Я все вынесу. И этот крест тоже!

Неожиданно она успокоилась и преисполнилась достоинства. Менты сразу прониклись к ней уважением.

— Кажется, я знаю, что делать, — вдруг сказал Гюнтер.

— Говорите!

— Я знаю одного человека, который может вам помочь.

— Кто это такой? Он тоже из милиции? Очень хороший следователь?

— Из милиции? — переспросил Гюнтер. — Пожалуй, можно сказать и так. Во всяком случае, раньше она действительно служила в милиции.

— Она? Так это женщина?

— Гюнтер, опять ты со своими глупостями, — скривился Спиваков.

— Почему с глупостями? Азарова классный сыщик! И как раз берется за дела подобного типа. У вас есть деньги, мадам? Она берет не мало, но зато, если не справляется, возвращает половину суммы.

Спиваков поморщился еще раз и отвернулся к окну.

— Деньги у меня есть! — твердым голосом заявила Екатерина Дмитриевна. — А вы уверены, что эта ваша Азарова сможет мне помочь?

— Уверен ли я в Азаровой? — засмеялся Гюнтер. — Как в самом себе. Считайте, что ваша картина уже висит в вашей гостиной и радует гостей своими яркими красками.

— Дайте мне ее телефон! Я заплачу вам за это десять долларов.

— Вы меня обижаете! — Гюнтер сделал вид, что оскорблен. — Спрячьте обратно ваши жалкие доллары. Я их не возьму.

— Сколько же вам дать?

— Я дам вам телефон Азаровой совершенно бесплатно. — Тут Гюнтер тоже отвернулся к окну, потому что неожиданно вспомнил о своей договоренности с Азаровой: она отстегивала ему комиссионные пять процентов от каждого дела, которое он ей подкидывал.

— Господь вас отблагодарит! — Глаза у Екатерины Дмитриевны засверкали от счастья.

Гюнтер достал записную книжку, покопался в ней, что-то бормоча себе под нос.

— Ага, вот ее телефон! Почему-то на букву М. Странно, вроде бы должно быть на А, а впрочем... записывайте. Триста два, ноль-два, ноль-два. Просто, как два раза позвонить в милицию.

— О, я не знаю, как вас и благодарить! — закричала Екатерина Дмитриевна. Она вскочила и обняла обоих мужчин, да так крепко, что лица их сразу стали красными, а глаза испуганными. — Можно, я позвоню прямо от вас?

— У нас телефон отключили, за неуплату, — прохрипел Гюнтер. — Так что, извиняйте, гражданочка.

— Да, да, — подтвердил Спиваков, — вы уж как-нибудь во дворике из автомата.

— Бегу!

Окрыленная надеждой, пострадавшая разжала свои могучие объятия и, словно пароход, выплыла из кабинета.

— Уф! — хором сказали Гюнтер и Спиваков.

— Прошел месяц, и она не пропустила ни одного дня, чтобы не прийти. Всю кровь из меня выпила, — вытирая платком лоб, пожаловался Спиваков. — Это не женщина, а броненосец!

— Вот пусть с ней Азарова и возится, — хмыкнул Гюнтер.

— Пусть возится, — согласился Спиваков. — У тебя закурить есть?

— Есть.

— Давай.

И усталые милиционеры задымили сигаретами «Бонд». У них было очень много работы.

ТИХИЕ ВЫСТРЕЛЫ

Вадим Скворцов ждал посетителя. Краденый Дейнека лежал у него под диваном, свернутый в рулон и завернутый в газету. Вадим решил, что цена, о которой было договорено ранее, слишком низкая. Хотя высшего образования у него нет, в искусстве он не разбирается и на все картины мира ему плевать с высокой колокольни, но все же три дня назад у него хватило ума позвонить своему старому приятелю и попросить его об услуге.

— Васек, ты там шурани в своем Интернете, ско-
ко бабок дают за художника... щас гляну, ага, Дейнека.

— Подлинник? — поинтересовался Василий.

— А то!

— Позвони через часок.

— Ладушки.

Через час Вадим позвонил Василию и спросил:

— Ну как?

— Старик, — сказал Василий, — твой Дейнека
тянет баксов на сто, сто пятьдесят.

— Тю! — разочарованно протянул Вадим. — А я-то
думал! Оказывается, эти придурки платят три косых
за фуфло.

— Старик, ты не понял, — сдерживая раздраже-
ние, сказал Василий, — когда я сказал сто, сто пятьдесят, я имел в виду не баксы, а штуки.

— Штуки?

— Ну да.

— Ты хочешь сказать, что за эту мазню дают
сто штук баксов?

— Не меньше. А если повезет и провернуть все
через аукцион, то можно получить и двести.

У Вадима разом вспотела грудь и сдавило дыхание, в глазах потемнело. Конечно, он мужик авто-
ритетный, и бабок у него немало, но чтобы зараз
получить такую сумму, такого фарта у него еще не
было.

— Спасибо, Васек, с меня причитается. — Он
положил трубку и стер рукой пот с лица.

И вот теперь за картиной должны были прийти.

Раздался звонок. Вадим вздрогнул. Рекс и Цезарь, два добермана, мягко и неслышно побежали

к дверям. Вадим сунул ноги в тапочки и, шаркая на ходу, поплелся за ними.

За дверью оказался молодой худощавый мужчина в темном костюме, широкополой шляпе и черных очках. Что-то в нем было странное, помимо этого наряда.

— Ну ты даешь, чувак, — заметил Вадим, пропуская пришедшего в квартиру, его тут же с двух сторон стали конвоировать доберманы, — на улице тридцать градусов, а ты в шерстяном костюме.

— Это не жара, — заметил, снимая очки и открывая белесые глаза, пришелец, — вот когда я жил в Ташкенте... вот там была жара. А это? Это тьфу. Итак, я от Лаврентия.

— Лаврику завсегда рады, — бормотнул Вадим. — Водички хочешь или водочки? Хотя я сам в такое пекло только пивко тяну.

— Пивко? Нет, от пива у меня начинается изжога. Лучше сок.

— Сочка, значит? — обрадовался Вадим и бросился в кухню к холодильнику. Собаки остались при госте. — Это зараз! Сейчас организуем. Тебе апельсинового или яблочного?

— Яблочного, — сказал белоглазый и под конвоем собак, которых он, казалось, не замечал, вошел в гостиную. — В нем фолиевая кислота. Для организма очень полезно.

Вадим прикатил сервировочный столик с двумя высокими стаканами и четырьмя коробками с различными сортами сока. Разлил сок по стаканам. Один дал белоглазому, другой взял сам и с жадностью опорожнил. Сок был прохладный и освежающий. Белоглазый сделал всего лишь два небольших глотка, после чего поставил стакан обратно на столик.

— Пора заняться делом. Где товар?

Вадим хмыкнул:

— Насчет товара у меня к Лаврику базар есть.

Белоглазый ничего не ответил, зато достал из внутреннего кармана пиджака мобильный телефон и набрал номер, после этого протянул трубку Скворцову:

— Балакай.

— Алло? — голосом, прерывающимся от волнения, сказал Вадим.

— Лаврентий слушает.

— Это я, Скворец. Тут это, такое дело... в общем, картинка, которую ты мне заказал, тянет не на три куска.

— Сколько ты хочешь? — Голос Лаврентия остался прежним. Ни одна нотка не изменилась в нем.

— Так это... тут братки мне насвистели, что она две сотни кусков тянет, в баксах. Мне полста вполне хватит.

— Скворец, у тебя жопа не треснет? — спокойно спросил Лаврентий.

— Так я ведь деньги не в жопу засовывать собираюсь, — удивляясь своей смелости, ответил Вадим.

Лаврентий молчал целую минуту. Вадим терпеливо ждал. Пот тек по его лицу, руки дрожали, на носу повисла большая капля, но не было даже сил смахнуть ее. Наконец голос в трубке ответил:

— Хватит с тебя четвертака.

Вадим обрадованно вздохнул. На такую удачу он не рассчитывал.

— Передай трубку моему человеку, — сказал Лаврентий.

Вадим передал трубку белоглазому, который спокойненько попивал яблочный сок. Тот прижал ее к уху и равнодушно сказал:

— Тихий у аппарата. Да, все слышал. Двадцать пять штук. Расплатиться прямо сейчас. Заплатить и взять товар. Понял.

Все так же спокойно и равнодушно он сунул руку во внутренний карман, из которого вынул мобильный. Вадим преисполнился ожиданием. Он почему-то решил, что Тихий сейчас из этого же кармана вынет пачку с долларами, поэтому для него было полной неожиданностью увидеть в этой руке маленький пистолет с длинным круглым и толстым, словно сарделька, глушителем.

Раздались два шипящих хлопка, и Вадим почувствовал, как что-то обожгло ему оба колена, а потом вдруг в теле у него разорвалась такая боль, что он взвыл как собака. Сквозь страшную боль он вдруг вспомнил, что поговаривали среди братков о парне по прозвищу Тихий. Что-то вроде того, что Тихий тихо приходит и приводит за ручку смерть.

— Цезарь! Рекс! — падая в кресло, закричал Вадим. — Взять его! Фас!

Однако, к его великому удивлению, обе собаки не сдвинулись с места. Они поочередно смотрели то на Вадима, то на Тихого и жалобно поскуливали. Выполнять команду они явно не собирались, а ведь на их обучение ушло пятьсот баксов.

— Фас! — простонал Вадим.

— Где товар? — спросил Тихий, направляя дуло пистолета Вадиму в лицо.

Тот уже ничего не видел, кроме маленького круглого черного отверстия, из которого должна была вырваться его, Вадима, смерть. Кричать сил не было. Стуча зубами, он едва выдавил:

— Под диваном.

Тихий встал, обошел неподвижно сидевшего Вадима и присел перед диваном. Доберманы остались на месте. Они жалобно и виновато смотрели на своего хозяина, но были словно парализованы какой-то неведомой силой, что шла от Тихого. Одной рукой тот приподнял нижнюю часть дивана и достал заветный рулон. Развернул его и спросил:

— Это она?

Вадим кивнул. Тот факт, что Тихий не убил его сразу, придал ему надежду. Может быть, это просто наказание за жадность?

Он ошибся. Тихий плавно нажал курок, и последнее, что услышал в своей жизни Вадим Скворцов, известный в определенных кругах, как Скворец, был шипящий хлопок, словно кто-то открыл бутылку с шампанским. Горько завыли Цезарь и Рекс.

Последняя же его мысль была примерно такая: «Какого хрена? Картина-то не та!»

ТЕТЯ КАТЯ

— Азарова это вы? — еще в дверях спросила Екатерина Дмитриевна.

— Нет, я не Азарова, — ответила Вера, пропуская ее в офис. — Я Грач. Вера Грач.

— Я Азарова, — сказала Марина, оторвавшись от шахматной партии, которую она вела с компьютером и почти выиграла. Привычно оттолкнувшись ногой, она выкатила свое кресло из-за стола, потом загнала его в центр офиса. — А вы, по-видимому, Екатерина Дмитриевна Поцелуева.

— Да, это я! — радостно выдохнула Поцелуева и не удержалась: — Ой, девочки, какие же вы молоденькие и хорошенькие. А меня зовите просто тетя Катя.

— Садитесь, тетя Катя. — Вера подвела клиентку к креслу, и та плюхнулась в него с таким видом,

словно только что пробежала стометровку. — И расскажите, что у вас произошло.

— Горе у меня! — тут же запричитала тетя Катя. —
Ой, у меня такое горе!

— Да, сюда просто так не ходят, — без особого со-
чувствия заметила Азарова. — Вам известны мои условия?

— Да, тысяча долларов в неделю. Меня это вполне устраивает. Я заплачу.

— Оплата вперед.

— Да, да, конечно, — тетя Катя полезла в сумочку и, достав пять сотенных бумажек, протянула Марине. Та взяла их, пересчитала и тщательно просмот-
рела на свет. Затем положила в карман жакета:

— Теперь говорите, что у вас произошло.

Вера с удивлением во все глаза смотрела на Азарову, та совершенно не обращала на нее внимания,
полностью поглощенная клиенткой.

— Ой, у меня такое горе! — опять запричитала
тетя Катя. — Такое горе, просто сердце разрывается от боли. Ой, я это не переживу!

Она закатила глаза и откинула назад голову,
чтобы разрыдаться.

— Хотите коньяку? — вдруг спросила ее Марина.

Голова тети Кати тут же вернулась на место:

— С лимончиком?

— Хоть с двумя! У нас солидная фирма. — Марина выписала креслом какую-то особенно сложную
фигуру, и опять оказалась за столом, под крышкой
которого скрывался бар с охлаждением. Вернулась
она с бутылкой армянского коньяка, блюдечком с
лимонными ломтиками и рюмочкой, которую наполнила до краев и протянула тете Кате. Та хлопнула ее, словно водку, занюхала лимоном, после чего бросила его в свой маленький, похожий на бантик,

рот. На секунду скривилась и смахнула с глаз набежавшую слезу:

— Ох хорошо! Полегчало. Прямо камень с души. Теперь можно и поговорить.

— Ну вот ваше давление нормализовалось, и мы вас слушаем, — Марина была сама любезность. — Давайте рассказывайте.

— А что рассказывать? Ограбили меня. Вот уж месяц прошел. Чуть не до нитки все забрали. А милиция и не чешется. Только бумажки все пишут и пишут, пишут и пишут. Писатели. Тоже мне Тургеневы. И на все один ответ: «му-му» да «му-му». Это вместо того, чтобы жуликов проклятых искать! А ведь мне картина эта дороже жизни. А Скворцов на свободе ходит! Ходит и в глаза мне, бесстыжий, смотрит. Сочувствует гад. А ведь я уверена, он картину спер. Он, ирод! Больше некому. Уж я даже в церковь ходила, свечку вверх ногами ставила Николаю Угоднику, чтобы он этого подлеца наказал.

Азарова вся подалась вперед и стала похожа на охотничью собаку, принявшую стойку. Глазки ее сделались большими и блестящими. Так ребенок смотрит в свой день рождения на праздничный торт.

— Месяц назад, говорите, вас ограбили? Месяц назад! И вы только сейчас пришли ко мне? — воскликнула она.

— Так ведь... — растерялась тетя Катя. — Мне же следователь целый месяц мозги пудрил, мол, найдем, найдем, не переживайте. Я и ждала.

— Очень хорошо! — Азарова просто кипела от возмущения и разочарования. — Только шансов у вас сейчас практически нет, уважаемая тетя Катя! Ладно, проехали. Теперь перечислите, что украли, все по порядку. Постарайтесь ничего не забыть.

— А чего перечислять-то? — Тетя Катя сложила руки на груди. — Картину мужнину украли.

— Картину. Так, еще что?

— Все.

— Все?

— В том-то и дело, что все.

— Вот это уже интересно, — разочарование на лице Марины резко сменилось радостью. Глаза ее вновь заблестели от любопытства. — Значит, только одна картина?

— Так ведь это не простая картина! — не выдержала тетя Катя. — Это же память!

— Понятно, — согласилась Марина, — память о муже. Дорогая сердцу вещь.

— То-то и оно, — всхлипнула тетя Катя. — Можно мне еще коньячку?

Марина наполнила рюмку, но в этот раз тетя Катя выпила только половину, зато съела сразу два лимончика.

— А с искусствоведческой точки зрения она представляет какую-нибудь ценность?

— Еще какую! Мне столько раз за нее деньги предлагали. И немалые. Эх, и почему я ее раньше не продала? Так бы хоть с деньгами была.

— Работа известного художника?

— Да. Картину написал известный советский художник Дейнека, — заученно сказала тетя Катя, — в одна тысяча девятьсот тридцать девятом году и подарил ее брату моего мужа. Они, кажется, были друзьями. А потом от брата она перешла к моему мужу, затем ко мне.

— Дейнека! — воскликнула Марина. — Дейнека! Не могу поверить! Неужели такое возможно? Подлинник?

— Самый что ни на есть.

Марина вскочила с кресла и в волнении прошлась взад-вперед, затем села и шепотом спросила тетю Катю в упор:

— У вас есть ее фотография?

— Чья? — Тетя Катя тоже перешла на шепот.

— Фотография похищенной картины, — прошептала Азарова. — Если нет, то придется ограничиться словесным описанием, а позже поискать в каталогах.

— Фотография у меня есть! — тихо и торжественно произнесла тетя Катя. Она полезла в сумочку и достала целый фотоальбом, небольшой, но пухленький, словно карманная Библия. Снова всхлипнула. — Вот здесь. Только и осталось, что на фотографии. Ах я несчастная!

Азарова жадно схватила альбом и впилась в указанный снимок глазами.

— И это Дейнека? — спросила она. — Вообще-то я в живописи не особо парю. Вера, а ты?

— Вообще-то я тоже, — вынуждена была признаться Вера.

— Ник, действуй! — дала команду Азарова.

Ник уже сидел за компьютером и минут десять как стучал клавишами и шипел принтером. Он словно ждал команды, потому что тут же вышел из-за стола и протянул Азаровой распечатку, которую только что скачал из Интернета.

— Так! — Маринины глаза забегали по листку. — Дейнека Александр Александрович, тысяча восемьсот девяносто девятого года рождения, советский художник монументального направления, полотна, воспевающие колхозно-индустриальное строительство нового общества, спортивные достижения, ля-ля тополя, Ленинская премия, всемирная известность, «Будущие летчики», это я помню, в

Третьяковке видела, где-то даже открытка есть, «Оборона Петрограда», двадцать восьмой год. Так, мне все ясно. На, Вера, почитай и просветись.

Азарова передала Вере распечатку и снимок вместе с альбомом. На распечатке была статья про Дейнеку, а на фотографии — сама тетя Катя, сидящая за богато накрытым столом, видимо во время какого-то праздничного застолья, а за ее спиной висела картина в скромной белой раме. Вера ожидала увидеть что-нибудь революционное и торжественное, как обещалось в распечатке, на картине же был изображен обыкновенный букет одуванчиков в глиняном горшке, который стоял на деревенском столе на вышитой крестьянской салфетке.

— Обычный натюрморт, — заметила Вера. — А тут не сказано, что Дейнека писал натюрморты. Может, это не его картина?

— Нет, — тут же отозвалась тетя Катя, и в голосе у нее зазвенела обида, — это именно его картина!

— В этом, по-видимому, и есть главная ценность работы, — заметила Азарова. — Если художник отошел от основной линии, то это уже поиск, новация. Вот, к примеру, Айвазовский. Ведь он своими морскими бурями и девятыми валами всех достал. А представьте, что вместо моря он вдруг написал бы африканскую пустыню. Так ведь эта картина сразу стала бы ценнее всех остальных. Правильно я говорю, тетя Катя?

— Мне муж что-то такое говорил.

— Или другой пример: Шишкин вдруг вместо медведей нарисовал бурлаков на севере, — хихикнула Марина и вдруг снова стала серьезной. — Кстати, кто такой Скворцов? И почему вы думаете, что картину украл он?

— Я не думаю, я в этом уверена! — воскликнула

тетя Катя. — Скворцов — это мой сосед. Его квартира напротив моей. Я до сих пор не понимаю, почему милиция не устроила в его квартире обыск.

— Если бы милиция могла у каждого подозреваемого устраивать обыск, то с преступностью было бы уже давно покончено, — торжественно заявила Азарова. — Но, к счастью, существуют Уголовно-процессуальный кодекс, прокуратура, суд и прочая фигня. Итак, вернемся к нашим баранам. Почему вы решили, что картину украл Скворцов?

— Потому что за три дня до ограбления он приходил ко мне и очень просил продать ему эту картину. Он меня насмешил. Знаете, сколько предлагал?

— Сколько?

— Тысячу долларов. Ха! Как будто я вчера родилась и не знаю, сколько стоит Дейнека. Пусть он не Рембрандт и не Леонардо да Винчи, но тысяч на сто потянет.

— Значит, вы ему отказали?

— Как и всем остальным, — гордо сказала тетя Катя.

— Все! — прервала разговор Азарова. — Дальше будем бухтить на месте преступления. Едем в ваш хаузер.

СОБАЧИЙ ВОЙ

Через пятнадцать минут Азарова, Грач, Караваев и тетя Катя были на месте. Ник остался в машине, он был за рулем, а Марина и Вера поднялись вслед за тетей Катей в старый, сталинской планировки дом, на четвертый этаж.

— Так, дверь железная, — после беглого осмотра заметила Азарова, — с итальянским замком. Этот замок вы поставили уже после кражи?

— Увы, увы, — вздохнула тетя Катя. — После, голубушка. Как говорится, учит бог дурака, учит, а толку нет.

— А до этого какой стоял замок?

— Обыкновенный, гаражный.

— Повреждения были?

— Да вроде как нет. А вот вторую дверь этот гад плечом вышиб.

За железной дверью была массивная деревянная дверь.

— Откуда вы знаете, что плечом? — удивилась Азарова.

— Так мне милиция сказала.

— Понятно. А Скворцов парень здоровый?

— Еще какой! Мне как сказали, что плечом дверь вышибли, так я сразу и поняла, что это Вадим. Кто же, кроме него? Ему что дверь, что ворота. Такой боров!

Марина кивнула за спину на бронированную дверь и прошептала:

— Он там проживает?

Тетя Катя опасливо покосилась на соседскую дверь и кивнула.

— Сейчас дома?

— Пес его знает!

— Ладно, займемся им позже. Во всяком случае, собака у него на месте. Воет отчего-то.

— У него две псины, — проворчала тетя Катя. — Страшные, здоровенные. Он их только сырым мясом кормит. А как гулять выведет, так все бабы детей со двора спешат увести.

Вошли в квартиру. Ничего особенно примечательного в ней не было. Добротная мебель, купленная еще в восьмидесятые годы, но уже начавшая истлевать, недавно поклеенные английские обои, три комнаты, кухня, ванная и туалет. Балкон. И очень много цветов.

— Да вы знатный цветовод, тетя Катя! — с восхищением покачала головой Вера.

— Что есть, то есть, — обрадовалась та. — Ко мне все соседи ходят за опытом и отростками.

— У меня мама тоже цветы любит.

Азарова же на цветы внимания не обратила, а сразу подошла к месту, где их не было.

— Так, картина висела здесь, — сказала она.

— Да, да. Смотреть не могу. Хотела цветами заставить, да руки не поднялись. Как глаза закрою, так Геннадия вижу, Геннадий — это муж мой покойный, пальцем мне грозит. Не уберегла, мол!

— Картину унесли с рамой? — спросила Азарова. Ее глаза так и бегали по сторонам. Казалось, она мысленно фотографирует обстановку.

— Нет, рама осталась.

— Где она?

— В милиции. На этой, как ее...

— Экспертизе?

— Ага, на ней самой.

— Это нам знакомо, — сказала Марина. — Что ж, осмотр окончен. А этот ваш Скворцов, он что, любитель живописи?

— Любитель! — Тетя Катя фыркнула. — Какое там! Бандит он, а не любитель.

— Бандит? — Азарова обернулась.

— Самый настоящий.

— А вот это надо было сказать сразу. У вас есть его телефон?

— Чей телефон? Этого проходимца? Еще чего не хватало! Зачем бы это мне ему звонить?

— Тогда дайте мне телефонную книгу.

— А вот это пожалуйста.

Азарова быстро отыскала нужный ей номер и набрала его.

— Ты что же ему звонишь? — всплеснула руками тетя Катя.

Марина кивнула и положила трубку на аппарат:

— Его дома нет. Автоответчик отвечает. Вот это удача! Значит, прямо сейчас к нему и заглянем. Не думаю, что это что-нибудь нам даст, но попытка не пытка.

Тетя Катя опять замахала руками:

— Ой, да что ты такое придумала! Я же тебе сказала, что у него дома два кобеля огромадных. Они же тебя на куски разорвут.

— Собаки мне не страшны, — сказала Марина и достала из сумочки баллончик со слезоточивым газом. — А вот на сигнализацию он случайно свою квартиру не ставит?

— Не ставит. Это я точно знаю.

— Вера, пойдем. А вы, тетя Катя, оставайтесь здесь. И дверь на всякий случай не закрывайте. Мы, скорее всего, вернемся.

— Матерь Богородица! — воскликнула тетя Катя.

Марина и Вера вышли из квартиры, оглянулись по сторонам и осторожно подкрались к соседской двери. Вера во все глаза смотрела на свою новую знакомую. Надо же, только сегодня утром они познакомились, а уже лезут в чужую квартиру. Неужели такое возможно?

— А это законно? — на всякий случай спросила она.

— Что ты! Конечно, нет!

Азарова достала из сумочки косметичку, из нее какие-то крючки, пилочки и другие диковинные железяки.

— Замки фуфловые, — прошептала Азарова, открывая первую дверь. — Фраер дешевый этот Скворцов. А здесь и вовсе дерьмо.

Вера смотрела, как Марина ковыряется в замках и они послушно щелкают, а сама думала, что у нее бы ни за что так не вышло.

— Чего смотришь? — улыбнулась Марина. — Не дрейфь, подруга, я тебя тоже таким фокусам научу. Ты у меня не только замки открывать, ты у меня банковские сейфы будешь взламывать, как орешки колоть. Я захожу первая, ты за мной. Сначала ликвидируем собак. Лучше всего их загнать в ванную, чтобы не мешали.

Дверь открылась, и они вошли внутрь. Странно, но никто к ним не выскочил. Только из зала донесся протяжный и тоскливый, бьющий по ушам вой. Девушки замерли.

— Наверно, он их к батарее привязал, — обрадовалась Азарова. — Вот удача! Тогда надо поспешать. Этот хмырь может вернуться. Фу, что тут за запах?

Вера, которой этот запах, а пахло свежей кровью, был очень хорошо знаком, отстранила Марину:

— Подожди. Дай я пойду первой.

Она взяла из рук Марины газовый баллончик и осторожным, мягким, как у барса, шагом, вошла в комнату и остановилась как вкопанная. Марина последовала за ней:

— Е-о-о мое!

На пропитанном кровью ковре у перевернутого кресла стояли два огромных добермана, и, подняв головы к потолку, жалобно выли. Рядом, раскинув в стороны руки, лежал их хозяин. Глаза убитого смотрели в потолок. В его лбу красовалось черная дырочка. Ноги ниже колен были залиты кровью.

— Интересно, когда его грохнули? — прошептала Марина. — Давно?

— Не больше двух часов назад, — уверенно сказала Вера.

— Откуда такая уверенность?

— Запах крови есть, но нет запаха разложения. А в такую жару трупы начинают разлагаться очень быстро. Еще через час здесь уже без респиратора не походишь. Надо звонить в милицию.

— Погоди ты с милицией! — махнула рукой Азарова. — Я эту братию знаю, сама два года в следаках парилась. Они нас же первых канать и начнут. А что? Скажут, две шлюхи мужика не поделили и грохнули или ограбить хотели. В общем, придумают версию. Ты потом с десятью адвокатами не отмажешься. Лучше посмотри, видишь, диван открыт?

— Вижу. Ну и что?

— А все остальное не тронуто. Значит, из дивана что-то взяли. Только вот что? Уж не нашего ли Дейнеку?

— Тут человека убили, а ты про Дейнеку! — шепотом возмутилась Вера.

— Нечего было картину красть! — парировала Азарова. — Был бы сейчас жив и пил сок. Вот собачек жалко. Сироты они теперь. Видишь, как плачут, надрываются? Даже на нас им плевать. Я собак люблю. Кстати, на столе два стакана. Значит, он пил сок не один, а с убийцей. Убийца был один.

— Однако он хорошо стреляет, — заметила Вера. — Сначала в оба колена, а потом в лоб. Ну и садист! Зачем в колени-то?

— Чего тут непонятного? — удивилась Азарова. — Он его допрашивал. Пытал, а потом, когда узнал все, что ему нужно, добил. Странно, что собаки его не тронули. Значит, убитый очень хорошо знал убийцу. И собаки его тоже.

Псы продолжали выть и по-прежнему не обращали на девиц внимания. Взгляд Азаровой упал на телефон. Она вспомнила, что, когда звонила Скворцову, ей ответил автоответчик.

— Стреляет он хорошо, а вот с мозгами у него явно провал, — сказала она. — Оставил кассету в автоответчике. Тоже странно. Что ж, воспользуемся любезностью мистера убийцы и послушаем.

Азарова достала платок, чтобы не оставлять отпечатков пальцев, и нажала кнопку на аппарате. Автоответчик скрипнул, а потом стал выдавать текущие звонки. Сначала раздался писклявый женский голос:

— Вади-им? Ты? Нехороший! Опять тебя дома нет! Я прям вся не могу! Сегодня вечером жди.

— Пи! Чмок! — это щелкнул автомат автоответчика.

— Вади-им! — опять тот же голос. — Я не одна приду. Я с Кирой буду.

— Пи! Чмок!

— Господин Скворцов? Это ваш налоговый инспектор Кривошеев. Да, пора бы прийти на прием. В пятницу тринадцатого я буду вас ждать.

— Пи! Чмок!

— Вади-им! Кира не может, зато Клара и Мотя согласились. Не забудь шампанское и ананасы.

— Пи! Чмок!

— Скворец? Это Лаврентий на проводе. Я приехал. Завтра жди моего человека. Товар отдашь ему.

Не будешь дома, пеняй на себя. Я штрафных квитанций не выписываю.

— Пи! Чмок!

— Ва́ди-им! Мы приходили, ты где, козел, был?

— Пи! Чмок! Ту-ту-ту!

На этом голоса в автоответчике замолчали. Вера посмотрела на Марину. Азарова была задумчива.

— Есть что интересное?

— Увы, да.

— Почему увы?

— Потому что в деле замешан Лаврентий.

— Лаврентий? А кто это такой? Ты его знаешь?

— Послушай, Вера, давай сначала уйдем отсюда, а то мне как-то не по себе.

— Да мне как-то тоже.

И обе искательницы приключений покинули квартиру Вадима Скворцова, предварительно уничтожив все следы своего в ней пребывания. Кассету из автоответчика Азарова забирать не стала.

— Я ментам дорогу перебегать не собираюсь и ребят обижать не буду, — заметила она. — Да и на Лаврика у них теперь компра будет. Хотя таких у них и так уже три шкафа.

Разговор продолжился уже в квартире тети Кати.

— Лаврентий — это один из авторитетов нашего города. А в нашем районе он главная шишка, — стала объяснять Азарова. — Не очень-то хочется связываться с этим типом.

— Как тебе не стыдно, Марина! — воскликнула Вера. — Произошло преступление, и наш долг найти убийцу и отдать его в руки правосудия, а ты говоришь, что тебе не хочется связываться с этим типом. Однако, хочешь ли ты этого или нет, мы уже с ним связались, и отступать нельзя. Это как на войне, перед тобой невидимый враг. Его надо найти и уничтожить.

Азарова посмотрела на Веру так, как еще ни разу не смотрела за все время, что они были знакомы. Глаза у Веры горели огнем, лицо пылало, кулаки сжимались.

— Остынь, Вера, — сказала Азарова. — Мы не на войне. Убийцу будет искать милиция. Мы же должны искать картину.

— Но ведь все взаимосвязано! — возразила Вера.

— Может быть. А может, и нет. Вдруг этот Скворцов вообще никакого отношения к картине не имеет, а замочили его совсем по другой причине.

Казалось, что разговор сейчас превратится в спор, но тут Вера неожиданно взяла себя в руки и успокоилась.

— Прости, — сказала она. — Наверно, ты права. Я просто перенервничала. Это непростительно.

— Брось, — махнула рукой Марина. — Меня саму всю трясет. Закрою глаза и вижу, как эти два несчастных пса воют.

Собачий вой тут же, словно в ответ, раздался с новой силой. Разговор происходил в коридоре, после чего они вошли в комнату, где их ждала тетя Катя. И на лице у нее было написано, что она рассчитывает, что ей прямо сейчас вернут дорогую ее сердцу картину.

— Увы, тетя Катя, — поспешила разочаровать ее Азарова. — Дейнеки у вашего соседа в квартире нет. В этом я просто уверена.

Тетя Катя тут же сникла.

— Зато ваши молитвы услышаны, и Николай Угодник покарал вашего обидчика. Сейчас он уже на том свете держит ответ за все свои грехи.

Тетя Катя так и села:

— Ой, что ты такое говоришь, дочка?

— Да, да, сейчас мы уйдем, а вы позвоните в милицию и скажите, что вашего соседа убили. Если вас спросят, с чего вы это взяли, ответьте, что видели ночью плохой сон, а вечером сосед не вывел на прогулку собак, чего с ним никогда не было. А теперь собаки воют на весь дом. Наверно, с хозяином что-то произошло. Кстати, вы не знаете, не приходил ли кто к нему сегодня?

— Ой, приходил! — Глаза у тети Кати стали огромными и испуганными. — Приходил, Мариночка. Приходил! Аккурат, когда я из милиции вернулась, чтобы, значит, тебе позвонить, он и пришел.

Азарова чуть не подпрыгнула, когда это услышала. Она буквально вцепилась в тетю Катю:

— Кто такой, как выглядит? Откуда вы знаете?

— Так ведь он сначала ко мне позвонил. Квартиру перепутал. Я как дверь железную поставила, так номер на ней не повесила. А у Вадима его никогда и не было. Наши двери постоянно путают.

— Как он выглядел?

— В костюме, в шляпе и очках, и лицо, как у Кощея, худое. Я еще подумала, чего это он в такую жарищу в костюме и шляпе. Но самое главное, волосы у него какие-то странные.

— Что значит, какие-то странные?

— Слишком уж светлые. Не поймешь даже, то ли русые, то ли седые и длинные.

— Вы ему открыли?

— Еще чего! Я же не сумасшедшая. Я с ним через «глазок» общалась. Сказала ему, что Вадим напротив живет, и смотрела, что дальше будет. Вадим его впустил, а дальше я побежала вам звонить.

— Долго он там был?

— Так минут двадцать. Я как с тобой поговорила, собралась и побежала во двор, а он тоже вышел и передо мной спустился. Неужто он убивец? Ой, мамочки! Так ведь он и меня мог убить как свидетеля.

И тетя Катя от этой мысли повалилась в обморок. С трудом Марина и Вера привели ее в чувство, отпоили водой.

— А у него что-нибудь в руках было? Портфель, может, или чемодан? Палка, в конце концов!

— В руках? — Тетя Катя задумалась. — В руках не было.

— Жаль.

— Зато под мышкой было.

— Что же?

— Рулон.

— Рулон?

— Да рулон. В газету завернутый.

Три женщины переглянулись. И тетя Катя вдруг охнула:

— Так ведь это же моя картина была! Ведь точно такого размера. Как же я сразу не догадалась? Ой, дура! Да ведь я бы его на части разорвала!

Тетя Катя застонала. Вера и Марина потрясенно молчали. Молчание длилось почти минуту, затем Марина схватила клиентку за руку.

— Вот про это вы все милиции и расскажите, — велела ей она. — Только о нас с Верой ни слова.

— Это почему же? — насторожилась тетя Катя.

— А потому, дорогая тетя Катя, что если нас менты мурыжить начнут, то времени у нас на то, чтобы искать вашу картину, уже не будет. Мы будем часами сидеть по кабинетам и давать показания. Понятно?

— Понятно! — быстро, по-солдатски согласилась тетя Катя. — Ни словечком о вас не обмолвлюсь.

— А теперь до свидания, мы уходим, вы нам звоните, и дверь никому просто так не открывайте, и в «глазок» не смотрите.

— Ой, грехи мои тяжкие! — простонала тетя Катя.

НОВОСТЬ ЗА НОВОСТЬЮ

Лаврентий Беркутов вором в законе не был, но очень хотел им стать, к чему и стремился все последние десять лет. Ему стукнуло пятьдесят, и в криминальном мире он был с пятнадцати лет, пройдя почти всю иерархическую лестницу преступности от шестерки до смотрящего. За это время он три раза успел побывать в тюрьме, правда по легким статьям (адвокаты не зря хлеб жрут) и жизнь знал. Однако, чтобы стать тем, кем он хотел, ему не хватало серьезного дела, что окончательно утвердило бы его авторитет среди братков, и ему отстегнули бы для контроля целую область. И нужно было поторопиться. Папаша не сегодня завтра отойдет от дел, а на его место уже метят Багажник и Свят. Да и Казбек тоже зевать не станет. И уж Лаврентия они будут отпихивать и локтями и зубами — ребята они молодые, хваткие. Так что придется ему до конца жизни довольствоваться лишь одним из четырех районов в городе. Если три года назад это его вполне устраивало, то с недавних пор стало тяготить. Еще бы! Его дружки Доцент и Челентано уже давно сделали карьеру и рулят каждый в своей области, ворочая миллионами долларов, а он все еще нюхается в районе, как какой-нибудь малолеток. Начинали они вместе, можно сказать, в одном дворе, а теперь он своим корешам чуть ли не ручку целовать должен. Обидно.

Когда всплыл Японец со своим делом, появилась надежда на крупные перемены. Сделка обещала никак не меньше десяти миллионов рублями, а совершить-то надо было всего ничего — стырить картину и переправить ее за кордон. К сожалению, дело пришлось отложить на целый месяц, потому что Японец скрылся в Германии по своим делам, а во Владивостоке сцепились Перец и Уксус, и Папаша направил его туда, чтобы их помирить. А он даже не успел дать команду забрать товар, чтобы не вовлекать в дело лишних людей. Как оказалось, напрасно. Он капитально прокололся. Скворец вдруг зажадничал, и пришлось дать команду его ликвидировать. Что ж, впредь думай, на кого пасть открываешь, паскуда. И не таких, как этот сявка, в гроб укладывали.

— Где же Тихий?

Лаврентий посмотрел на «Ролекс». Прошло уже два часа после звонка, а Тихого все не было. Лаврентий занервничал. Нет, в Тихом он не сомневался. Парень свой в доску, предан, как пес. Мозгов ему, правда, недостает. Что ж, университетов он не кончал, но лучшего работника у него нет.

Лаврентий подобрал парня пять лет назад в Ташкенте. Выиграл его у Мирзы в нарды. Мирза, сволочь, держал его на цепи вместе с собаками у себя во дворе. Тогда у баев как раз мода пошла, чтобы у каждого при доме в рабах Иван был. Лаврентию это не понравилось.

— Не могу я, Мирза, так, — сказал он узбеку, попивая из пиалы зеленый чай, — увидеть своего православного брата на цепи у мусульманина и пройти мимо. Отдай его мне.

— Отдать не могу, — ехидно улыбаясь, ответил Мирза, и его узкие глазки хищно сверкнули. — Соседи смеяться будут.

— Тогда продай.

— И парадать не могу. Вот давай в нарды сыгы-раем, выиграешь, Тихий твой. Пириграешь, я товар Курбату отдам. Он на десять штука больше тебя пала-тить обещал.

Лаврентий усмехнулся:

— Давай сыграем.

Они сыграли, и он выиграл.

— Бери свой Иван, — зло прошипел Мирза. — Все равно плохой собак был. Не лаял. Кусал только.

Так Тихий попал к Лаврентию. Грязный, полу-голый, кости да кожа, глаза у дикаря хоть и бесцвет-ные почти, да только недобрым огнем горят.

— Как ты попал к Мирзе? — спросил его Лав-рентий. — Да еще псом заделался.

— Работать не хотел, в Аллаха верить не хотел, вот и стал собакою, — зло ответил Тихий. — Мирза сна-чала горло хотел мне перерезать, а потом велел на цепь посадить с овчарками. Думал, что они меня норвут.

— И как, порвали?

— А ты сам как думаешь?

— Когда ты к чуркам попал?

— Сразу, как Союз завалился. Убежать не успел.

— Грамотный?

— А то. У меня мать училкой тут была. Русскому языку чурок учила. А отец лечил. Они их обоих из «калаша»...

Лаврентий похлопал Тихого по плечу:

— Ничего, братишка. Теперь со мной в Россию вернешься. Домой. Ах, Мирза, Мирза! К Курбату захотел? От Папаши свалить? — Он похлопал быв-шего раба по щеке: — Хочешь с Мирзой поквитаться?

В глазах Тихого сверкнула такая радость, что Лав-рентий сразу понял — хочет.

— Сегодня ночью проведешь моих людей к Мирзе в дом, да так, чтобы ни одна шавка не гавкнула.

Тихий, словно шакал, оскалился во весь рот:

— Не гавкнет.

И действительно, ни одна собака не залаяла, когда люди Лаврентия темными тенями входили в дом Мирзы и разбегались по нему, словно тараканы. Работали ножами, не щадили никого. Узбеки должны понять, что хозяином в Ташкенте все равно будет Папаша и что Курбат зря надеется зону поменять. А Мирзу Тихий сам лично убил прямо в постели. Но сначала разбудил.

— Хочу в твои глаза поглядеть, — тихо сказал он Мирзе по-узбекски. — А башку твою собакам отдам. Пусть они хоть раз всласть поедят.

После устранения Мирзы Папаша велел убрать Курбата. И задачка эта была посложнее. Курбат прятался в Самарканде, и дом у него был, словно крепость, а Узбекистан — это тебе не Вологда. Чужая территория. Восток — дело тонкое! И тогда Лаврентий опять решил использовать Тихого.

— Уберешь Курбата — сыном моим станешь, — сказал он ему.

— Считай, что он уже мертв, — ответил Тихий.

Он вырядился дервишем и пешком отправился в Самарканд. Все русские, родившиеся в Средней Азии, смахивают на азиатов. Какая-то закономерность здесь есть. Тихий легко прошел все кордоны, добрался до резиденции Курбата. И опять он проник ночью в его дом, и ни одна собака не залаяла. Все-таки не прошли даром те пять лет, что Тихий просидел на цепи вместе с псами Мирзы, грыз кости и жрал сырое мясо. Там он спрятался в домашней молельне, и, когда Курбат пришел свершить молитву во славу Аллаха, прямо во время поклона в горло ему воткнулся наточенный с двух сторон гвоздь. Его Тихий готовил для Мирзы, когда сидел на цепи, и по ночам тренировался, кидал в старое засохшее абрикосовое дерево. На Мирзе применить свое заветное оружие он не успел, зато в Курбата не промахнулся, и Самаркандский Шакал (прозвище Курбата) умер, не издав ни звука и не поменяв позы. Телохранители бая, когда заглядывали в молельню, удивлялись, что это вдруг Курбат так долго молится. Когда же его подняли, уже посиневшего и задубевшего, Тихий был далеко.

Затем Лаврентий, как и обещал, привез Тихого в Россию и оставил при себе, так как парень в одиночку ни за что бы не освоился в новой действительности. Здесь Тихий стал тенью Лаврентия и выполнял только самые заветные его поручения.

Только вот сейчас что-то он задержался. И Лаврентий забеспокоился. В третий раз набрал он номер мобильника, но Тихий не отозвался.

— Что такое?

Вдруг мобильник зазвонил сам. Лаврентий нажал кнопку и услышал знакомый голос:

— Здорово, Лаврик! Узнаешь?

— Отчего же я тебя не узнаю, Багажник?

— Кто тебя знает? Ты в последнее время даже в мою сторону не смотришь. За что такая немилость?

— Не гони фуфло, Багажник, — отрезал Лаврентий. — Балакай о деле.

— О деле? Давай о деле. Тут к нам в сеть муха из твоего толчка залетела. А при ней картинка странная. Ты что же это, Лаврик, живописью стал интересоваться? Может, тебя в Третьяковку сводить за ручку? — Багажник заржал.

Лаврентий помрачнел:

— За Тихого я тебе кишки вытяну. А за картину

тебя в твоем же дерьме утоплю. Чтобы через час и Тихий и картина были у меня, или...

— Заткни фонтан, свиной потрох! — оборвал Лаврентия Багажник. — И на понт меня не бери. Папаша в понедельник дела передавать будет и перстень. Так вот, ты проголосуешь за меня, и этим же вечером и Тихий и картина будут у тебя. Усек?

— Усек.

— Тогда до скорого. И не дергайся. А то голову твоего пса тебе по почте пришлем, а во рту у него будет пепел от картины.

Трубка замолкла, и Лаврентий с ненавистью бросил ее в стену. Новости его ошеломили. Тихий с товаром у Багажника, Папаша передает дела и перстень с печатью в понедельник, Багажник требует, чтобы он голосовал за него. Кажется, началась крутая разборка, и он должен закончить ее до понедельника. Дел по горло.

— Эй, Камаз, Вентиль! — закричал Лаврентий. На его зов тут же вбежали два верных зама. Черные ботинки, белые брюки, рубашки, галстуки, все от Валентино, приличные на первый взгляд рожи. — Поднимайте братву. На нас наезд!

— Кто наезжает? — криво усмехаясь и поблескивая золотыми зубами, спросил Камаз.

— Багажник. Ему Папашино место занять не терпится. Старик решил сдать дела.

— Тогда и Свят не сегодня завтра объявится, — заметил Вентиль и присвистнул.

— Вот Свята-то мы и опередим, — зло сказал Лаврентий. — И Казбека тоже. Покончим разом с обоими.

— А Багажник? — спросил Камаз. — Когда с ним будем разбираться?

— Багажник? — усмехнулся Лаврентий. — Он

уже сам с собой покончил. Угораздило его Тихого взять. Сам в свой дом впустил зверя.

Все трое расхохотались. Правда, смех был у них очень нервный. Начиналась крутая разборка.

В ТЫЛУ ВРАГА

— Итак, что мы имеем? — сама себя спросила Азарова.

Вера и Марина сидели в машине. Белую «девятку» вел Ник. Городские улицы с толпами пешеходов, которые возвращались по домам после тяжелого трудового дня, проносились мимо.

— Абсолютно ничего! — ответила сама себе Марина. — Только кое-что мне непонятно.

— Что именно? — спросила Вера. — Мне, например, ничего не понятно.

— Меня настораживают две вещи, — пояснила Марина. — Как мог Скворцов хранить украденную у соседки картину стоимостью в сто тысяч долларов в своей квартире? Он что, такой тупой?

— Почему бы и нет? — вопросом на вопрос ответила Вера. — Почему всегда надо обязательно предполагать, что преступник наделен острым умом? Это в детективных романах все преступники — не реализовавшие себя гении. В жизни они — обыкновенные оболтусы, которые хотят легких денег. Скворцов, по-моему, как раз относится к этой братии.

— Возможно, ты права, — согласилась Азарова. — Второе, что меня сбивает с толку, это время. Картину у Поцелуевой похитили месяц назад. Скворцова убили сегодня. Картину у него тоже, по нашим предположениям, забрали сегодня. Почему? Вот где несостыковка. Ну не бывает такого! Даже самые тупые воры стараются избавиться от краденого на следующее утро. Но чтобы держать у себя товар целый месяц! Да и Лаврентий! Неужели он ждал так долго? Что-то не верится. Может быть, все-таки речь шла не о картине, а о чем-то другом?

В эту секунду впереди замигал красный свет светофора, «девятка» остановилась, воспользовавшись моментом, Ник что-то поднял с соседнего сиденья и передал Марине. Это была все та же газета «Жизнь», в которой Вера Грач прочитала необычное объявление.

— Что это? — удивилась Азарова. Вместо ответа Ник показал три пальца, затем «девятка» снова тронулась с места, и он уже не оборачивался. — Ага, поняла. Третья страница. Посмотрим. Так! Вот в чем дело! Вот и ответ. Оказывается, известный предприниматель, меценат и почетный гражданин Ленинского района Лавр Беркутов вчера вернулся в наш город из Приморья, куда ездил в экстренную деловую поездку на целый месяц. Точно! Он и по телефону сказал, когда звонил Скворцову, что только что приехал. Теперь вся картина налицо. Лавр дал задание Скворцову похитить у Поцелуевой картину, а сам, по всей видимости, неожиданно уехал и отсутствовал целый месяц. По прибытии он тут же послал за товаром своего человека. Скворцов, который за это время, видимо, прознал про истинную стоимость картины, потребовал дополнительную плату за свои услуги. Скорее всего, плата была достаточно высокой, и Лавр приказал своему человеку убить Скворцова. Наказал, так сказать, за жадность. А что? У них не заржавеет. Убийца уходит, и тут, конечно же, совершенно случайно, приходим мы и находим убитого Скворцова. Вот такое стечение обстоятельств.

— Да, — вздохнула Вера, — зашли мы и чуть было не вляпались во все это дерьмо.

— Ты ошибаешься.

— То есть?

— Мы именно вляпались. Причем по самые уши.

— Объясни, — потребовала Вера.

— Чего тут объяснять? Картина у Лаврентия. Девяносто девять процентов из ста. Теперь у меня сомнений в этом нет.

— Тогда надо ее у него отнять и вернуть тете Кате.

— Пара пустяков, — засмеялась Марина. — Если, конечно, ты вызовешь взвод десантников. А что, Вера? Это мысль! Возможно такое проделать?

Грач тут же отвернулась к окну.

— Дурацкая шутка, — фыркнула она.

Марина растерялась:

— Ты что, обиделась? Верунчик! Я же не хотела тебя обидеть. Я на полном серьезе тебя спросила. А что? Позвали бы твоих ребят, захватили дом Лаврентия, взорвали бы там все к чертовой матери и вернули картину.

Вера поняла, что Марина действительно сказала это без всякой задней мысли и тем более без намерения обидеть ее.

— К сожалению, это невозможно, — ответила она.

— Жаль! — Марина немного помолчала. — Придется мне попробовать проникнуть к Лавру в одиночку.

Ник затормозил так резко, что покрышки завизжали, а пассажиры чуть не перелетели с заднего сиденья на переднее. Ник оглянулся на Азарову и покрутил пальцем у виска. После этого машина опять тронулась вперед. Вера была полностью солидарна с Ником.

— Ты что, чокнулась? — воскликнула она. — Хочешь, чтобы тебя, как этого Скворцова? Думаешь, посмотрят, что ты женщина?

— А что? — Марина достала из сумки карандаш и поправила рисунок на губах. — Может, и посмотрят.

— Тогда я с тобой! — неожиданно для себя сказала Вера. Будучи русским солдатом, она не могла оставить товарища в опасной ситуации.

— Хорошо, — согласилась Азарова. — Тогда пойдем на дело вместе. Так и должно быть, раз мы партнеры. Только надо подумать, каким макаром и в каком прикиде.

В городе было невыносимо жарко и душно, но в машине работал кондиционер. Еще прохладнее было в офисе Азаровой.

— Итак, давай думать, как мы проникнем к Беркутову, — сказала Марина, впрыгивая в любимое кресло и бешено крутясь вокруг собственной оси.

— К кому? — спросила Вера.

— К Беркутову. Это фамилия у Лаврентия такая, — объяснила Марина. — Ты что, невнимательно слушала, когда я газету читала?

— Да, как-то запамятовала. Почему тогда у него прозвище Лаврик, а не Беркут?

— Рылом не вышел до Беркута, значит, — засмеялась Марина. — Итак, предлагаю операцию «Ниндзя»!

Ник покрутил пальцем у виска еще раз и сел за компьютер.

— Сколько сейчас времени? — Азарова посмотрела на часы. — Девятнадцать часов двадцать восемь минут. Лучшее время проникновения в лагерь врага три часа утра.

— Это почему три часа? — удивилась Вера.

— Ученые утверждают, что именно в это время биологические ритмы человеческого организма больше всего настроены на сон и отдых, а охранительные функции, такие, как инстинкты самосохранения и выживания, совершенно ослаблены. Так что в три часа мы спокойненько проникнем в дом Лаврентия и поищем там картину. Может, нам и повезет. Значит так, у нас есть еще семь часов на подготовку. С чего начнем?

— С разведки! — Вера Грач инстинктивно выпрямилась, и в голосе у нее появились стальные нотки. — Отправляться в тыл врага без предварительной разведки равносильно самоубийству.

— Поверим профессионалу. — Азарова повернулась к Нику. — Ну как, надыбал адрес Беркутова?

Ник молча протянул ей два листка. Один листок был с адресом Лаврентия, который ему предоставила программа «ГТС», которую Марина добыла из городской телефонной службы, где работала ее школьная подруга. В ней были абсолютно все телефоны города и их владельцы. На другом листке Ник распечатал фрагмент карты города и его окрестностей. Марина и Вера склонились над бумагами.

— Это за городом, — уверенно сказала Вера. — Вот поселок Бердяевка, он по Горьковскому шоссе, вот здесь, на окраине, прямо у леса, дом сорок три. Понятно, подъехать к нему лучше всего вот отсюда, а потом еще раз можно будет проехать здесь. Для разведки вполне достаточно.

Марина в радостном предвкушении потерла руки:

— Едем!

Через сорок минут они были на месте. Разведка, как и предсказывала Вера, состояла в том, что они один раз проехали по шоссе, затем свернули на проселочную дорогу и еще раз проехали уже непосредственно перед самим домом Лаврентия. С шоссе Грач внимательно осмотрела дом и его окрестности в полевой бинокль, а вблизи уточнила детали.

Дом Беркутова представлял собой обыкновенный кирпичный особняк, построенный с размахом, роскошью и совершенно без всякого вкуса. Окружен он был по всей территории высоким забором с колючей проволокой поверху. За забором шлялось человек пять охранников с дробовиками за спиной, и, обнюхивая траву, бродили две собаки-овчарки. От дороги, как и положено, дом отделялся контрольно-пропускным пунктом. Из КПП, когда они поравнялись с ним, тут же выскочили два мордоворота с автоматами Калашникова наперевес.

— Эй, вы! — закричал один из них. — Что вы тут делаете?

Марина тут же открыла боковое стекло, быстро надела темные очки и выглянула наружу. С очаровательной улыбкой спросила:

— Поселок Экономический здесь?

Увидев хорошенькую девушку, охранники сразу смягчились и опустили автоматы:

— Чего, читать не умеете? Это Бердяевка. Экономический с другой стороны, через километр. А зачем вам туда?

— На пикник едем. К дяде Ване, — объяснила Марина.

— Зачем вам к дяде? — заржали охранники. — Заруливайте к нам. Мы тоже можем пикничок организовать.

— Спасибо, как-нибудь в другой раз! — ответила Марина.

Ник развернулся и дал полный газ. Особняк Беркутова остался позади.

— Уф! — выдохнула Марина, снимая очки и поднимая стекло. — Чего это они сегодня такие нервные? Я думала, сейчас стрелять начнут. Верунчик, ты как? Все посмотрела?

— Посмотрела, посмотрела.

— Что скажешь?

— Понтов много, но система безопасности абсолютно не продумана. Сразу видно — над ней трудился двоечник. В дом попасть не сможет только дурак. Перед задней стеной лесополоса прямо вдоль забора идет. И подкрасться незаметно нетрудно, и через забор перелезть с любого дерева можно. Главное, сразу нейтрализовать собак.

— Собак усыпим, — тут же ответила Марина. — У Ника есть духовое ружье. Его дядя с ним в Африке охотился на львов.

— Это правда? — спросила у Ника Вера. Тот кивнул. — А не жалко было твоему дяде львов убивать?

— Он их не убивал, — несколько раздраженно сказала Азарова. — Он их усыплял и ставил на хвост бирки. Чтобы ученые-зоологи могли за львами наблюдать и изучать. Ты давай лучше о деле говори. Про львов Ник тебе потом расскажет, как-нибудь на досуге.

— Потом так потом, — согласилась Вера. — Далее, до дома всего двадцать метров. А там хороший кустарник. Он прямо до двери доведет.

— Отлично!

Когда приехали обратно в город, то отправились на квартиру к Марине, потому что был уже десятый час и идти в офис не имело смысла. К тому же все трое сильно проголодались.

Квартира у Азаровой была двухкомнатная. Небольшая, но очень уютная. В центре располагалась небольшая, не особо загруженная мебелью гостиная с выходом на просторную шестиметровую лоджию, главным украшением комнаты был домашний кинотеатр со стереосистемой «долби-пролоджик», вдоль стен шли книжные стеллажи и стояли два небольших дивана — Марина экономила место. Слева от гостиной была спальня, которую занимал спальный гарнитур «Кармен-3». На нем валялись мягкие игрушки, большие и маленькие, в основном зайцы, а по стенам были развешаны портреты самой Азаровой. Портреты очень хорошие, явно сделанные профессиональным фотографом-портретистом. Чувствовался стиль. Дальше за гостиной, справа по коридору, была кухня. Тут все, как обычно: гарнитур, холодильник с микроволновкой, газовая плита итальянской фирмы «Индезит», угловой диванчик и по центру стол. В отличие от гостиной и спальни, здесь было немного тесновато. Впрочем, для одного человека места было более чем достаточно. Домашних животных в квартире не имелось. Цветов тоже. Все это Марина показала новой подруге в течение минутной экскурсии по квартире.

Ник остался в гостиной и сразу зашелестел там газетами, которые купил на автостоянке. Женщины отправились на кухню, чтобы приготовить ужин.

— Так, что тут у нас есть? — спросила себя Азарова, заглядывая в холодильник. — Ага, пельмени «Столичные». Две пачки. Здорово! Это мне мама принесла. Она знает, что, если мне холодильник не затарить, я сдохну от голода. Поэтому приносит продукты сначала мне, а уж потом себе. Ник, ты будешь пельмени? — В гостиной радостно зашуршала газета. — Будет! Ник неприхотлив, так же как и я. А ты, Вера? Хотя чего я спрашиваю? Ты же у нас десантник. Можешь, наверно, желудями в лесу питаться. Не так ли?

— Если понадобится, могу и желудями, — рассмеялась в ответ Вера. — Но все же предпочитаю пельмени. Давай мы их не сварим, а потушим.

— Это как это? — удивилась Марина. — Что-то я никогда так не пробовала.

— Это очень просто. Кладем пельмени в высокую сковороду, заливаем маслом, потом густо смазываем майонезом, — надев фартук, Вера сразу стала сопровождать слова делом, — затем обильно посыпаем сыром. У тебя есть сыр?

— «Рокфор»! — с гордостью ответила Марина.

— Лучше бы, конечно, «Российский», ну да ладно, сойдет и «Рокфор». Так вот, обсыпаем все это протертым сыром и ставим в духовку на двести градусов. Через полчаса у нас будет роскошное блюдо. Посыпаем его зеленью и подаем на стол.

— Здорово! Великолепно! — Марина пропела эти слова голосом «Мумий Тролля» и захлопала в ладоши. — Ник, ты слышал?

В гостиной опять радостно зашуршала газета.

— Теперь салат из помидоров и огурцов. Летом лучшего блюда невозможно себе представить. — Вера так ловко рубила овощи огромным столовым ножом, которым Марина обычно разделывала мясо, что та даже рот открыла от удивления.

— Нет, ты точно в армии была десантником, а не поваром? — спросила она, с риском потерять пальцы подворовывая из-под ножа кусочки помидоров.

— У меня же целый взвод мужиков был, — улыбнулась Вера. — Целый взвод, представляешь? И все всегда голодные. Так что мне пришлось вместе с теорией и практикой ведения ближнего и дальнего боя изучать и полевую кулинарию.

По квартире распространился изумительный запах пельменей, тушенных в майонезе с сыром. Марина повела носом и блаженно вздохнула. Появился Ник, прошел к холодильнику и вынул из него бутылку «Посольской».

— Пельмени без водки, что без весел лодка, — похвалила Ника Вера. — Виден настоящий мужик.

— Этому настоящему мужику, — скептически заметила Марина, — сегодня всю ночь за рулем придется сидеть.

Вера посмотрела на часы:

— До начала операции осталось четыре часа. Он десять раз успеет протрезветь. Тем более у нас такая роскошная закуска. К тому же нам всем надо снять нервное напряжение. А лучшего способа, чем сто граммов перед боем, я тоже не знаю. Средство верное и испытанное.

— Ладно, — замахала руками Азарова, — уговорили! Бегу за рюмками.

Через двадцать минут все трое сидели за столом и уплетали за обе щеки приготовленный Верой ужин.

— Вот уж не думала, — с трудом произнесла Марина, зеленые глаза которой после первой рюмки весело заблестели, — что магазинные пельмени могут быть такими вкусными. Верунчик, ты чудо!

— Это еще что! — скромно опустила глаза Вера. — Ты пока моих пирогов не ела и тортов. Я даже для нашего комдива «Наполеон» на Новый год пекла.

— Представляю! Ник, ты слышишь? Какая же Вера молодец! Нет, ну ты подумай. А нам сделаешь?

— А то? Найдем картину, я вам такой торт сварганю, сдохнете от счастья. Ник, ты почему так мало ешь?

Вместо ответа Ник наполнил рюмки во второй раз. Троица чокнулась:

— За успех операции!

Выпили, захрустели салатом и снова набросились на пельмени.

— Да, поистине еда поднимает настроение, — сказала Вера, когда первый голод был утолен. — Говорят, правда, что затуманивает мысли.

— Вот с этим я не согласна категорически! — возразила Марина. — Это кому как. Мой Костик, например, действительно после обеда не то что таблицу умножения, порой свое имя вспомнить не мог. И первый муж тоже от еды тупел. Я же наоборот! Если не поем, работать не могу. Еда для меня, как бензин для машины. Вот ты говоришь, что мысли туманятся, так я тебе говорю, что они у меня, наоборот, яснее некуда.

Вера снисходительно посмотрела на подругу:

— Это тебе так кажется. После водки всегда чудится, что все задачи решаются просто.

— Нисколько. И водка тут совершенно ни при чем. Мне, чтобы опьянеть, рюмок десять надо, не меньше. Я в милиции знаешь как натренировалась! Так что две рюмки — это ерунда. Вот сейчас мне в голову как раз пришла оригинальная мысль.

— Это какая же?

— Ты не задавалась вопросом, что мы будем делать, когда окажемся внутри дома?

— Что значит, что делать? Искать картину.

— Это ежу понятно, что искать картину. Только вот где? Ты видела, какой там огромный дом?

Это же Эрмитаж! Мы там будем неделю искать полотно и можем его не найти.

— Я как-то об этом не подумала, — призналась Вера. — Меня больше интересовало то, как мы туда попадем и как оттуда уберемся.

— Видишь, тебя больше интересуют средства, а меня цель. И это здорово! Вот он — результат совместной деятельности. Вместе мы дополняем друг друга. Итак, что же делать?

— Что?

— Допустим, что картина у Лаврентия и он ее прячет в самом надежном и тайном месте, как самую дорогую для себя вещь.

— Почему ты думаешь, что она для него столь дорога?

— Если бы это было не так, стал бы он приказывать убить Скворцова?

— Скорее всего, нет.

— Вот так-то. Так, это мы проехали. Теперь дальше. Как нам узнать, где он ее прячет? Времени у нас будет в обрез, к тому же темнота.

— Элементарно, — ответила Вера и взяла в руки нож, которым недавно так лихо резала салат, и большим пальцем проверила его острие. — Мы берем его в спальне, приставляем эту игрушку к горлу, и он нам сам выкладывает как миленький, где прячет картину. Мы его оглушаем дубинкой по башке, забираем картину и уходим.

— Вообще-то это тоже вариант, — сказала Азарова. — Даже проще, чем мой.

— А ты как хотела?

— Я собиралась кинуть дымовую шашку. Шашка задымит и, когда все погрузится в дым, поднимется пожарная тревога.

— Что-то я не врубаюсь. Зачем это?

— Ничто так не действует на человека, как пожар. Любой, самый отважный и хладнокровный человек, бывает, теряется, когда слышит о пожаре. Дальше, как правило, он кидается спасать самое для себя дорогое и ценное, и я думаю, что он как раз бросится к картине. Тут мы его хватаем, оглушаем, забираем полотно и, пользуясь всеобщей суматохой и густым дымом, уходим из дома.

— А что, если он кинется спасать не картину, а жену и детей? — спросила Вера.

— У него нет жены и детей.

— Откуда ты знаешь?

— Я в этом убеждена.

— А вот я нет.

— Хорошо, попробую тебя убедить. Лаврентий один из авторитетов нашего города. Это раз. Естественно, что он хочет быть не одним из авторитетов, а одним на весь город. Понятно?

— Понятно.

— То есть, говоря по-другому, он хочет стать вором в законе. А что это значит?

— Что это значит?

— Это значит, что у него нет ни жены, ни детей, потому что, по законам уголовников, вор в законе имеет только одну семью — братву. Другой ему не полагается. Вот почему все авторитеты у нас в городе холостые и бездетные. Я тебя убедила?

— Вполне!

Девушки пожали друг другу руки, а Ник налил по третьей.

— Стоп! — всполошилась Марина. — Я, конечно, согласна, что надо снять нервное напряжение, но перебарщивать тоже не надо.

— Ты что это? Говорила, что десять рюмок тебе мало, а сама... — Вера погрозила ей пальцем. — Мы же только две выпили. А бог, он троицу любит. К тому же у нас на Кавказе пьют всегда нечетное количество тостов.

— Это почему же?

— Потому что четное количество пьют только на поминках.

— Больше вопросов не имею! — Марина взяла свою рюмку. — Тогда третий тост, как всегда, за любовь.

На этом распитие водки закончилось. Марина включила кофеварку, а Ник с серьезным видом убрал бутылку с остатками алкоголя в холодильник.

Кофе пили в гостиной на диване. По телевизору шла передача «Сегодня». Все слушали новости, но каждый думал о чем-то своем. Вдруг Вера подскочила на месте:

— Слушай, Марина, а у тебя дымовая шашка есть?

— Конечно, есть.

— Надо же! И респираторы?

— И респираторы.

— И что, три штуки?

— Зачем нам три? Нас же двое будет. Ник останется за забором. Его задача — нейтрализовать собак. Хотя у меня респираторов пять штук.

— Куда тебе столько?

— Сама не знаю.

К полуночи все трое уже клевали носами, а от кофе всех тошнило. Где-то за окнами куковала кукушка.

— Как это тебя в город занесло? — удивилась

Марина. —
жить?

Кукуш...

— Это ч...
получается...

От волн...
передался и...
кушка закук...
они устали с...
со счета.

— Пронес...
рина. — Значи...

Пятница, т...

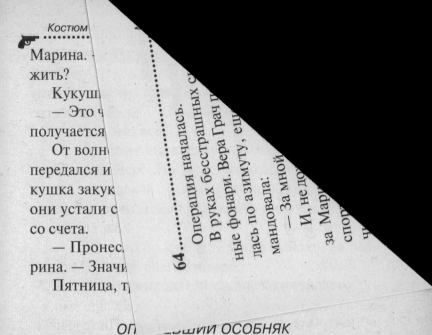

64...
Операция началась.
В руках бесстрашных с...
ные фонари. Вера Грач п...
лась по азимуту, еще...
мандовала:
— За мной
И, не до...
за Мари...
спор...

ОГ... ...ШИЙ ОСОБНЯК

В три часа ночи, когда весь мир в округе ста километров еще спал мирным сном, по пустынному Горьковскому шоссе проехала белая, как снег на вершинах гор, «девятка». Не доезжая полутора километров до поселка Бердяевка, где расположились дома и особняки новых хозяев жизни, она сбавила скорость и свернула с трассы в лес. Здесь через несколько десятков метров она остановилась. Погасли фары, и из открывшихся дверей тихо выскочили три фигуры в камуфляже и финских колпаках.

— Отсюда мы доберемся до нужного нам объекта за четверть часа, — сверившись с картой, прошептала одна из фигур голосом Веры Грач.

— Ник, ты ружье не забыл? — спросила вторая фигура голосом Марины Азаровой.

Третья фигура, самая высокая и плечистая, ничего не ответила, только кивнула.

...щиков зажглись мощ-
...осмотрела на компас, свери-
...е раз глянула на карту и ско-

...жидаясь ответа, побежала. Марина за ней,
...ной Ник. Все трое были в великолепной
...тивной форме. Никто не пыхтел, не трещал су-
...ьями и не разговаривал. Так они бежали минут десять. Затем последовала новая команда:

— Фонари погасить. Перейти на шаг.

Азарова и Ник повиновались. Следующие пять
минут они шли быстрым шагом. Вдруг Вера резко
остановилась и предупреждающе подняла руку. Марина и Ник поняли, что объект обнаружен.

Небо хоть и начало светлеть, но в лесу было по-
прежнему темно. По этой причине все трое надели
на глаза приборы ночного видения. Сразу же впереди, шагах в пятидесяти, среди размытых силуэ-
тов деревьев показался забор. К нему они прибли-
жались буквально ползком. Теперь первым дви-
гался Ник. Когда он был от забора шагах в десяти,
остановился. Марина и Вера тоже залегли и замерли, затаив дыхание. Сейчас должен действовать Ник.
Он достал из рюкзака моток шелкового шнура с
кошкой на конце, раскрутил его и бросил в крону
самого высокого дерева. Затем с кошачьей ловкос-
тью взобрался по стволу, после чего сел на самую
толстую ветку. Несколько минут устраивался на
ней поудобнее, потом достал духовое ружье.

Овчарки, охранявшие дом и спущенные с цепи
на ночь, почуяли приближение неизвестных гос-

тей и услыхали странный, непонятный шум за стеной. Они уже бегали вдоль забора и готовились поднять лай. Однако не успели. Ник выстрелил. Маленький шприц мелькнул красным оперением и мягко вонзился в приземистый зад одной из собак, и та сразу свалилась на бок. Это сильно озадачило вторую овчарку. Она подбежала к напарнице и удивленно стала ее обнюхивать. Она никак не могла понять, что случилось, потому что ей никогда не доводилось видеть, как ученые охотятся на львов. Еще больше она удивилась, когда точно такая же странная штука, которая торчала из задницы подружки, вонзилась и в ее бедро. Собака удивилась, заскулила и тут же уснула.

У Ника имелись еще в запасе шприцы, но больше собак не было. Он дал знак девчонкам, что настала их пора действовать.

Азарова и Грач просто изнывали от нетерпения. Как две белки, взлетели они на высокий забор. Перебрались через колючку, причем резиновые перчатки предохранили их от удара электричеством (через проволоку был пропущен ток высокого напряжения), прыгнули вниз. Несколько секунд ушло у них на то, чтобы осмотреться. Вокруг никого не было, и они, прижимаясь к кустам и к земле, побежали к дому.

Вот и задняя дверь. Можно снять «ночнушки», потому что стало достаточно светло. Они не разговаривали, обходились знаками. Азарова занялась замком, Вера встала у двери, готовая в любое мгновение оказать достойный отпор любому, кто попытается напасть на них. В руке у нее был «вальтер» армейского образца, который она добыла в одном из боев с чеченскими боевиками. Затем во время службы настолько привыкла к нему, что ни за что не смогла с ним расстаться и нелегально провезла опасный трофей в Центральную Россию. Вот уж не думала, что он ей пригодится так скоро.

Через пятнадцать секунд дверь была открыта, и они проникли в дом Лаврентия Беркутова, крутого авторитета и беспощадного к своим врагам человека.

Дом был погружен в тишину и мрак. Как две тени пробирались по нему Марина и Вера. Фонарики они включать не решались. Первый этаж они обследовали, но ничего интересного в нем не нашли. Комнат было девять: большой зал, огромная столовая, спортзал, тренажерный зал, бассейн, две комнаты для гостей, курительная и кабинет, не считая подсобных помещений, и все девять оказались пустыми. Ничего похожего на сейф или тайник они не обнаружили. Даже в рабочем кабинете хозяина не было сейфа, хотя Азарова тщательно осмотрела все стены, картины и статуи, а также цветочные горшки с экзотическими растениями. Заодно она установила по всему первому этажу «жучки», чтобы прослушивать разговоры Лаврентия. Действовала она настолько быстро и умело, что Вера только диву давалась.

— Теперь наверх! — прошептала Марина, когда с первым этажом было покончено.

Сыщики неслышно поднялись наверх. Ни одна ступенька, ни одна половица не скрипнули под их ногами. Казалось, что женщины невесомы.

Второй этаж тоже был пуст. Ни хозяина, ни его людей, ни слуг. Никого! Дом словно вымер.

— Куда все подевались? — прошептала Вера на

ухо Марине, и в голосе у нее слышалось легкое смятение.

— Понятия не имею.

— Не нравится мне это.

— Может, все на улице? — Марина подкралась к окну и осторожно глянула сквозь жалюзи во двор. — Всего пять охранников. Где же остальные? Когда мы были тут днем, их была армия. Куда же все подевались?

— Наверно, отправились на дело, — предположила Вера.

— Такой толпой? Видать, на большое дело отправились ребятишки. Что ж, нам это на руку.

И подруги стали обшаривать комнату за комнатой. В основном это были спальни, в каждой ванная и уборная. Пять спален. И трудно было понять, какая из них принадлежит Лаврентию. Ни портретов, ни фотографий. Так ничего не обнаружив, Вера и Марина в растерянности остановились в коридоре.

— Что он тут пионерский лагерь устроил? — Вера поделилась своим удивлением с напарницей. — Одни спальные комнаты.

— Есть еще компьютерный зал, — прошептала Марина. — Пойдем туда. Может, что в компах накопаем?

Вдруг снаружи раздались возбужденные голоса.

— Охрана, — прошептала Марина. — Они что-то обнаружили.

Девушки опять приникли к окну, которое выходило во двор, и похолодели от ужаса. Там, внизу, один из охранников стоял около спящих собак и подзывал к себе остальных. Двое с автоматами уже бежали к нему на зов. Вдруг он как-то странно замер, затем свалился на землю. На его заду, словно праздничная гвоздика, красовался шприц. Это, правда с некоторым опозданием, сработал Ник. Когда двое подбежали к своему коллеге, тот уже крепко спал. Охранники увидели, в чем дело, и оба сразу посмотрели на особняк. Что-то сказали друг другу, передернули затворы автоматов и с криками побежали к дому. Услышав их крики, от КПП к дому побежал еще один охранник.

— Сейчас будет шмон. — Марина закусила губу.

— Если они разбегутся, то я справлюсь с ними по одиночке. Если будут действовать вместе, это будет сложнее. — Глаза Веры недобро прищурились. — Не очень хочется поднимать шум. Но если придется, то...

— Смотри, они возвращаются! — Марина показала рукой на дорогу, на которой засверкали фарами сразу два «Мерседеса», пять джипов и одна «Газель». — Вот тебе и вся их банда. Кажется, мы влипли.

— Попробуем пробиться той же дорогой, какой пришли, — предложила Вера.

— Поздно.

Из-за того самого забора, которым девушки воспользовались полчаса назад, показались несколько физиономий, и выражения этих лиц не обещали ничего хорошего...

В ПОГОНЕ ЗА ВРАГОМ

Когда все его люди были в сборе и при полном вооружении, Лаврентий с удовлетворением осмотрел свою гвардию и сказал:

— Ну что, братва, порезвимся сегодня? Оторвемся по полной?

Братки радостно оскалились, словно им пообещали грандиозную выпивку.

— Пленных не брать, — продолжил Лаврентий. — Все девочки, которых вы обнаружите в постелях наших врагов, ваши.

— Вот за это тебе отдельное спасибо, Лаврентий! — обрадовался Камаз.

— Деньги, спиртное и наркота тоже в полном вашем распоряжении. А теперь — с богом. Да поможет нам Николай Угодник в нашем святом деле.

Лаврентий вынул нательный крест из золота высшей пробы, такой здоровый, что любой поп мог бы позавидовать, поцеловал его, после чего дал команду занимать места и выезжать.

Кавалькада из трех «шестисотых» «мерсов», двух «БМВ» и одного восьмиместного джипа «Судзуки» покинула ворота особняка. Ребята на КПП, пожелав дружкам удачного дела, проводили их завистливыми взглядами. Ворота мягко закрылись. Дом остался позади.

Через десять минут шоссе впереди разбежалось в разные стороны. Машины остановились.

— К кому сначала? — спросил Лаврентия Камаз. — К Святу или Казбеку?

— Сейчас решим. — Лаврентий достал из кармана пятирублевую монету. — Орлом пусть у нас будет Казбек.

— Точно, — ухмыльнулся Камаз, — с его носярой ему только орлом быть. Ставлю на Казбека сто баксов.

— А Свят у нас будет решкой, — сказал Лаврентий.

— Святу самое место за решеткой, — согласился Вентиль. — А мы его в гробик сегодня уложим. Я ставлю на Свята.

Лаврентий кинул монету, затем поймал ее в кулак и выложил на тыльную сторону левой ладони. Вентиль и Камаз с любопытством потянули к монете физиономии. Камаз радостно засверкал золотом зубов.

— Везет козлам, — зло сказал Вентиль и полез в карман за деньгами.

— Ты кого козлом назвал? — тут же взвился Камаз и схватил Вентиля за галстук. — Ты за базар свой отвечаешь?

— Копыта убери! — заорал в свою очередь Вентиль.

— Ша! — Лаврентий поднял руку. — Утухли, парни. Нашли время разборки чинить.

— А чего он? — Вентиль обиженно кивнул на Камаза. — Знаешь, сколько этот галстук стоит?

— Гони бабки, — Камаз разложил пальцы веером, — или я тебе, гнида...

Лаврентий не выдержал:

— Еще одно слово, и я вас уволю.

Замы тут же замолчали. Они знали, что означало у Лаврентия «уволить».

— Значит, едем к Казбеку, — сказал Лаврентий.

Машина тронулась и повернула направо. Шоссе зашуршало под колесами, и помчались по сторонам деревья. Впереди показался пост ГАИ. Сонный инспектор поднял было жезл, но затем резко опустил его. Кавалькада пронеслась мимо. Глаза инспектора выкатились из орбит. Братки сквозь стекла жестами показывали ему, что он козел и, если вздумает кому сообщить о них, ему не жить. Инспектор все понял и проводил крутой караван тоскливым взглядом.

— Когда будем на месте? — спросил Лаврентий.

— Через двадцать минут, — ответил Камаз.

— Тогда можно отдохнуть, — сказал Лаврентий и закрыл глаза. — Через девятнадцать минут я буду готов.

Через тридцать секунд он уже спал.

— В натуре, крепок у нас босс, — самодовольно заметил Вентиль. — Как Штирлиц, блин! Сказал, что через девятнадцать минут проснется, значит, проснется.

— Спорю на сто баксов, что он проснется на минуту раньше, — сказал Камаз.

— Не, через девятнадцать, я засек.

— Ставлю сотню, что через восемнадцать!

— Засунь себе эту сотню куда подальше!

— Сдрейфил?

— Чего?

— Сдрейфил на спор? Стольник зажал?

— Иди ты! Да я на две сотни спорить готов.

— Давай на две!

Камаз и Вентиль поспорили и стали ждать, когда проснется босс. Тот проснулся, как и обещал, через девятнадцать минут. Сразу спросил:

— Подъезжаем?

— Подъезжаем, — радостно согласился Вентиль и протянул руку к Камазу за деньгами. Тот шмыгнул носом и сунул ему сто долларов, что выиграл у него давеча. — Ты че, Камаз? Охренел, в натуре! Мы же на две сотни спорили.

— После дела отдам.

— Чего после дела? — возмутился Вентиль. — А вдруг тебя грохнут?

— Не грохнут.

— А ты уверен? Че, заговоренный, что ли?

— Ладно, отстань!

— Не отстану. Снимай тогда свой галстук. Он у тебя на полтораста потянет.

— Галстук не отдам.

— Тогда часы.

— Офонарел? Мои часы полторы штуки стоят.

— Ничего, в залог пойдет. Потом я тебе за сто баксов их верну, если, конечно, тебя не грохнут.

— А, хрен с тобой, забирай!

Впереди показался особняк, как две капли воды похожий на тот, что был у Лаврентия.

— А вот и хата Казбека! — объявил Камаз и достал из-под пиджака «узи» и передернул затвор. — Хазбулат удалой! Бедна сакля твоя!

Машины затормозили перед особняком, разом открылись все дверцы, и братва высыпала наружу. Все держали наперевес автоматы или дробовики. Бандитов было человек тридцать. Все вместе они разом бросились к воротам. Лаврентий остался в «Мерседесе» и внимательно наблюдал за происходящим. Он видел, как Камаз и Вентиль и еще человек пять бросились к КПП, с яростными криками вытолкали оттуда охранников Казбека, положили их на землю лицом вниз и уткнули им в затылки стволы. Затем, опять же под руководством Камаза и Вентиля, бандиты проникли за ворота, половина их разбежалась по двору, другая половина вбежала в дом. Лаврентий ждал, что сейчас начнется стрельба, но, против ожидания, все было тихо, только надрывались псы, которых бандиты умело разгоняли по клеткам. Через пять минут прибежал Вентиль. Лицо у него было удивленное.

— Шеф, в доме пусто.

— Как так пусто? А Казбек?

— Нет Казбека. Никого нет. Абсолютно пустой дом. И гараж тоже пустой.

— Что за черт? — Лаврентий вышел из машины и пошел к охранникам, которые все еще лежали на земле с руками на затылке. — Кто главный?

— Я главный, — хмуро ответил старший из охранников. Он был носатый и бородатый.

— Где Казбек? Где все остальные?

— Нэт Казбек. Уехал Казбек.

— Когда уехал? Куда уехал?

— Полночь поехал. И все джигиты с ним поехал. К Свят поехал. Разбираться поехал.

Лаврентий даже плюнул:

— Мать твою! Мы тут, понимаешь, к Казбеку едем, а он к Святу. Несостыковочка получилась. Ладно, братаны, поднимайтесь. Только не вздумайте дергаться.

Из дома и со двора уже потянулись разочарованные братки. Стрельба не получилась, а просто так грабить дом никому даже в голову не пришло. Разве можно? Это же против закона.

— Что будем делать? — спросил у шефа Камаз.

— Что делать, что делать! — разозлился Лаврентий. — Погнали к Святу, раз Казбек там. У них уже мочиловка наверняка идет. Накроем и уложим зараз обоих.

— По коням, братва! — закричал Камаз.

— А с этими что делать? — Вентиль кивнул на охранников.

— Этих обыскать и в подвал, чтобы не предупредили.

Через пять минут бандитский кортеж на бешеной скорости мчался через весь город на его противоположный конец, где располагался особняк Свята.

Была половина второго ночи.

Около дома Свята, который тоже ничем не отличался от двух предыдущих особняков, они были в десять минут третьего. Так же подкатили к КПП, выскочили из машин и цепью бросились к воротам. У Лаврентия глаза на лоб полезли. На КПП не было ни одного человека, а ворота стояли открытыми.

— Опять никого! — подбежал с отвисшей челюстью Камаз. — В натуре! Даже на стреме нет.

— Ищите! — приказал Лаврентий. — Не может быть, чтобы никого не было.

Через пять минут люди нашлись. Связанных охранников обнаружили в подвале.

— Кто главный? — обратился к ним Лаврентий.

— Я, — ответил самый старший из пяти человек, рыжий здоровяк с маленькими глазками и носом картошкой. — Я главный.

— И что это значит? — спросил Лаврентий.

— А ничего не значит. — Рыжий шмыгнул носом. — Свят с братишками отправился с Багажником разбираться. В полночь отвалили. А в час Казбек нагрянул со своей шоблой. Нас положили, а мы что? Нам к богу рано. Все ему рассказали.

— А Казбек?

— Казбек? Он нас в подвал, а сам рванул к Багажнику. Сказал, что положит на месте обоих, и Свята, и Багажника.

Лаврентий и его люди стояли и чесали затылки. Явно были обескуражены.

— Что теперь? — спросил Камаз. — Может, домой?

— Черта с два! Поехали к Багажнику! Завалим всех троих.

— А этих? — Камаз кивнул на охранников.

— Ты что, тупой или быком прикидываешься? — Лаврентий покраснел от бешенства.

— Понял!

Охранников затолкали обратно в подвал.

Лаврентьевский кортеж понесся к дому Багажника.

Без пятнадцати три уже изрядно уставшая и замотанная, а потому весьма озлобленная банда Лаврентия начала штурм дома Багажника. Однако и тут КПП был пуст, ворота распахнуты настежь, повязанная охрана валялась в подвале, и внутри дома ни души.

— Ищите Тихого! — приказал Лаврентий. — Начальника поста ко мне.

Через минуту к его ногам бросили помятого мужика с такой страшной физиономией, что Лаврентия передернуло.

— Кто такой?

— Квазимодо я, — шмыгнул носом главный охранник.

— Рассказывай, что тут у вас произошло.

— Дурдом, короче. Полный, — сплюнул себе под ноги Квазимодо. — Багажник, короче, к тебе отправился полтора часа назад на разборку. Вся братва с ним. Через полчаса заваливается Свят, нас всех валит, затем, когда я ему сказал, что наш пахан к Лаврику поехал, Свят тоже к тебе покатил. Нас в подвал. Еще через полчаса нас из подвала хачики выволакивают и их главный, Казбек, кажется, спрашивает, куда Свят подевался. Я ему сказал, что он за Багажником покатил, тот спросил, где Багажник, я говорю у Лаврика. Казбек нас обратно в подвал, а сам к тебе. Теперь вот ты. Вы чего, сегодня в догонялки решили поиграть?

— А это уже не твое дело, браток, — устало сказал Лаврентий. Тут к нему подбежал Вентиль и что-то прошептал на ухо. — Как так не нашли? Слушай, Квазимодо, тут Багажник вконец припух, моего человека повязал.

— Это Тихого, что ли?

— Что ли! Где он?

— Дык он Тихого с собой взял. В «Газель» посадил и увез.

— В подвал их! — махнул рукой Лаврентий и пошел к машине. — Взять из дома все картины и домой.

— Какие картины? — удивленно спросил Камаз.

— Любые! — крикнул Лаврентий. — Которые на стенах висят. Что, никогда не видел?

— Видел.

— Тогда действуй! Все, что есть в доме, тащи по машинам.

Камаз дал распоряжение, и ребята бросились в дом. Через минуту появились первые два человека, волочащие огромную картину в тяжелой роскошной раме.

— Куда нести? — выкрикнул один.

— Грузи в джип! — дал команду Камаз.

Затем появились еще двое. Они несли картину,

которая была вдвое больше первой. Затем пошел целый поток ребятишек с картинами. У Лаврентия голова закружилась от их пестроты.

— Что у него там, Эрмитаж? — воскликнул он.

Картины уже не помещались в джип, и их стали крепить на крыши других машин. К счастью, они все-таки закончились, и Камаз дал отчет:

— Все картины из дома вынесены. Дальше что?

— Домой! — Лаврентий сел в машину. — Там разберемся.

И груженный награбленными картинами караван машин покатил из города. Так как джип был полностью забит произведениями искусства, браткам, которые ехали в нем до этого, пришлось разместиться в «мерсах» и «бээмвэшках». Они сидели там друг на друге, как селедки в бочке, и были усталые и злые. И никто ничего не понимал. Вентиль так и сказал, когда они тронулись с места:

— Что-то я не врубаюсь. Три хаты обкатали, и все три пустые.

— Ты че, жопой слушал? — ответил ему Камаз. — Они же нас искали, мы их.

— Заткнитесь, — велел Лаврентий, хватаясь за голову, которая у него пошла кругом.

— Это что же значит, — Вентиль почесал нос, — пока мы их, они нас? И нашу хату они тоже запалить пытались?

— Спорю на пятьсот баксов, мы сейчас узнаем, что они все трое у нас побывали, и Свят, и Казбек, и Багажник! — заржал Камаз.

— Заткнись ты, скотина! — Лаврентий не выдержал. Он выхватил из кармана Камаза его же пистолет и стал заталкивать дуло ему в рот. —

Я тебе дам пятьсот баксов! Я тебе их сейчас в глотку забью. Ты у меня заткнешься навеки.

С трудом Лаврентия удалось успокоить. Дальше ехали в полном молчании, почти в унынии. Когда добрались до дома, было уже четыре часа утра. Небо стало светлым, и звезды на нем померкли. Одинокой краюшкой хлеба в нем висела луна. Она снисходительно поглядывала на бандитов и, казалось, смеялась над ними.

Вот и дом. Братанов встретила знакомая картина. Голый КПП, открытые ворота, пустой дом. Охрана была в подвале. Начальник поста подтвердил все, что предполагал Камаз. Сначала прибыл Багажник, затем Свят, последним был Казбек. И все они искали его, Лаврентия, чтобы разобраться с ним и друг с другом.

Вот такие в эту ночь были догонялки. И никто никого не поймал.

— Куда едем дальше? — осторожно спросил Вентиль. — Опять к Казбеку? Только ребята устали. Может, выгрузим картины и отдохнем?

— Выгружай, — горестно вздохнул Лаврентий. И тут запищал его мобильник.

— Алло, — сказал Лаврентий.

— Здорово, Лаврик! — раздался голос Багажника. — Мы тут к тебе в гости заглянули, так тебя не застали. Где ты был?

— А где ты сейчас? — спросил Лаврентий. — До дома еще не добрался?

— Еще нет, — голос Багажника тоже был усталым.

— Тогда тебя ждет сюрприз.

Секунду Багажник молчал, затем осторожно сказал:

— У меня тоже для тебя кое-что есть.

— Ты про Тихого и картину? — Лаврентий прошел в дом и плюхнулся на первый попавшийся диван.

— Нет, это уже проехали. У меня есть еще кое-кто.

— И кто же это, если не секрет?

— Не секрет! — засмеялся Багажник. — У меня твои дочки, Лаврик. Классные, кстати девчонки. Что же ты их раньше прятал, папуля?

Нижняя челюсть Лаврентия чуть не провалилась под воротник:

— Ты что, Багажник, совсем умом тронулся? Какие такие дочки?

— А вот такие!

В трубке щелкнуло, затем запищали короткие гудки. Лаврентий огляделся и увидел, в доме полный погром, все перевернуто или разбито, стекла в окнах повыбиты, а по комнатам медленно плавают облака сизого дыма. Лаврентий уже ничего не понимал, ему казалось, что он сходит с ума.

НОЧНАЯ ПЕТРУШКА

— Похоже, мы попали в мышеловку, — поделилась первым впечатлением от увиденного Азарова. — Что ты на это скажешь?

— Может быть, попробуем спрятаться? — предложила Вера. — Тут столько комнат. Сховаемся где-нибудь под кроватью.

— Всю жизнь под кроватью не просидишь, — хмуро ответила Азарова. — К тому же они, скорее всего, все тщательно обыщут и под кроватями будут смотреть в первую очередь.

— Это почему же? — удивилась Вера.

— Мужская психология. У них инстинкт прятаться и искать в первую очередь под кроватью. Доказано опытом.

Между тем на первом этаже уже послышались торопливые шаги.

— Как слоны топают! — удивилась Вера. — Никакой подготовки.

Марина вдруг что-то вспомнила и достала из рюкзака респиратор. Вера поняла ее без слов и поступила точно так же. Достать две дымовые шашки и сбить с них капсюли было делом нескольких секунд. После чего они обе взяли по дымовухе и разбежались в разные стороны, потому что и там, и там были лестницы, ведущие вниз, и бросили свои пакеты на первый этаж. Сразу же оттуда донеслись возмущенные и негодующие крики.

Через минуту наполнился дымом и второй этаж. В дыму метались кашлявшие фигуры. Раздалось несколько выстрелов.

— Окружить дом! — скомандовал Багажник, которому сообщили о случившемся. — Чтобы ни одна сволочь не проскочила. Вперед, олухи! Не будьте баранами!

Багажник был молод и красив. На нем были белая шляпа-стетсон, белый дорогой костюм, черный галстук на фоне белоснежной атласной рубашки, белые башмаки с тупыми носами и черными каблуками. Из сверкающего белого «Мерседеса» он вышел вальяжно, словно король. Осажденные второго этажа осторожно наблюдали за ним сквозь жалюзи.

— Неужели это Лаврентий? — на секунду спустив респиратор, спросила Вера.

Марина покачала головой.

— А кто же это тогда?

Марина пожала плечами. Но они тут же получили ответ на свой вопрос.

— Эй, Багажник! — крикнул кто-то из братвы. — Там дышать нечем и не видно ни хрена. Может, подожжем эту долбаную хату и дело с концом?

— Я тебе подожгу! — закуривая сигару, крикнул Багажник. — Подумаешь, дым! Из-за чего такой атас? Снесите окна, и его сквозняком выдует.

«А он не такой дурак, каким кажется на первый взгляд, — подумала Вера. — Хотя, конечно, пижон, каких мало».

Тут же раздался звон битого стекла. Бандиты выбивали его из окон прикладами автоматов. Из дома повалил густой сизый дым. Через пять минут в комнатах стало меньше дыма, и бандиты вновь начали обыскивать особняк.

Марина и Вера пробрались на кухню, надеясь выйти там через подвал. Им удалось спуститься вниз, но здесь они обнаружили, что окна подвала снаружи закрыты решетками. Пришлось возвращаться на исходные позиции на второй этаж. Они пробегали мимо бассейна, когда на них выскочили двое налетчиков. Увидев Марину и Веру, оба замерли на месте с открытыми ртами. Вера бежала первой и умелым отработанным движением сбросила обоих в воду.

— Мать твою! — закричал, выныривая, один бандит.

Другой кричать не стал, зато три раза выстрелил девушкам вслед.

Еще один бандит спускался по лестнице.

— Стоять! — закричал он, поднимая автомат. — Стоять на месте!

Выстрелить он не успел, хоть и собирался. Вера ринулась вперед и, нагнувшись, перекинула парня через себя. Тот отчаянно закричал и кубарем покатился по ступеням. Марина еле успела отскочить в сторону, иначе бы он ее сшиб. Тут же, как чертик из шкатулки, появился еще один бандит двухметрового роста. Он взбежал по лестнице и схватил Марину за ногу. Она упала, затем ловко перевернулась на спину и въехала противнику ботинком по челюсти. Тот взвыл, но другую ногу Марины не отпустил. Направил на девушку пистолет, но та выбила его ногой. После этого громила выпустил ее ботинок и на животе поехал по лестнице вниз.

На втором этаже дыма было больше, потому что окна здесь еще были целы. Но это продолжалось недолго. С улицы раздался шквальный треск автоматных очередей и буханье дробовиков. Им ответил звон разлетающегося стекла. Марина и Вера упали на пол и поползли по коридорам.

«Надеюсь, гранат у них нет», — подумала Вера.

Она оглянулась и увидела, что по лестнице кто-то осторожно крадется. Вера выстрелила в сизый силуэт. Он тут же исчез.

На другой лестнице тоже появились двое. Туда выстрелила Марина, у которой в руках была семизарядная «беретта». Двое исчезли, зато показалось дуло автомата и с грохотом открыло стрельбу. К счастью, стреляли тоже не целясь, и все пули шли в потолок или били поверх стен.

Бандиты стреляли плохо, потому что их душил кашель, дым раздирал легкие и глаза, и больше

трех минут они в доме не выдерживали и выскакивали на улицу. На их место забегали другие, но
толку было мало. Марина и Вера оказались в более
выгодной позиции. И вскоре бандиты это поняли.

— Эй, братва! — раздался зычный приказ Багажника. — Сваливай наружу. Балакать будем!
Они же все равно никуда не уйдут.

Дом вновь опустел. Человек пятнадцать, что
были в доме и штурмовали лестницы, с радостью
выскочили наружу. Все они сгибались от кашля и
вытирали слезы.

— Да, — глядя на них, сплюнул Багажник, —
жалкое зрелище. Эй, Лаврентий! Кончай свои шуточки, давай побазарим.

Никто не ответил.

— Не, нормально ты нас кинул с дымовухой! Ба-
зара нет! Только ведь это все бесполезно. Без балды
говорю. Вылезай. Или мы дом спалим. Хочешь сго-
реть в огне? Думаешь, Папаша за тебя заступится?
Так ведь потом уже поздно будет. Не за кого будет
заступаться. Сдавайся.

Опять в ответ тишина.

— Слышь, Багажник, — к главарю бандитов подбежал один из его подручных. Парень был с чисто
выбритой головой и большими детскими глазами. — Я тут с охранниками местными побазарил.
Они клянутся, что Лаврик со всеми отвалил час
назад.

— Как отвалил? — удивился Багажник. — Ты
чего несешь, Орех? А это кто там наших ложит?

— А я почем знаю?

— А ты этих спросил?

— Спросил. Они тоже не знают, кто в доме. Бо-
жатся, что все они у нас в руках. Один, правда,

спит. Представляешь себе? — Орех хихикнул. — Мы ему ногой по ребрам, а он храпит. И собаки у них спят.

— Как так спят?

— А вот так. Как медведи в берлогах.

Багажник на минуту задумался, потом спросил:

— Раненые есть или убитые среди братвы?

— Эй, братва, раненые есть? — закричал Орех, оглядываясь на толпу налетчиков.

Бандиты стали разбираться, есть ли среди них раненые. Оказалось, что трое братков лежат. Кто-то их положил у задней стены дома.

— Странно, что крови на них нет, — сказал Орех, когда убитых приволокли и бросили под ноги вожакам. — Может, задохнулись от дыма?

Он приказал поднять убитых, и когда их стали поднимать, то оказалось, что все трое дышат. Орех подбежал к Багажнику.

— Тоже спят.

— Кто? И эти? Что-то я не врубаюсь, чувак. Что тут такое происходит?

Орех показал Багажнику маленький шприц с красным оперением.

— Вот это у Мирона в жопе нашли.

— В жопе? — крикнул Багажник. — Блин! Да ведь это снотворное! Кто-то тут из снайперской винтовки палит. Только почему-то не пулями. Быстро все вокруг обыскать! А вы почему мокрые?

Багажник накинулся на тех двоих, которые искупались в бассейне. Они шмыгали носами и что-то бормотали про собровцев и омоновцев, которые засели в доме и мочат всех подряд без разбору. Затем их слова подтвердили еще двое парней.

У одного верзилы было разбито лицо, другой сильно хромал и держался за колени.

Багажник закусил губу и, забыв про сигару, крепко задумался.

— Кажется, там не Лавр, — сказал он наконец.

— Кто же тогда? — У Ореха вытянулось лицо.

— Кто, кто! Дед Пыхто! Вот кто! Почем я знаю? Значит, так. Три минуты перекур, затем штурмуем второй этаж. Всех, кто там есть, завалить.

— Эх жаль, пулемета нет, — вздохнул Орех. — Надо было хотя бы гранаты взять.

— Сколько их там, как думаешь?

— Так ребята сказали, что их человек десять, не меньше. Вот у них точно пулемет есть.

Бандиты были похожи на заблудившихся школьников, такой у них стал растерянный и жалкий вид.

Багажник посмотрел на своих подчиненных, внезапно снял пиджак и небрежным движением бросил его на капот машины. На белоснежной рубашке у него, кроме дорогих подтяжек, красовался ремень с кобурой, в которой блестел серебристый «кольт». Багажник вынул его, покачал в ладони, с треском крутанул барабан, взвел курок, затем тихо, но так, чтобы все слышали, сказал:

— Я пойду первый!

И действительно пошел. Смелости и отчаяния ему было не занимать. А как бы иначе он достиг такого положения в уголовном мире в тридцать пять лет?

— Какой мужчина! — восхищенно сказала Вера. Воспользовавшись паузой, она и Марина успели понаблюдать за тем, что делается снаружи. — Что делать будем? У меня последняя обойма осталась.

— У меня вообще последний патрон, только чтоб застрелиться, — ответила Азарова.

Багажник влетел в дом, словно Чапаев на позиции белых. Нет, скорее он был похож на шерифа в салуне из старого доброго вестерна.

— Где они? — закричал он. — Где эти уроды, что хотят мне помешать?

Воодушевленные безумной отвагой своего предводителя, бандиты осмелели, воспрянули духом и снова разбежались по дому. Обе лестницы, ведущие на второй этаж, тут же были ими обложены.

— Они там, наверху, шеф! — крикнул Орех.

— За мной! В атаку! За Родину! — закричал Багажник и, стреляя перед собой, птицей взлетел на лестницу. Четверо бандитов за ним. С другой стороны также побежали пятеро. Вся толпа отчаянно стреляла и палила из всего, из чего могла.

Однако вскоре все выстрелы замолкли, потому что на них никто не отвечал. К тому же в запале боя налетчики чуть не перестреляли друг друга, еле успели залечь. Коридор оказался пуст. В открытых дверях по обе его стороны тоже никого не было.

Багажник знаком показал двоим подручным проверить две ближние комнаты. Те выполнили его приказание весьма своеобразно. Сначала ворвались в комнату, затем тщательно, пока не опустели магазины, ее обстреляли, и только потом посмотрели, есть ли там кто. То же самое сделали ребята в противоположном конце коридора. Таким образом были проверены четыре комнаты. Осталась пятая.

— Они там, — прошептал Орех. — Век воли не видать, они там.

Осаждавшие уже хотели было атаковать последний бастион, но Багажник остановил их.

— Эй, — крикнул он, — есть там кто? Даю последний шанс остаться в живых. В натуре, чуваки, лучше сдавайтесь.

Ответа не было. Тогда Багажник выплюнул себе под ноги сигару, растоптал ее и резко вбежал в комнату. Стрелять он не стал, потому что было не в кого. За вожаком вбежали остальные и встали как вкопанные. Все смотрели на Багажника.

— Обыскать все шкафы и клозеты, — сказал тот. — И не забудьте обшмонать под диванами и кроватями.

— Никого! — доложили ему через три минуты.

— Мистика! — воскликнул Орех и мелко перекрестился. — Нечистая сила, не иначе.

— Ага, — усмехнулся Багажник, — а вдоль дороги мертвые с косами стоят. А вот это что?

Он взглядом показал на потолок. И тут все увидели замаскированный декором люк, ведущий на чердак. Багажник выстрелил, и к его ногам свалилась лестница, ведущая наверх. Багажник медленно поднялся по ней. «Кольт» в его руке зловеще поблескивал.

На первый взгляд чердак был пуст. Там оказалось темно, как в погребе. Что-то метнулось к лицу Багажника. Он сначала выстрелил и только потом понял, что это голубь. Птица с пробитой грудью упала к ногам гангстера. Багажник брезгливо отпихнул ее концом белоснежного ботинка.

— Кто тут? — спросил Багажник. — Лучше со мной не шути. В порошок сотру, господа омоновцы.

Тут с улицы раздался приглушенный крик:

— Багажник! Они на крыше! Их двое! Мочи их, мать твою!

— На крыше? — усмехнулся Багажник. — Менты на крыше? Какой сюрприз. А ну, братва!

Он поднял «кольт» вверх и уже готов был спустить курок, как снова донесся тот же голос:

— Тю! Так это бабы!

— Бабы? — хором спросили все те, кто успел пробраться на чердак и готовился превратить крышу дома в решето. Рты их криво и хищно открылись.

— Бабы? — спросил Багажник. — Не может быть!

На чердак вбежал еще один бандит.

— Багажник! — закричал он диким голосом. — Там на крыше две телки сидят. Почти голые!

Багажник сунул «кольт» в кобуру, снял шляпу, пригладил волосы, вернул шляпу на место и через круглое окошко выбрался на крышу.

На гребне крыши действительно сидели, упираясь друг другу в спину, две раздетые девицы. Не в костюме надувной женщины, то есть не голые, разумеется, а в нижнем белье. И еще в армейских ботинках, которые только подчеркивали красоту и стройность их ног. Увидев Багажника, одна из них, блондинка в коротенькой сорочке с кружавчиками и белых трусиках, приветливо помахала ему рукой и мило улыбнулась. Другая, брюнетка в пестрой армейской майке и черных трусах, ткнула ее в бок локтем.

— Красотки! — не удержался, чтобы не выразить восторг и удивление одновременно, Багажник и, громко стуча по кровельному железу башмаками, стал взбираться наверх. Через пять секунд он очутился перед девицами со снятой шляпой в руке. То, что у ног каждой девушки лежал пистолет, его нисколько не смутило. — С кем имею честь?

Блондинка продолжала улыбаться, брюнетка, она понравилась Багажнику больше, пренебрежительно отвернулась.

— Мне повторить свой вопрос?

— Меня зовут Марина, — ответила блондинка, — а это моя сестра Вера. Она несколько диковата, так что не стоит обращать на нее внимание.

— Очень приятно, — поклонился Багажник. — А меня зовут Петр. Петр Петрович Ручкин, к вашим услугам.

— Нам тоже очень приятно, — чуть ли не искренне улыбнулась Марина. Вера криво усмехнулась. Разговаривать она явно не собиралась.

— Я рад нашему знакомству. Оказывается, мы не зря старались, штурмуя столь неприступную крепость.

— Не зря, — согласилась Марина.

— Послушайте, девочки, — Багажник окинул взглядом все вокруг, — так это ваших рук дело?

— Наших.

Багажник задумался. Он внимательно смотрел на Марину и Веру и думал о чем-то своем. Наконец он спросил:

— И кто же вы такие? И почему, черт возьми, вы оказали нам такой невежливый прием? Я жду ответа.

— Как соловей лета, — зло сказала Вера.

Глаза Багажника недобро сверкнули. Его рука инстинктивно потянулась к «кольту».

— Не успеешь, — спокойно сказала Вера. — И не надейся.

Багажник поспешно вернул руку на место.

И не потому, что испугался угрозы Веры, а просто потому, что вспомнил, что перед ним дамы. И хотя он был гангстером, в душе оставался джентльменом, потому что вырос в очень приличной семье и в детстве был очень интеллигентным мальчиком. Когда-то даже играл на скрипке.

Марина поспешила уладить конфликт.

— Вы хотите узнать, кто мы такие?

— Я очень хочу это узнать.

— Мы дочери хозяина этого дома.

— Что?!! — Багажник от удивления даже поднял обе руки. Сверкнули золотые печатки и бриллианты на перстнях. — Вы дочери Лаврентия?

— Да. А что, не похоже?

— Похоже. Даже очень похоже. Вот только я что-то не слышал, что у Лаврика есть жена и дети.

— Жены нет. А дети есть. Что же, он не человек, что ли?

— Значит, вы утверждаете, что вы дочери Лаврентия? — задумчиво и с недоверием произнес Багажник.

— Утверждаем! — заявила Марина. — И если вы с нами что-нибудь плохое сделаете, то будете иметь дело с Лаврентием Беркутовым!

— А я вам не верю! — Багажник скрестил руки на груди. — Где доказательства?

— Доказательства? — переспросила Марина.

— Да, доказательства.

— Доказательство, вот оно! — Марина вынула из под сорочки маленькую черно-белую фотографию и торжественно предъявила ее Багажнику.

Тот взял фотографию и стал ее изучать. Со снимка глядел двадцатилетний Лаврентий Беркутов.

Под руку с ним стояла симпатичная девушка. Внизу была надпись: «Ялта — 1972 г.».

— И что это?

— Это наши родители, — стала объяснять Марина. — Вот мама, а вот папа. Нас здесь еще нет. Мы родились попозже. Вера в семьдесят пятом, а я в восьмидесятом. Понятно вам теперь?

— Не совсем.

— Вот бестолковый! Чего тут непонятного? Вот папа, вот мама. А здесь перед вами мы — их дети.

— Тогда покажите мне общее фото!

— Общего фото нет, — со злостью сказала Вера, которой этот допрос сильно надоел. — Можешь не верить. Твое дело. А мы не в суде, чтобы тебе доказательства предъявлять. Так как, ты врубился, мужик?

— Вот теперь верю! — рассмеялся Багажник. — Но в таком случае, дорогие девушки, я объявляю, что вы у меня в плену. Прошу сдать оружие и пройти со мной вниз. Я увожу вас с собой как ценный трофей.

И с элегантностью корсара с Карибского моря он подал им руки. Марина и Вера переглянулись. Ситуация была не в их пользу. Пришлось подчиниться.

Теперь коротко о том, как они оказались на крыше да еще в таком виде.

Когда начался штурм дома, они вбежали в центральную комнату второго этажа. Быстро ее обыскали, и в комоде из красного дерева Марина обнаружила кучу старых фотографий. Просмотрев их и выбрав одну с молодым Лаврентием, отдыхающим в Ялте с прехорошенькой девушкой, она сунула ее за пазуху.

— Пригодится.

— Смотри, люк на чердак! — Вера тоже не теряла времени даром.

На чердаке они закрыли за собой люк и стали думать, что делать дальше. Внизу уже вовсю стреляли.

— Дальше только на крышу, — сказала Марина.

— На крышу так на крышу, — согласилась Вера и бросилась к чердачному окну.

Но тут Марина схватила ее за руку и горячо зашептала:

— Подожди! Давай сначала разденемся.

— Разденемся? Ты что, чокнулась?

— Сама посуди, — быстро затараторила Марина. — Хоть и на крыше, но они нас достанут. И если мы будем в таком виде, нас непременно пристрелят. Потому что в маске и униформе мы для них мужики, к тому же менты, понятно?

До Веры стал доходить смысл того, что хотела сказать Марина.

— Понятно.

— Мы должны показать им, что мы женщины. Тогда, может быть, они не станут сразу стрелять.

— Возможно.

Марина стащила с лица респиратор, черную маску, бросила их в темноту чердака, туда же кинула рюкзак и начала судорожно раздеваться. Вера две секунды смотрела на нее, потом стала делать то же самое. Они скинули комбинезоны и остались в одном белье.

— Ботинки тоже снимать? — спросила Вера.

— Ботинки необязательно. И пистолеты тоже оставим при себе. Не надо раздеваться до костюма надувной женщины, а по старинке — Евы.

И они выбрались на крышу почти нагишом. Как раз в этот момент Багажник поднялся на чердак. А что было дальше, нам уже известно.

Марина Азарова и Вера Грач спустились с крыши не как побежденные, а как победители, такой у них был вид. Зато налетчики оказались потрепаны, и даже весьма. С унылыми и угрюмыми лицами они смотрели на девушек и ничего не понимали. Поведение Багажника тоже сбило их с толку.

— Они что, так и будут на нас пялиться? — спросила главаря Вера.

— Да, это неприлично, — воскликнула Марина. — Мы спали, вы налетели, так мы даже одеться не успели.

— Вас проводить в вашу спальную комнату? — вежливо спросил Багажник.

Марина с Верой переглянулись. Интересно, в какой из спален они могут обновить свой гардероб? Ситуация приблизилась к критической точке, за которой был неизбежный провал.

Но тут к Багажнику подбежал Орех. Он с тревогой посматривал на часы.

— Слышь, Багажник, канать бы отсюда надо. Не ровен час, Лаврентий вернется. А мы уже того...

— Чего того?

— Того. Воевать нам нечем. Патроны на исходе, силы тоже.

Багажник посмотрел на светлеющее небо, потом на свою потрепанную братию.

— Действительно пора. Смываемся. По машинам. Извините, девушки. Придется вам потерпеть. Дома я вам все устрою.

— Что ж, — с томным видом вздохнула Марина. — Не двум слабым женщинам диктовать здесь условия.

— Дайте нам хотя бы что-нибудь прикрыться, что ли? Мужчина вы, наконец, или кто? — с вызовом сказала Вера.

— Чего ты встал, козел! — Багажник накинулся на одного из налетчиков, на котором была джинсовая куртка. — Не видишь, что ли, им холодно? Скидывай куртафан!

— Кто, я?

— Ты, бычара, кто же еще!

— Сейчас! — забормотал бандит, стаскивая с себя куртку.

Багажник отнял у него куртку и дал Вере, та небрежно накинула ее на себя и поправила волосы. Марина тоже получила клетчатую рубашку, которую вслед за курткой отнял у несчастного Багажник. Налетчик остался в одних шортах, словно пришел на пляж.

— Прошу в мой «Мерседес», — совершенно другим тоном произнес Багажник.

Марина и Вера шли к машине и слышали за собой тихие разговоры:

— Классные телки.

— В натуре. Симпотные.

— Таких трахать и трахать.

— Варежку закрой. С твоим рылом свиней трахать, а не таких красоток.

— А чего это свиней? А сам, что ли, ты красавец? Тоже мне Антонио Бандерас. Урод, каких поискать.

— Откуда, интересно, они такие взялись?

— Дочки Лаврентия.

— Да ну?

— Вот тебе и да ну!

Багажник надел пиджак, оставленный им накануне, поправил тонкие, как у сицилийского дона, усики, извиняюще улыбнулся:

— Право, они как дети. Наивны и непосредственны. Прошу.

Он гостеприимно открыл заднюю дверцу «мерса» и пропустил сначала Марину, затем Веру. Тут он не сдержался и хлопнул бывшую десантницу по попе, громко и со смаком. Вера подпрыгнула и с тигриным оскалом обернулась.

— Но-но! — зарычала она. — Если еще хоть раз позволишь себе такое, я тебя убью.

— Прошу прощения! — Багажник был само раскаяние и сама любезность. — Это у меня случайно вышло. По привычке в общении с женским полом.

— Мое дело предупредить! — Вера плюхнулась на сиденье. — Говнюк!

Но было видно, что где-то в глубине душе такое обращение доставляет ей удовольствие.

Багажник захлопнул за Верой дверцу и с мальчишеской легкостью прыгнул на переднее сиденье. Небрежно, как барин, бросил водителю:

— Трогай!

Машина сорвалась с места и устремилась прочь от особняка Лаврентия Беркутова. Позади спешно забивались народом остальные машины и мчались вслед. Через пять минут бандитский кортеж миновал перекресток и свернул направо. Впереди показался пост ГАИ. Инспектор поднял жезл, но увидев, кто едет, тут же его опустил. Братки в джипах жестами стали показывать инспектору, что он козел и что, если кому лишнее скажет, ему не жить. Глаза у инспектора стали квадратными. Он пока не знал, что через его пост проедут еще два таких же каравана, битком набитые бандитами. Сумасшедшая ночь.

Но, кажется, она заканчивалась. Кортеж Багажника, чтобы не встретиться с Лаврентием, объехал весь Черноборск и вернулся домой в половине четвертого утра. Когда до дома осталось всего ничего, Багажник, болтающий всю дорогу разные глупости, спросил у водителя:

— Где у нас мобильный, что мы у Тихого взяли?

— В «бардачке», — ответил водитель.

Багажник достал трубку и сделал звонок Лаврентию.

— Дома я вам дам поговорить с папулей, — заметил Багажник. — Сейчас пока рановато. Надо его подогреть. А вот мы и приехали. Сейчас отдохнем, примем ванну и баиньки. Такая ноченька была козлиная.

И бандит широко зевнул, открывая великолепные белые и острые как у волка зубы. Но они тут же щелкнули, когда «Мерседес» свернул за угол, и особняк Багажника предстал их взорам.

— Не понял, — пробормотал Багажник. — Какого хрена ворота открыты? Где охрана? Ну получат они у меня!

Машина въехала во двор, и Багажник вышел наружу. Он внимательно оглядывался по сторонам. Из подкативших джипов выскакивали его люди.

— Орех! — закричал Багажник. — Что происходит?

— Тут это, — глазки Ореха бегали из стороны в сторону, — короче, охранники в подвале, лежат повязанные, с кляпами во рту.

— Сюда их! Перестреляю падаль!

Охранников приволокли к Багажнику и бросили к его ногам. Тот схватил за грудки первого попавшегося под руку. Это был Квазимодо.

— Что тут было?

— Дык, — Квазимодо шмыгнул носом. — Завалили нас.

— Кто? Кто посмел?

— Сначала Свят, потом Казбек, последним Лаврентий приехал.

И Квазимодо коротко рассказал, как по очереди приезжали кандидаты на пост Папаши и пытались разобраться с Багажником.

— Шеф! — вдруг прибежал Орех. — Там в доме все картины сперли.

— Какие картины? — не понял Багажник.

— Ну которые на стенах висят. Короче, всю твою коллекцию забрали.

— Мою коллекцию? — Багажник схватился за голову. — Твою мать! Так вот про какой сюрприз говорил Лаврентий. Ну падла! Я этого ему не прощу. Я же из его девок паштет сделаю!

Марина и Вера как раз в этот момент вышли из «Мерседеса». Багажник посмотрел на них сначала с ненавистью. Но девушки ответили ему такими наивными и доверчивыми взглядами, что он смягчился и вновь стал вежливым кавалером.

— Идите за мной. Я провожу вас в ваши покои. И прошу прощения за мою несдержанность. Тут ваш папаша меня тоже красиво кинул. Так что расклад в партии несколько поменялся.

— Эй, командир! — к Багажнику подошли два парня. С двух сторон они держали третьего, руки которого за спиной были скованы наручниками. — А Тихого куда? Опять в подвал?

— Конечно, в подвал! — зарычал Багажник. —

Господи, какие же все вокруг тупые! Как с такими людьми можно работать? Скажите как?

Получилось, что он обращается к пленницам.

— Надо менять коллектив, — ответила Марина.

— Но сначала начальника отдела кадров, — ехидно добавила Вера. — Кадры решают все.

— Я учту ваши рекомендации, — буркнул Багажник. — Прошу следовать за мной.

— Слушаюсь, гражданин следователь! — громко отрапортовала Марина.

Багажник даже подпрыгнул от неожиданности.

— Какой я тебе следователь? — зашипел он. — Ты что, с ума сошла, так меня перед братками называть?

И он быстро пошел в дом. Марина и Вера последовали за ним. Вошли в дом, поднялись на второй этаж и оказались точно в таком же коридоре, в каком были совсем недавно. Багажник распахнул две противоположные двери.

— Вы, мадемуазель, направо, — обратился он Марине. — А вы, — теперь он повернулся к Вере, — налево.

— Как? — воскликнула Марина. — Вы собираетесь держать нас в отдельных камерах?

— А вы как думали? Я же не идиот, чтобы поместить вас в одно помещение! Быстро по каютам! Каждая в свой номер.

Пришлось подчиниться. Пленницы разошлись по разным комнатам. Теперь они даже не имели возможности сговориться. Это была почти катастрофа.

— А я пойду разбираться со своими баранами, — зевнул Багажник. — Чувствуется, что уснуть мне сегодня доведется не скоро. До встречи, барышни. Отдыхайте. А чтобы вам никто не помешал, я закрою вас на ключ. Плен есть плен.

ПРОБЛЕМЫ НИКА

Когда Марина и Вера оказались на вражеской территории, Ник все свое внимание сосредоточил на доме и пространстве вокруг него, поэтому появление банды Багажника для него стало полной неожиданностью. Когда пять автоматчиков в бейсболках и шортах появились у забора, он едва не слетел с дерева. Еле удержался на ветке. Замер и затаил дыхание. Теперь его главной задачей стало во что бы то ни стало остаться незамеченным. А когда все закрутилось и завертелось, единственное, что он мог себе позволить, так это потратить оставшиеся три шприца со снотворным, поэтому до дома из пяти добежало только двое. Дальше ему оставалось лишь наблюдать.

То, что творилось в доме и вокруг него, могло бы показаться забавным стороннему наблюдателю. Но Ник таковым не был. В особняке против целой банды сражались два близких ему человека. Коллеги и друзья. С бьющимся от волнения сердцем Ник наблюдал за происходящим. В голове у него крутились варианты решения проблемы. У него было две возможности действовать. Первая — попытаться пробиться к девчонкам и сражаться вместе с ними. Но это было крайне рискованно, если не сказать, бессмысленно. Шанс на успех здесь был один из тысячи. Своим видом Ник слишком отличался от бандитов. Его сразу заметят и пристрелят. И Марине с Верой не поможешь, и сам пропадешь. Второй вариант был самый простой — сидеть, ждать и внимательно наблюдать. Действовать только в самом крайнем случае.

Вот когда пришлось пожалеть, что при них не было портативных радиопередатчиков. Как бы они сейчас пригодились!

Передатчики остались в офисе. Крайне досадно, но про них совершенно забыли. Сотовые телефоны тоже остались в машине, в нормальной одежде. И это непростительная оплошность. В такой момент и остаться без связи! Просто фантастический непрофессионализм. Но что толку плакать по тому, чего уже нельзя исправить? К тому же девчонки действовали весьма грамотно. Ник от души похвалил их, когда весь дом окунулся в густой желтоватый дым. У него даже появилась надежда, что они за дымовой завесой проскочат. Во всяком случае, так просто теперь их не взять. А когда первая бездарная атака налетчиков была блестяще отбита, Ник едва не свалился с ветки от смеха, глядя на потрепанных и растерянных гангстеров.

Самый критический момент для него настал, когда бандиты обнаружили тех троих, что он уложил из духового ружья, и стали искать того, кто это сделал. Однако найти Ника было не так-то просто. Он был хорошо замаскирован и почти слился со стволом дерева, на котором сидел. К тому же искатели торопились, да и поискового опыта у них было очень мало. Они больше привыкли в открытую ходить по рынкам и магазинам и взимать плату с беззащитных торговок, а не к боевым действиям, да еще в условиях леса. Затем их позвали для нового штурма дома, и настал второй критический момент, когда атаку возглавил сам Багажник. Ник даже хотел застрелить его из пистолета. Но расстояние было слишком большим, да еще пистолет дал осечку. Николай чуть не заплакал от бессилия. Бандиты тем временем были уже внутри.

Затем он увидел девчонок на крыше. Они пробирались к гребню. Впереди Вера, за ней Марина. Серые облака дыма окутывали их.

«Чего они раздетые-то?» — удивился Ник.

У него появилась последняя надежда, что хоть там их не заметят. Но тут, совсем некстати, подул ветерок и развеял дым. Девчонок тут же заметили. Ник закрыл глаза, чтобы не видеть, как они будут гибнуть. На то, что бандиты пощадят их, он не надеялся.

К великому счастью, Николай ошибся. Девушки остались живы. И даже никто не попытался обидеть их. Готовый минуту назад спрыгнуть с дерева, бежать к бандитам и погибнуть в неравной схватке, он остался на дереве.

— Во Маринка дает! — восхищенно прошептал Ник. — Что-то придумала.

Никем в мире Ник не восхищался так, как Мариной. Прежде, до того момента, как в офисе появилась Вера Грач, у них подобных дел не было. Как правило, Марина занималась обычным сбором информации для различного рода деятелей в сфере бизнеса и политики, искала компромат для кандидатов в депутаты областного парламента. Пару раз пришлось следить за женами ревнивых мужей и наоборот. Одно из этих дел кончилось дракой, когда сцепились разъяренный муж и застигнутый на месте преступления любовник. Николаю тогда пришлось вмешаться, чтобы предотвратить смертоубийство. Это оказался самый опасный момент в работе их сыскного агентства. Все же остальные дела были тихие, если не сказать рутинные. И все равно Марина всегда находила самые интересные и оригинальные способы, чтобы достичь цели. Бывало, что Марина вслух мечтала о таком деле, где была бы стрельба, убийства, драки и погони. Ник молча с ней соглашался и боялся, что рано или поздно ей надоест заниматься всей этой ерундой, и она вернется в милицию, как иногда грозилась.

И вот сегодня их мечта вдруг исполнилась. Пришла Вера Грач, и они самым неожиданным образом оказались в такой заварушке, какую не увидишь даже в самом крутом боевике.

Когда Марину и Веру посадили в машину и увезли, Ник быстро спрыгнул на землю и побежал к своей «девятке». Было уже светло. До машины он добежал за десять минут, быстро переоделся и сел за руль. Выехал на трассу и увидел хвост мелькнувшего на горизонте «бээмвэшного» кортежа. Он нажал на газ и покатил вслед. Погоня! Теперь вот и это.

«Девятку» Николай всегда держал в безукоризненном состоянии. Собственно говоря, он и попал к Азаровой как шофер с личным автомобилем. Маялся без работы, таксовал по городу без лицензии и, отличавшийся крайней невезучестью, постоянно нарывался на налоговых инспекторов. В общем, жизнь его не баловала. И тут подвернулась Марина. Он знал ее с детства, потому что она жила в соседнем подъезде и всегда выделялась среди детей своим взрывным характером и бесчисленными выдумками, была заводилой во всех играх. Ник был старше на три года и пару раз заступился за Маринку, когда ее пытались обидеть его ровесники. Впрочем, он об этом не помнил. Зато Марина, видимо, не забыла. Во всяком случае, однажды, уже во взрослой жизни, она подошла к нему, когда он возился с «девяткой», и сказала:

— Слушай, Колян, мне тут сказали, что ты безработный.

Николай ничего ей не ответил. Он с детства отличался тем, что крайне мало говорил. Иногда его даже принимали за немого. В школе тоже было очень много неприятностей из-за его молчания. Способный от природы, он еле-еле получал тройки. Вылезал всегда на письменных работах, потому что за устные ответы ничего, кроме двоек, не получал. Естественно, что после окончания школы ни о каком продолжении учебы не могло быть и речи. К тому же он в первую же осень был призван в армию, где получил права, и, вернувшись на гражданку, стал ездить на отцовском «Москвиче», затем пару раз съездил на заработки на Север, купил себе новую «девятку», несколько лет поработал на заводе, однако времена были такие, что платить перестали, и он ушел. Потом, еще после двух заводов, устроился в автосервис, но там у него не сложились отношения с напарником, родным племянником хозяина. Пришлось уйти из автосервиса. В общем, как говорится, карьера не удалась. Ни о чем об этом он, естественно, Марине рассказывать не стал. Да она и не расспрашивала. А Николай очень ценил, когда его не расспрашивали.

— Знаешь, — сказала Марина, внимательно глядя ему в глаза, — мне тут надо кое-куда съездить. Что, если я тебя арендую вместе с машиной на пару часиков? Плачу по таксе.

Николай молча вытер тряпкой руки от масла, открыл пассажирскую дверцу, обошел «девятку» и сел за руль.

— Я так понимаю, это значит, что ты согласен, — сказала Марина и села. — Мне на площадь Победы.

Все так же молча Николай повернул ключ зажигания. Они покатили по улицам Черноборска.

— Отлично, — довольно заявила Марина. —

Там, куда мы приедем, я смотаюсь в одно место, ты подождешь меня ровно полчаса, затем отвезешь на улицу Герцена. О'кей?

Он все сделал, как просила Марина. Сидел с газетой полчаса у площади Победы, а на просьбы прохожих подбросить отмалчивался. Затем он доставил клиентку на улицу Герцена. Там она попросила остановить машину в тени деревьев, после чего удивила его, хотя виду он не показал. Марина достала бинокль и долго наблюдала за двумя людьми, которые стояли около дверей банка и о чем-то беседовали.

Когда они вернулись обратно во двор, Марина вынула из кошелька три бумажки по сто рублей и протянула их водителю. Николай взял деньги, посмотрел на них, после чего одну сотенную вернул ей обратно и ни за что не хотел брать, хотя Марина пыталась настаивать.

На следующий день все повторилось один к одному. Николай возился во дворе с машиной, Марина вышла из подъезда, легкой походкой подошла к нему, провела рукой по «Жигулям» и спросила:

— Здравствуй, Коля. Как ты сегодня? Свободен?

Николай ничего не сказал, зато гостеприимно открыл перед девушкой переднюю дверцу, посадил ее, а сам сел за руль.

— Проспект Космонавтов, дом четырнадцать, — назвала Марина адрес. — И постарайся, чтобы мы были там через пятнадцать минут.

Николай доставил ее на место через десять минут.

— Молоток! Классно водишь, — похвалила его Марина. — Видишь тот сиреневый «мерс»? — Николай кивнул. — Сейчас он тронется, и ты следуй за ним, но так, чтобы он тебя не засек.

Николай опять сделал все, как просила Марина, и стал вести «Мерседес» по Черноборску. Марина вытащила фотоаппарат «Кэнон» и несколько раз что-то сфотографировала. Николай удивился, но опять не подал виду. В конце концов, он знал, что Марина служит в милиции, не раз видел ее в форме, поэтому решил, что ничего грязного она не делает.

— Ты верно все рассудил, — сказала ему Марина, когда они возвращались домой. — Ничего грязного я не делаю. А еще — я больше не работаю в милиции.

Николай удивленно поднял вверх брови. Марина продолжала:

— Да, да! Я сыщик. Только теперь частный. Частный детектив. Конечно, я сама умею водить машину, но, согласись, что это не всегда удобно. Вот, например, сегодня, как бы я вела авто и фотографировала одновременно? Или врезалась бы в кого-нибудь, или снимки сделала бы поганые. А они должны быть идеального качества. Поэтому иногда мне будет нужна твоя помощь. Ты согласен?

Николай ничего не ответил.

— Все ясно, — Марина поняла его без слов.

На следующее утро он уже ждал ее. Машина блестела и сверкала чистотой, Николай был в белой рубашке и темных очках. Когда Азарова вышла из подъезда, он радостно улыбнулся и распахнул дверцу.

— Здорово, Ник! — поприветствовала его Азарова. Она плюхнулась на сиденье и, глянув в зеркало заднего обзора, поправила прическу. Николай сел за руль. — Я буду звать тебя Ником. Так короче и солиднее. Ты не против?

Ник тогда впервые улыбнулся за все время, что они пробыли вместе. Конечно, он не был против. Наоборот, впервые в жизни он кому-то понадобился по-настоящему.

Это было полтора года назад. Кажется, что прошла целая жизнь...

Бандитский кортеж приближался. Ник уже имел возможность рассмотреть номер последнего джипа. Теперь надо было удержать дистанцию, чтобы его не заметили. А дальше будь что будет.

Увлеченный ездой, он не сразу обратил внимание, что кортеж опять свернул на Бердяевку. Сообразил он только тогда, когда перед ним опять появился особняк Лаврентия, который со стороны трассы выглядел так, будто его разбомбили истребители. Кортеж рассыпался, и из машин выскочили вооруженные автоматами и дробовиками мужички. Они бросились во двор особняка и вдоль забора, а несколько человек побежали к белой «девятке», в которой с открытым от удивления ртом сидел Николай.

Только сейчас он понял, что это вовсе не те бандиты, которые увезли Марину и Веру. Это были совсем другие. Черноглазые, носатые, некоторые бритые, некоторые бородатые — и все жутко злые.

Николай попытался развернуться, но было уже поздно. Бандиты облепили «девятку» со всех сторон, и дуло «АК-47» уперлось водителю в лоб.

— Вылезай, джигит! — скомандовал густой тяжелый голос с сильным кавказским акцентом. — Приэхалы.

Пришлось вылези.

— Кито такой? — спросили его.

— Дачник я, — Ник попытался прикинуться местным.

— Дачник? А это что? — В нос Николаю сунули его же «макаров».

Бандиты, горланя на незнакомом Нику языке (впрочем, все языки, кроме русского, были для него таковыми), торопливо обыскивали машину, и весь шпионский антураж, что в ней был, предстал перед ними во всей своей красе.

— Казбек, пасматры! Он из мэнтуры. За нами слэдыл.

— На кого пашешь? — спросил бородатый, похожий на молодого Вахтанга Кикабидзе бандит. Он подошел к Нику и посмотрел на него орлиным взором. Поковырял пальцем в зубах.

Ник не ответил.

— Малчиш? Ну малчи! — спокойно сказал Казбек и отошел прочь.

Ник лишь увидел, как открывают заднюю дверцу его «девятки», после чего ему заломили за спину руки, защелкнули на них наручники и затолкали в собственный багажник.

Затем время утратило для него смысл. Машина ехала, ехала, останавливалась, потом опять ехала и опять останавливалась. Казалось, что этому не будет конца. Когда Ник забылся, машина вдруг остановилась. Багажник открыли и ослепленного пленника грубо выволокли наружу. Бандиты, которые это сделали, громко смеялись, опять говорили на своем языке и показывали на Николая пальцами.

Опять к нему подошел Казбек.

— Ну что, джигит, опять будешь молчать?

Ник ничего не ответил.

— Он нэмой! — объявил Казбек. — Какой дэнь дурной, сегодня! Свят пропал, Багажник пропал, Лаврентий и тот пропал. А теперь вот нэмой мэнт. Чито я с ным буду дэлать?

Бандиты загорланили. Некоторые стали передергивать затворы автоматов, и у Ника упало сердце. Он знал, что этим людям ничего не стоит его пристрелить. Но Казбек поднял руку, что-то зычно сказал. Все сразу замолчали.

— Нэт, убивать я тэбе не буду. Я тэбе отпущу. Но ты купишь у менэ твой «дэвятка». Нехорошо пешком ходить. Ездить надо. Я тэбе недорого продам. Десять тысяч баксов.

Ник отвернулся.

— Что, сейчас сказка рассказывать будэшь? Денег нет. Визять нэгде. Вай, вай! Какой вы все русский Ванька бедный. Все бедный. Совсем богатый мало. Тогда у родственник проси. Есть же у тэбе родственник? Или родственник тоже все бедный?

Ник посмотрел вдаль, за высокий забор казбековского дома, за которым качались березы.

— Ну ладно, пока думай. Но смотри, долго думать я тэбе не дам.

От удара по затылку у Ника потемнело в глазах и погасло сознание. Когда он очнулся, то почувствовал, что лежит на холодном цементном полу. Вокруг было темно, затхло и сыро. Ник понял, что его прячут в подвале.

ПОСЛЕ ПРОБУЖДЕНИЯ

Когда за Верой захлопнулась дверь и щелкнул замок, она стала метаться по комнате, словно разъяренная тигрица. Ее душило бешенство. Хотя внешне все это особо не проявлялось. Она просто ходила по роскошным апартаментам, не обращая на все это великолепие внимания. Ее занимали только мысли о Марине. Как она там одна, что с ней будет делать этот выродок Багажник и тому подобное. Одиночество и невозможность общаться с подругой, о существовании которой она еще позавчера даже не подозревала, а сегодня уже чувствовала за нее серьезную ответственность, просто выводили Веру из себя. Ее бесило, что ситуация полностью вышла из-под контроля. Ничего подобного с ней раньше не бывало, хотя в училище, армии, а тем более на войне случались всякие переделки. Но рядом всегда оказывались товарищи, на которых можно было положиться, подчиненные, которые выполняли ее приказы, командование, чьи приказы надо было выполнять ей, и, наконец, враг, с которым надо было сражаться. А тут что? Какая-то ерунда на постном масле. Бандиты с автоматами и в шортах, этот ряженый-переряженый Багажник с повадками графа Монте-Кристо, чертов особняк. Какая-то вечная карусель вокруг. Ничего нельзя понять. От всего этого просто голова шла кругом.

Вера Грач так была внутренне напряжена, что, если бы сейчас к ней вошли бандиты, им пришлось бы несладко. Она пребывала в таком состоянии, в каком люди способны на все, даже на крайние действия. Но бандиты не вошли, и она осталась наедине сама с собой.

Несколько часов прошли в томительном и напряженном ожидании. Однако ничего не происходило. И за окнами, и за дверями царила мертвая тишина.

Если бы только Вера знала, что все в этом доме,

кроме нее, спят глубоким крепким сном, она непременно бы этим воспользовалась для того, чтобы освободиться самой, освободить Марину и выбраться на волю. Но ей, человеку армейскому, в свое время подчинившему всю свою жизнь железной воинской дисциплине, такое даже в голову не могло прийти. И она продолжала ждать.

Наконец, терпению Веры пришел конец. Ожидание ей до смерти надоело. Она подошла к двери с твердым намерением выбить ее ногой, потом также ворваться в комнату, где была заперта Марина, освободить ее и сделать попытку прорыва сквозь многочисленные ряды врагов. Все же это лучше, чем, подобно глупым овцам, просто сидеть и ждать своей участи. Придет Багажник и после того, как переговорит с обеими поодиночке, сразу же поймет, что они врут. Правда, в данном конкретном случае есть выход. Она просто может отмалчиваться и ничего не говорить. Пусть главарь гангстеров довольствуется тем, что ему наплетет Марина. У нее это лучше получается. Однако злить такого парня, как Багажник, тоже опасно. Нет, лучше она пойдет на прорыв. Вся ее душа российского десантника взывала к этому. Бронзовые позолоченные часы в викторианском стиле с амурами и вензелями отстукивали полдень, когда она занесла ногу для удара по двери, и тут вдруг зазвонил телефон.

Вера удивилась. За все это время, занятая своим настроением, в котором преобладали эмоции, а не разум, она так и не удосужилась чуть повнимательнее осмотреть комнату, в которой отбывала заключение. А в ней, как оказалось, стоял телефон. Прямо на кривоногом столике рядом с часами, тоже бронзовый, сделанный в виде отдыхающего льва, поэтому не бросающийся в глаза. И вот сейчас этот лев негромко, но настойчиво звонил. Вера обрадовалась. Раз есть телефон, то можно позвонить в милицию и заявить, что их похитили. Но как же быть сейчас? Стоит ли снимать трубку и отвечать на данный звонок? Она думала несколько секунд, потом все-таки решилась. Сработали привычка всегда брать трубку и самое обыденное любопытство. Кто же звонит? И кому? Неужели ей? Она подошла к столику с часами и сняла трубку:

— Алло?

— Вера, ты? Вот здорово! Наконец-то, а то я уж подумала, что не дозвонюсь до тебя.

Это звонила Марина. Марина Азарова. Собственной персоной.

В отличие от Веры, она осталась совершенно спокойной, когда ее заперли в шикарной спальне, которую она тут же окинула пытливым взглядом сыщика. Она нисколько не волновалась и не боялась. Даже наоборот, душа ее ликовала. Ведь они целыми и невредимыми выбрались из такой переделки! Мало не покажется. И здорово она придумала с раздеванием. С первого же взгляда Марина угадала в Багажнике пижона, а у всех пижонов бывает хоть не большой, но налет романтизма. У этого же романтизма было хоть отбавляй — от туфель и «кольта» до кончика сигары. А мало какой романтик устоит перед полураздетой симпатичной женщиной, тем более перед двумя. Сработало! А что будет впереди? Чего сейчас-то об этом думать?

Часы показывали пять утра. Только сейчас, увидев который час, Марина почувствовала дикую усталость. Она тут же пошла в ванную комнату, и через пять минут уже принимала теплую ванну с экстрактом сосновой хвои. Понежившись минут пятнадцать, она накинула свежий махровый халат персикового цвета, не доходивший ей даже до колен, и вернулась в комнату. Еще раз огляделась и, увидев, какое вокруг царственное убранство, воскликнула:

— Круто!

Больше у нее слов не нашлось. Она с разбегу прыгнула на высокую двуспальную кровать с балдахином, застеленную розовыми шелковыми простынями, утонула в ней, зарылась с головой в подушки, свернулась калачиком и через пять минут уже спала крепким девичьим сном.

Проснулась она в одиннадцать часов тридцать пять минут. Еще десять минут у нее ушло на то, чтобы вывести себя из состояния сонливости. Затем она осмотрелась и вытаращила глаза от удивления. Марина Азарова вспомнила все до мельчайших подробностей из того, что произошло за последние сутки. Вспомнила и сама себе не поверила. Неужели такое возможно?

Окружающая обстановка показывала, что да, возможно.

Сон как рукой сняло.

Она спрыгнула с постели, опять сбегала в ванную, где ополоснула лицо холодной водой, и вернулась обратно. Некоторое время она думала над создавшимся положением. Во время этого процесса она сидела на кровати, закинув ногу на ногу, словно Принцесса на горошине, качала ногой и грызла палец. Затем она спрыгнула на пол и, подбежав к окнам, оглядела двор перед домом. Во дворе никого не оказалось. Но прыгать вниз было высоко. Тем более она не собиралась бежать в одиночку и тем самым бросить Веру Грач на произвол судьбы. Тогда она кинулась к двери, прислонилась к замочной скважине и стала слушать, что происходит за ней. За дверью также была мертвая тишина.

— Интересно, есть там охранники или нет? — сама себя спросила Марина. — Сейчас проверим.

Она легла на пол, выложенный дубовым паркетом, и заглянула под дверь. Опять ничего не увидела. Рядом прямо на полу стояла китайская ваза с букетом искусственных цветов. Марина вынула один из них и, просунув стебель под дверь, несколько раз пошуровала им туда и обратно, вправо и влево. Никто на ее действия не откликнулся. Значит, никого у двери не было.

— Но что это дает? — оставаясь одна, Марина не прочь была поговорить сама с собой. — Пока ничего. Посмотрим, может быть, что-нибудь найдется в комнате.

И она стала обыскивать комнату. В принципе она ничего конкретного не искала, но что-то ей подсказывало, что здесь вполне может оказаться что-нибудь такое, что ей пригодится. И она не ошиблась, потому что очень скоро обнаружила телефон. Он стоял на прикроватной тумбе и внешне походил на черепаху. Марина подумала было, что это пепельница и подняла ее совершенно машинально. Каковы же были ее удивление и радость, когда черепаха удобно легла ей в ладонь телефонной трубкой. Не веря в такую удачу, Марина осторожно поднесла трубку к уху и услышала тихий гудок.

— Работает! Работает! Мама мия! — Она чуть было не захлопала в ладоши от радости. — Ах, Багажник, Багажник! «Я же не идиот, чтобы поместить вас в одно помещение!» — Марина передразнила главаря бандитов, скопировав его речь и движения. — Зато помещу вас в комнату, где стоит работающий телефон. Вы можете позвонить своей маме, а также в милицию, ФСБ или президенту Российской Федерации, аминь!

На этом фортуна не остановилась, и через секунду Марина обнаружила еще один ее подарок. На подставке, где лежала черепаха, находился маленький, размером с карманный календарь, список букв и цифр с номерами напротив. Марина догадалась, что телефон с памятью и запрограммирован на двадцать номеров. То есть из комнаты можно было позвонить во все помещения дома.

— «К», вероятно кухня или кабинет босса, — предположила Марина. — «Б» — бассейн или бильярдная, может быть, и баня. Какая нам разница? Что дальше? «Г» — гостиная, гараж, «Ж» — вот уж понятия не имею. «Р» — тоже. «С» — столовая или спортзал. Ну их в баню, эти буквы. Веры там все равно нет.

За буквами шли цифры, и Марина сделала предположение, что это, скорее всего, номера комнат второго этажа. Как раз то, что ей надо. Она попыталась вспомнить, были ли на дверях номера. Номеров не было. Конечно, это же не гостиница! Да Багажника бы гости засмеяли. Впрочем, от него можно ожидать всего. Значит, все-таки что?

Значит, эти цифры для внутреннего пользования. Так, на всякий случай. Что ж, попробуем прозвонить все номера по очереди. Если в комнате Веры есть телефон, а он, скорее всего, есть, раз есть у нее, то она возьмет трубку и они мило побеседуют.

Номеров было девять. Марина нажала цифру «один». Трубку долго не брали, затем заспанный недовольный мужской бас прорычал:

— Да! Алло! Алло! Чего молчите? Какого хрена?

Это явно была не Вера. Марина нажала кнопку отказа и набрала цифру «два». Опять долго не поднимали трубку, затем опять заспанный голос проныл:

— Алло! Алло! Вас не слышно! Алло! Перезвоните!

Марина чуть не прыснула от смеха, потому что узнала голос Багажника.

На цифру «три» никто не ответил. Марина для верности набрала ее еще раз, но результат так и остался нулевой. На цифре «четыре» трубку взяли сразу и ответили бодро:

— Алло! Кто звонит!

Тоже не Вера.

На цифру «пять» отозвался голос, в котором без труда можно было узнать человека, который изрядно принял:

— С-смольный с-слушает!

Марина начала уже было отчаиваться, как на цифру «шесть», тоже не сразу, но все же отозвался родной и знакомый до боли голос:

— Алло?

— Вера, ты? — Марина обрадовалась, как никогда в жизни. — Вот здорово! Наконец-то, а то я уж подумала, что не дозвонюсь до тебя.

— Марина, неужели это ты? Не могу поверить! Как тебе это удалось?

— Ты говори потише! — Марина перешла на шепот. — Тут вроде бы все спят. Не стоит будить это осиное гнездо.

— Ты права, — уже спокойным и тихим голосом ответила Вера.

— Итак, что мы имеем?

— Полную кучу дерьма!

— Это точно. Сразу не разгребешь. Зато теперь

я точно уверена, что Дейнеку у Лаврентия мы искали напрасно. Его там не было.

Вера была поражена:

— И ты думаешь о картине? Марина! Мы на волоске от гибели, нас держит взаперти кучка вооруженных до зубов уголовников, а ты думаешь о картине!

— Дело прежде всего! Не забывай, тетя Катя нам платит за работу. А за вредность мы увеличим ей гонорар. Итак, вернемся к нашему Дейнеке. Ты меня внимательно слушаешь?

— Дай мне немного успокоиться. Меня всю трясет. Господи! Что со мной такое? Я облазила все Аргунское ущелье вдоль и поперек, совершила четыреста прыжков с парашютом, и ничего. А тут вдруг расклеилась. Увидели бы меня мои ребята. Да они бы...

— Вера, успокойся. Тут есть две причины, — прошептала Марина. — Во-первых, ты явно не выспалась.

— А ты что, спала? — воскликнула Вера.

— Конечно. Тут такая шикарная постель! Грех было упустить шанс. Жаль, мужичка не было.

Вере вдруг, несмотря на всю нелепость ситуации, стало смешно:

— Не переживай, Багажник тебе это очень скоро устроит.

— А по-моему, ему больше нравишься ты. Он из тех, кто западает на брюнеток. Ладно, проехали. Вторая причина твоего состояния — беспокойство обо мне. Это у тебя срабатывает инстинкт старшей сестры. А вот это как раз напрасно. Ничего со мной не случится. Поверь мне!

В голосе Марины звучала такая уверенность в том, что она говорит, такая убежденность, что

Вера ей поверила и успокоилась. В конце концов, Марина права. Они сыщики, и форсмажор в их работе, судя по фильмам, должен быть обыденностью. Нормальная рабочая обстановка.

— Ладно, выкладывай! Что там дальше?

— Вот умничка! — Марина оживилась. — Итак, картина была не у Лаврентия этой ночью. Она была здесь, у Багажника.

— С чего это ты решила? — удивилась Вера. — При чем тут Багажник?

— Сейчас объясню. Когда мы выходили из машины, то двое чуваков держали еще одного пленника. Помнишь, они еще спросили, куда его девать?

— Да, что-то припоминаю. Руки у него были в наручниках.

— А теперь вспомни, как он выглядел.

— Да я как-то не обратила на него особого внимания. Вроде бы в костюме он был черном.

— Именно в черном шерстяном костюме. Это летом-то! А ты обратила внимание на его лицо?

— На лицо? Он его вроде как опустил. Лица я не разглядела. Единственно, что худой он очень, изможденный какой-то.

— Вот тебе вторая примета. Да ты прекрасно все запомнила. Теперь осталась последняя деталь.

— Какая деталь?

— Волосы.

— Волосы?

— Да волосы.

И тут Вера закусила губы. Как только Марина сказала про волосы, пленник со скованными за спиной руками предстал перед ней как на фотографии. Худой, зловещий, в черном костюме, а главное, что у него бросалось в глаза, это длинные, до плеч белесые, почти белые волосы.

— Так это же он приходил к Скворцову и... — Вера не договорила.

— ...и убил его, — закончила за нее Азарова. — Да, это убийца Скворцова. Именно его описание дала нам тетя Катя. И он не только убил Скворцова, но и забрал у него картину. Нашу картину. Но вернуться к Лаврентию ему не удалось. Багажник его перехватил вместе с Дейнекой.

— Почем ты знаешь? А вдруг он схватил его сегодня ночью, а картину тот передал Лаврентию вчера?

— Вера, ты меня удивляешь! Зачем, в таком случае, Лаврентию было умыкать у Багажника всю его коллекцию картин?

— Ага, понятно! Значит, среди картин Багажника он искал полотно тети Кати.

— Конечно! Из этого можно сделать еще один вывод.

— Что за вывод?

— Лаврентий никогда не видел картину, которую для него похитил Скворцов.

— Точно! Но теперь-то она у него.

— Скорее всего.

— И что же нам делать?

— Надо постараться выбраться отсюда и обратно к Лаврентию.

— Легко сказать.

Некоторое время Марина и Вера молчали, обдумывая создавшееся положение. За дверями комнат послышались шаги.

— Ладно, отбой, — сказала Марина. — Если что-нибудь придумаю, тебе позвоню. Ты тоже звони, если что. Мой номер седьмой или восьмой, скорее всего. В крайнем случае, девятый. Все, пока! Целую!

И Марина положила трубку. Вера тоже. Обе,

каждая в своей комнате, прислушались. Особняк Багажника оживал. Бандиты восстановили силы после бессонной ночи и теперь шлялись по дому. Это значило, что скоро возьмутся за них.

ЭКСПЕРТИЗА

Настроение у Лаврентия Беркутова было хуже некуда. Он сидел в тяжелом кожаном кресле посреди своей гостиной, которая размером была чуть не со спортивный зал, и хмуро смотрел на десятки картин, которые были выставлены перед ним прямо на полу. Вокруг, пытаясь навести хоть какой-нибудь порядок, сновали его люди. Они хрустели битым стеклом, переругивались между собой и, пользуясь тем, что по дому гуляют сквозняки, нещадно дымили сигаретами. Лаврентий тупо смотрел на картины и пытался определить, какая же из них та, которую должен был принести ему Тихий. Однако смотрящий Ленинского района совершенно не разбирался в живописи и определить, где здесь Суриков, где Шишкин и тем более Александр Дейнека, никак не мог.

— Кошмар, сколько мазни. Целая Третьяковская галерея. Куда Багажнику столько картин? Камаз! — позвал он. — Поди сюда!

Камаз приплелся к боссу и захлопал заспанными глазами.

— Ты не знаешь, кто из братков сечет в живописи?

Камаз задумался. Долго молчал, чесал голову, трещал пальцами, потом пробормотал:

— Не знаю.

— Пошел вон! — устало прорычал Лаврентий. — Академика ко мне!

Через две минуты в гостиную вошел долговязый лохматый очкарик в висящей на нем, словно на вешалке, майке и широких, невероятно обвисших трико с лампасами. Это и был Академик. Прозвище свое он получил, потому что разбирался в компьютерах и обслуживал сеть Лаврентия.

— Ты в живописи разбираешься, Академик?

— Не особо.

— Такого художника, по фамилии Дейнека, знаешь?

— Это немец, что ли?

— Почем я знаю? Может, и немец. Но, скорее всего, еврей. Они все евреи, эти художники, композиторы. Евреи, кругом одни евреи. Так знаешь или нет?

— Нет, не знаю.

— Тьфу! — Лаврентий ударил кулаком по ручке кресла. — Я вам плачу такие бабки, а вы не можете мне объяснить элементарные вещи! А через этот, как его дьявола, Интернет, можешь узнать?

Академик оттопырил нижнюю губу и посмотрел в пол.

— Чего молчишь?

— Интернет не работает. Там кабели с компов все сорваны и модем разбит. Пока не заменим, выхода в сетку не будет.

Лаврентий побагровел, глаза его налились кровью. Он стал похож на быка, разве только землю копытами не рыл. В таком состоянии он мог и убить. Академик быстро поправил очки на носу и торопливо сказал:

— Так художники обычно на картинах свои фамилии пишут. Надо посмотреть. Можно я попробую?

— Валяй!

Академик стал ходить вдоль картин и внимательно их рассматривать. Особенно тщательно он всматривался в углы полотен. Картин было сорок четыре штуки. Подписи художников стояли на двадцати семи. Дейнеки среди них не было. Так через полчаса Академик и доложил Лаврентию.

— Значит, осталось семнадцать картин, — задумчиво произнес Лаврентий. — Ты их мне поставь отдельно. Ага, вот так. Теперь дальше что будем делать? Думай, Академик. Думай. Зря, что ли, ты такое погоняло получил? Думай, сынок. Или я найду нового программиста, а тебя уволю.

Глаза Академика забегали из стороны в сторону. Никогда еще его жизнь не висела на таком тоненьком волоске.

— Эт-то, — заикаясь пробормотал он, — надо специалиста позвать. Че я-то?

— Специалиста? Какого специалиста?

— Ну откуда-нибудь.

— Откуда «откуда-нибудь»?

— Можно из Художественного музея.

— Из Художественного музея? А у нас такой есть?

— Конечно, есть. В самом центре Черноборска, сразу за Калининским мостом.

— Тогда бери Вентиля, садись в тачку, и чтобы через час специалист был ко мне доставлен. Понятно?

— Понятно!

Академик исчез на этом слове, а Лаврентий остался сидеть в кресле. Он не отводил от картин глаз и совершенно не видел, что творится вокруг него. Не видел он, как приехали рабочие-ремонтники, стекольщики и уборщики, как порушенный особняк под быстрыми и умелыми руками обретает свой первоначальный вид.

Лаврентий не заметил, как задремал. Прикрыл глаза и забылся. Ровно через полтора часа он открыл глаза и спросил:

— Доставили специалиста?

— Доставили, босс, тепленького, прямо из ванны выволокли. Душ принимал, — стал объяснять Вентиль. — Жена его, конечно, визг подняла, да я ей пасть быстро заткнул.

— Каким образом? — Лаврентий нахмурил брови. — Неужели кулаком? Или еще хуже?

Вентиль даже обиделся:

— Зачем же кулаком? Я че, мудак полный? Нет! Я ей в пасть двадцать баксов сунул, она сразу и заткнулась. А этот, — бандит вытолкнул вперед себя лысоватого пузатого мужичка в жилете и с бегающими от ужаса маленькими глазками, — вот он. Академик его нашел. Звонил все кому-то. По сотке. Баксов на тридцать наговорил.

— А че я? Че все время я? — залепетал до этого молчавший Академик. — Мне было велено спеца найти по живописи, я и нашел. Самый лучший, между прочим, специалист. В Москве преподавал.

— Молоток, Академик, теперь можешь идти, — похвалил его Лаврентий и обратился к мужичку: — Как тебя зовут, любезный?

— Арнольд Моисеевич, — пролепетал тот.

Лаврентий слегка поморщился:

— Моисеич, значит? Ладно, пусть будет Моисеич. Ну а я Лаврентий Палыч. Будем знакомы. Ты, говорят, спец по картинам?

— Кандидат искусствоведения, — скромно поправил его специалист. — Доцент художественного факультета Черноборского пединститута. Без ложной скромности скажу, что в данной области в этом городе я первый.

— Что доцент, это хорошо, — довольно произнес Лаврентий. — Что первый, тоже. Мне пустышки не нужны. Скажи мне тогда, раз ты такой-претакой, какую из этих картин нарисовал художник Дейнека. Знаешь такого?

— Дейнека? — переспросил Арнольд Моисеевич. — Как же не знать? Как же? Позвольте, позвольте.

Он достал из жилета очки, нацепил их на остренький носик, вслед за очками достал огромную лупу, подошел к полотнам и склонился над ними, как аист над болотом, где водятся лягушки.

— Очень интересно, очень интересно, — бормотал он, переходя от одной картины к другой. — Оригинально. Очень оригинально. Ну это полное дерьмо, вы уж меня извините. Подделка. И это тоже. А вот это явно эскиз Пиотровского. Точно, это его рука. Вот это его штрих. Он неповторим. Очень хорошо сохранился. Бесподобно! Впрочем, я от Пиотровского не в восторге. Так, что дальше? Мазня. Халтура. Явно Козлович намалевал. Точно Козлович. И это тоже Козлович. А это Яша Кукушкин, царствие ему небесное, сделал. Вот уж мастер был! Гений! Если бы не пил... Так, а это ранний Прудкин. Без сомнения Прудкин. Замечательный офорт. Просто прелесть.

Арнольд Моисеевич завис было над офортом Прудкина, но стоящий рядом Вентиль так грозно крякнул и поскреб небритую щеку, что специалист по живописи даже подпрыгнул и тут же оказался у соседнего полотна.

— Не торопись, Моисеич! — успокоил его со своего кресла Лаврентий. — У меня время есть, и ошибки мне не нужны.

Арнольд Моисеевич победно взглянул на Вентиля, затем смело отпихнул его и вернулся к офорту Прудкина.

— Какие линии, какие формы, — снова забормотал он. — Нет, вы только подумайте! И такого мастера выгнали из Союза художников! И за что? За то, что отказался рисовать портрет вождя для совхоза, в котором директором был любовник его жены. Да ведь это интрига! Все было задумано органами! Это же ежу понятно. Нет, но каковы глаза! Ведь это глаза Серафимы. Серафима, скажу вам, как раз его жена. Большая была шлюха.

Доцент пединститута еще долго не мог оторваться от этой работы, потом все-таки пересилил себя и стал изучать остальные работы. Наконец он снял очки и повернулся к Лаврентию.

— Вы сказали Дейнека, если я не ослышался?

— Не ослышался.

— Тогда должен вас разочаровать, уважаемый Лаврентий... гм... Павлович. Здесь нет работы этого мастера.

— Ты уверен? — тихо спросил Лаврентий.

— Голову даю на отсечение.

Лаврентий молчал целую минуту, затем заговорил тяжелым голосом:

— Что ж, в таком случае, больше я в твоих услугах не нуждаюсь, Моисеич. Что бы ты хотел получить в качестве гонорара?

И царственным жестом он указал на картины, которые только что изучал Арнольд Моисеевич. Когда до того дошел смысл сказанного, он даже задрожал от волнения:

— Позвольте, я не ослышался? Вы имеете в виду эти работы? Я что, могу выбрать?

— Можешь, можешь. Выбирай быстрее, а то у меня времени мало.

— Тогда я безусловно возьму Прудкина! — звенящим от счастья голосом воскликнул Арнольд Моисеевич и тут же схватил вожделенную работу. — Право, просто не знаю, как вас и благодарить, уважаемый Лаврентий Павлович. Это щедрый, я бы сказал, царский подарок. Дай вам бог крепкого здоровья. И вашей семье тоже.

— Теперь ступай. — Лаврентий уже не смотрел на специалиста. Его взгляд был направлен за окно, где красовался забор.

Арнольд Моисеевич, повторяя благодарственные слова и еще что-то о злодеях, которые загубили настоящий талант, но время пришло, все встало на свои места, настоящие ценности вновь имеют свою цену, удалился.

— Что за чертовщина? — сказал Лаврентий, когда специалист по живописи ушел. — Где же тогда Дейнека?

— А вдруг этот козел нас наколол? — сделал предположение Вентиль. — Может, он ничего не шарит в картинах?

— Ты, что ли, шаришь? — усмехнулся Лаврентий.

— А что? Может, и шарю. Я в зоне знаешь какие тату братанам делал!

— Ой, не зли меня, Вентиль, не то убью! Что же теперь делать?

— А ничего не делать. На хрен тебе этот Дейнека сдался? Вон у тебя сколько картин тут. На много тыщ.

— Слушай, Вентиль, канай отсюда! От греха подальше.

Вентиль обиженно замолчал и отошел от босса. Увидел, как рабочие стеклят окна в бассейне, подбежал к ним и стал указывать, кому что делать.

— Кто бы мне объяснил, что происходит, — сказал Лаврентий. — Я уже ничего не понимаю. Хоть бы Багажник позвонил, что ли?

И тут мобильник в его внутреннем кармане запел. Лаврентий взял его и поднес к уху:

— Алло?

— Лаврик?

Звонил Багажник. Лаврентий оживился. Сей звонок показался ему добрым знаком.

— Да это я, Багажник. Как там мои дочки?

— Нормально. Отдыхают. Сейчас на завтрак прибудут. Хорошие у тебя девчонки. Ты не дрейфь, Лаврик, я их не обижу. Если, конечно, мы договоримся.

— Договоримся.

— Нет, с картинами ты меня круто кинул.

— Я тебе их верну.

Багажник засмеялся:

— Конечно, вернешь! Не просто вернешь, а еще просить будешь, чтобы я их взял.

— Не зарывайся, Багажник. Ты меня за горло не держишь.

— Тебя нет, зато твоих дочерей обеих могу хоть сейчас поиметь.

— Ладно, ладно, — Лаврентий сделал вид, что напуган. — Чего ты хочешь?

— Я тебе уже сказал один раз. Повторять не собираюсь.

— Хорошо, я сделаю, как ты просишь. Но тогда и у меня для тебя есть небольшое условие.

— Не тебе ставить мне условия.

— Не согласен. Мы с тобой заключаем сделку. Разве не так?

— Хм, согласен.

— А когда две стороны заключают сделку, то обе имеют право предъявлять свои условия.

— Хорошо, я тебя слушаю. Чего ты хочешь?

— Ты отдаешь мне картину, которую отнял у Тихого, причем возвращаешь ее мне сегодня же. Дальше я сделаю, что ты хочешь, то есть в понедельник сам предложу Папаше твою кандидатуру. А в качестве гарантии мои девочки остаются у тебя до вторника. Давай, Багажник, соглашайся. Все выгоды на твоей стороне. Совершим обмен картинами в знак доброй воли. Мне твои картины не нужны. Тебя моя... может, и нужна, я знаю, ты большой ценитель искусства, но все же верни. Картина дорога мне как память о покойном друге.

— Тогда понятно. А я-то думал, с чего бы Лаврентию понадобилась эта мазня. Только я не врубаюсь. Как я ее тебе верну, если ты все картины у меня экспроприировал?

Лаврентий почувствовал, как у него екнуло сердце.

— Я взял у тебя все твои картины, — осторожно сказал он. — Но моей среди них не было.

— Как не было? Куда же она тогда девалась?

— Так это я у тебя должен спросить! — Лаврентий недобро усмехнулся, затем секунду помолчал и спросил: — Точно ее у тебя нет?

— Я за свой базар отвечаю.

— Что же выходит, она у меня?

— Наверно.

— Тогда скажи мне, что на ней изображено?

— Дева Мария с младенцем. Копеечная копия. Надо совсем не иметь вкуса, чтобы такое покупать. Не пойму я все равно, чего ты так суетишься?

— Дева Мария? — воскликнул Лаврентий. — Дева Мария?

— С младенцем.

Лаврентий задумался. Среди картин, взятых у

Багажника, ни на одной не было изображения Девы Марии.

— А какая на ней рама была?

— Да ты че? Какая рама? Тихий ее в рулоне нес, в газету завернутую. Ты там шурани, может, кто из твоих братков ее захерил.

— Спасибо, Багажник, — неожиданно для себя поблагодарил соперника Лаврентий. — Ты тоже у себя повнимательнее посмотри. Может, обнаружишь чего. Тогда сразу звони. Пока.

— Погоди! — торопливо воскликнул Багажник.

— Чего еще?

— А ты дочерям своим ничего не передашь? Привет, что ли?

— Привет? А ну да, передай им привет.

И Лаврентий отключил связь.

— Дочери, дочери, — пробормотал он и задумался.

Еще во время первого разговора Лаврентий подумал, что Багажник так по-идиотски шутит. Однако он не из тех, кто повторяет одну шутку дважды. В самом начале разговора он специально сразу закинул удочку про дочерей. И Багажник не удивился, а потом еще и напомнил про них. Гм... Что же тогда это значит? Лаврентий стал думать и вот что надумал. К его противнику каким-то образом попали две шлюхи, видимо, работали на его территории без спросу, и, чтобы отмазаться, решили воспользоваться именем Лаврентия. Такое часто случается в криминальном мире. Каждый на кого-то ссылается, чтобы придать себе значимости. Но эти шлюхи решили сыграть по-крупному и соврали Багажнику, что они не просто подстилки Лаврентия, а его дочери. Смело. Очень смело. За такое головы можно оторвать. Скорее всего, он так и сделает. Потом. Пока же это ему очень даже на руку. Багажник держит этих дур у себя и думает, что Лаврентий у него в руках. Это хорошо, когда кто-то думает, что ты у него в руках. Это лишний козырь в твоем рукаве. Возможен и другой вариант. Этих дур нанял сам Багажник, чтобы в понедельник заявить о том, что Лаврентий не может быть вором в законе, потому что у него есть дочери. Впрочем, такой блеф слишком грязен и маловероятен. Папаша не дурак, чтобы так грубо водить его за нос. Тогда остается еще один вариант. Чтобы сбить с толку Багажника, девиц ему подсунули Казбек или Свят. Зачем? Бог их знает! Сбить с толку. И вообще, хрен с ними, с этими девками! Есть дела поважнее. Лаврентий даже головой затряс, чтобы выбросить из нее лишние мысли.

— Собери братву, — приказал он Вентилю. — Всех, кто был на хате у Багажника. Через пять минут я выйду во двор.

Вскоре Лаврентий с грозным, не обещающим ничего доброго лицом и в сопровождении Камаза и Вентиля вышел во двор. Там уже стояли все участники ночного рейда. Главарь обвел суровым взглядом свою банду, пытаясь проникнуть в душу каждого. Бандиты, хотя и не знали, в чем дело, почему-то сразу почувствовали, что виноваты, и опустили в землю лица. Это еще более усилило подозрения Лаврентия.

— Так, — тихо, но так, что его слышали все, сказал он, — значит, у пахана ссучить решили?

Никто ничего не ответил.

— Чего утухли, братки? — громко сказал Камаз. — Кто картину стибрил? Лучше сейчас скажите. Потом поздно будет.

Среди братвы раздался тихий ропот. Никто не понимал, о чем идет речь.

— Объясняю, — Лаврентий все пытался угадать, кто из них способен на такое, — картины Багажника доставлены мне не все. Одна исчезла.

— Что за картина, Лавр? — крикнул один из ребят. — Не томи. Прежде чем на нас напраслину возводить, лучше объясни, что к чему.

— Пропала картина. Без рамы. На ней Дева Мария с младенцем. Кто ее видел? Кто ее грузил? Кто ее выгружал? Меня интересует все.

— Не было там картин без рамы, — крикнул кто-то. — Все в рамах были.

— И Девы Марии не было! — крикнул другой.

— Не было! — раздались согласные голоса.

— В натуре, не было.

— Багажник клянется, что картину взяли вы.

Из толпы вперед выскочил краснолицый бандит и со злостью прошипел:

— Ты что же, пахан, своим братанам, значит, не веришь, а Багажнику веришь? Так, что ли? — Он грозно надвинулся на Лаврентия. — А знаешь, чем это тебе грозит?

— Тихо, Перец, не борзей! — перед краснолицым тут же стеной встали Камаз и Вентиль. — Отвали назад.

— А чего, он верно базарит! — тут же раздались согласные голоса. — Ты, Лаврентий, нас обижаешь!

— Ша! — Лаврентий поднял руку. — Кончай базар! Короче, братаны. Если мне до вечера кто картину принесет в руки, я тому десять кусков отсчитаю на месте. Но если я сам у кого Деву Марию найду, тому... — Лаврентий не договорил, но зато красноречиво щелкнул ногтем большого пальца и провел им по горлу.

Братки с тихим ворчанием разбрелись. Но глаза у всех алчно горели, и они с подозрением смотрели друг на друга.

— Все, — сказал Вентиль, — теперь они землю рыть будут, а картину найдут.

— Столько баксов! И я бы землю рыл, — согласился Камаз. — Слушай, Вентиль, а может, ты картину спер?

— Чего? — грозно спросил Вентиль.

Камаз впился в него глазами:

— Я видел, ты рулон под рубашкой прятал.

— Ах ты сука! — заревел Вентиль и с кулаками набросился на Камаза. — Да я тебе!

— Тихо, Вентиль, — остановил его Лаврентий. — Не шуми. А ты, Камаз, думай, что говоришь. Вентиль слишком туп, чтобы картину украсть.

— Понял, да? — Довольный Вентиль показал Камазу средний палец.

ЗАВТРАК ВТРОЕМ

Когда Багажник проснулся, а это было уже далеко за полдень, то сразу стал думать, как поступить с дочерьми Лаврентия. Все-таки небольшой червь сомнения подтачивал его сердце, и он решил допросить их поодиночке, чтобы до конца выяснить всю правду. Затем он решил позвонить Лаврентию и поговорить с ним. А когда разговор закончился, то у него уже не было никаких сомнений в подлинности девушек. Так что необходимость допроса отпала сама собой. И Багажник решил просто пригласить обеих женщин на завтрак.

В столовую он вышел в длинном халате. Занял свое место и выпил стакан воды, как всегда делал перед едой.

— Орех! — позвал он помощника. — Веди сюда лаврентьевских девиц. Они, чай, тоже жрать хотят.

Через две минуты появились Вера и Марина. Они воспользовались гардеробом хозяина дома, в котором нашли массу женских вещей и обуви, все совершенно новое, упакованное или в коробках, так что были одеты и обуты. Да еще куда роскошнее, нежели в обыденной жизни. Багажник был хорошо воспитан. Он сразу встал, вышел им навстречу, взял обеих за руки и усадил каждую за стол. При этом он рассыпался в комплиментах.

— Красавицы! Честное слово! Таких женщин здесь еще никогда не было. Уж поверьте мне, в этом я разбираюсь. Ну как отдохнули?

— Великолепно, — сказала Марина и с жадностью осмотрела накрытый стол. — Ого! Просто как в санатории имени Дзержинского.

Багажник даже вздрогнул от такого сравнения.

— А вы что же, там бывали? — осторожно спросил он.

— Увы, нет. Просто слыхала.

Вера ничего не сказала, однако не сводила с Багажника настороженного взгляда.

— А вы, уважаемая Вера Лаврентьевна, видно, не отдохнули.

Вера чуть было не поправила Багажника, сказав, что ее отчество Павловна, но встретила стрельнувший взгляд Марины и вовремя прикусила язычок.

— Кстати, — продолжал весело щебетать Багажник. Он вернулся на свое место и вытер губы салфеткой, после чего принялся за огуречный салат с крабами. — Спешу передать вам привет.

— Привет? — удивилась Марина. — От кого?

— Как от кого? От папочки, разумеется. Он за вас волнуется, переживает. Но я его успокоил. Сказал, что все в порядке: вам у меня в гостях нравится и вы не в обиде. Успокоил, так сказать, стариковское сердце.

— Вы очень любезны, — чтобы скрыть волнение, Марина наполнила стакан томатным соком и залпом его выпила. Над губами у нее остались красные усы. — Огромное вам спасибо. Правда, Вера, мы благодарны?

— Да, очень, — прохрипела Вера.

Девушки переглянулись. В глазах у обеих стоял немой вопрос: «Он врет или действительно звонил Лаврентию?»

— И давно вы гостите у Лаврентия Павловича? — Багажник кушал и на собеседниц особенно не смотрел, иначе бы его насторожили их переглядывания.

— Да мы вчера только приехали в Черноборск, — ответила Марина.

— И откуда, если не секрет?

— Из Кисловодска.

— Кисловодск! — обрадовался Багажник. — Какой чудный город! Вы знаете, я там бывал. В детстве, с родителями. Они возили меня на воды. Незабываемое время. Нарзанные ванны! Белоснежный Эльбрус! Красная горка.

— Ага, — добавила Вера, — а еще Большое и Малое седло.

— Да, да, — согласился Багажник и вдруг насторожился. — Так вы из Кисловодска?

— Да, — пробормотала Марина. — Оттуда.

— Отчего же у вас говор наш, поволжский, а не кисловодский?

Марина поняла, что они сейчас попадутся.

— Так мы волжане и есть, — поторопилась она исправиться. — Живем-то мы в Тольятти, а в Кисловодске были на отдыхе. На воды ездили, да по горам полазили.

— А, из Тольятти, тогда понятно. То-то я смотрю, кого-то вы мне напоминаете. Тольяттинские девушки все красавицы, как на подбор. Я ведь там в молодости студенческую практику проходил. Там, можно сказать, моя карьера в гору пошла. Сколько мы тогда на «Жигулях» бабок делали! Сказать нельзя. Ну что ж, будем знакомы, землячки. Значит, решили навестить старика отца?

— Почему «старика»? — возразила Вера. — Папа еще совсем нестарый.

— Очень даже хорошо выглядит для своих лет, — добавила Марина.

— Да это я так, фигурально выразился! — махнул рукой Багажник. — Вот у меня родители пожилые и даже очень. Я ведь, как это называется, поздний ребенок. Послушайте, девчонки, а какого рожна ваш папаша вдруг стал интересоваться живописью?

Вопрос был задан так неожиданно, что Вера и Марина растерялись.

— Живописью? — переспросила Марина.

— Да, живописью.

— Никогда не замечала за папой этого. Хотя, видите ли, Петр, мы ведь очень мало общаемся с ним и, в сущности, совсем его не знаем. Так что, может быть, он любит живопись. Но, во всяком случае, когда однажды он возил меня в Москву, я тогда еще была ребенком, я с великим трудом затащила его в Третьяковку. Он там еле дождался конца экскурсии и все время зевал, так что мне даже стало неловко за него перед экскурсоводом.

Марина врала вдохновенно. Вера жевала салат и думала, как бы все это запомнить и потом не перепутать, если Багажник вдруг что-нибудь переспросит. Но тот, казалось, ничего не подозревал и лишь участливо кивал головой.

— Вот-вот, и я о том же. К нам тут случайно, я повторяю, случайно попал один из его людей, и при нем была обнаружена картина. В принципе мазня, но парень обещал нам поснимать за нее головы, если она пропадет.

— Ничего себе мазня! — не удержалась Вера. — Это же...

Она опять замолчала, потому что увидела, как окаменело лицо Марины. Зато Багажник сразу заинтересовался таким оборотом дела.

— Так вы уже в курсе? — оживился он. — Тогда, может быть, объясните мне, в чем ее ценность?

— Вообще-то нам мало что известно, — поспешила замять оплошность подруги Марина. — Папа что-то говорил про украденную картину. А можно вам задать вопрос?

— Нет, — сказал Багажник, — потому что пока вопросы задаю я.

— Ну хорошо, — тут же согласилась Марина. — Вы прямо как следователь уголовного розыска.

Багажник подавился бутербродом с белужьей икрой и закашлялся. Вера вскочила с места, подбежала к нему, схватила за правую руку и резко дернула ее вверх, одновременно ударив его коленом по спине. От всего этого глаза Багажника чуть не вылезли на лоб, зато застрявший в его глотке кусок хлеба тут же выскочил изо рта. А к Вере вмиг подбежал Орех, в руке которого уже был пистолет.

— Назад! — истошно завопил он.

Вера презрительно на него глянула, пожала плечами и вернулась на место.

— Спасибо, Вера, — искренне поблагодарил Багажник. И тут же накинулся на Ореха: — Чего ты дергаешься? Че дергаешься, баран? Не видишь, что ли, она меня спасла? Чуть не сдох! А вы, барышня, — это уже адресовалось Марине, — прекратите, пожалуйста, свои шуточки. То у вас Дзержинский, то уголовный розыск. Это вас папа научил так шутить?

— Да нет, это я так. — Марина сделала вид, что сильно смущена.

Некоторое время Багажник ел молча. Казалось, он был несколько обижен. Марина и Вера старались не смотреть на него.

— Ладно, — махнул рукой Багажник, — что это я как маленький? Обиделся за ерунду. Что значит поздний ребенок.

Марина согласно покачала головой:

— Трудное детство? Как нам это знакомо. Но у вас были родители, хоть и старые. Мы же с Верой росли без отца. А это куда хуже. Каждый норовил нас обидеть.

— Да, да, и это тоже мне знакомо. — Глаза Багажника наполнились грустью. — Вас обижали, потому что не было отца. Меня обижали, потому что мои родители были слишком стары и слабы, чтобы заступиться за меня. Это очень грустная история. Я ведь был очень тихим воспитанным мальчиком. Учился играть на скрипке, ходил к педагогу. Мои родители видели во мне великого музыканта. Я же хотел стать художником. Увы, мне не довелось стать ни тем ни другим. И всему виной дворовые пацаны. Местная гопота. В доме, где я жил, их было более чем достаточно. Пока я был мал и ходил в садик, все было терпимо, но когда пришла пора ходить в школу, начались мои мучения. Они преследовали меня везде и всюду. Как же им, этим пролетарским ребятам, хотелось унизить и обидеть меня, особенно когда я шел со скрипкой или мольбертом. Они просто проходу мне не давали и издевались изощренно и методично. Был среди них один, даже не помню его имени. Прозвище помню, вернее, никогда не забуду. Почему-то его звали Рейганом. Ничем он не походил на Рейгана, но все равно его так звали. Этот Рейган и был главным моим мучителем. Если бы не он, то и другие бы не относились ко мне подобным образом. Боже! Как же он меня доставал! Ни одна встреча с ним и его компанией не обходилась без слез. Моих, разумеется. Он вымогал у меня деньги, отнимал продукты, когда я возвращался из магазина. И я его боялся как огня. Он сумел так меня запугать, что я ни словом не обмолвился родителям, каково мне приходится. Они жили в неведении. Может, это не только из-за страха. Мне просто было жаль их. Что они могли сделать? Старые, немощные, интеллигентные. Я терпел, снедаемый жаждой мщения, где-то до четырнадцати лет. Однажды мой враг сообщил мне великую весть: «Ну все, Петушок (так он меня называл всегда, и только потом, через много-много лет, я узнал истинное значение этого прозвища), кайфуй. Я с предками уезжаю на целый год в Африку. Живи. Тут, конечно, ребята за тобой присмотрят, чтобы ты, значит, совсем не расслабился. А там я вернусь, и ты у меня вновь запрыгаешь».

Он побил меня на прощание сильнее, чем

обычно, и чаша моего терпения переполнилась. Я бросил скрипку, отложил в сторону кисти и краски и записался в секцию карате. Мной словно овладело безумие. Целый год я занимался как одержимый. Первые месяцы были просто адскими, я никогда их не забуду. Через полгода стало легче. Мускулы мои постепенно наливались твердостью, удары становились точнее и крепче, и жажда мести сделала из меня воина. И вот через год я понял, что все: он, этот момент, наступил. Я готов встретиться со своим кровным врагом лицом к лицу.

Рейган вернулся, потемневший под жарким африканским солнцем, раздавшийся на заморских харчах и от всего этого еще более наглый. Увидев его, я задрожал. Прежний страх вернулся ко мне и прожег до костей. Черт побери, я опять ничего не мог с ним поделать! Все приемы тут же забылись, все, что я отрабатывал весь этот год, куда-то исчезло, словно я как и прежде, играл на скрипке и писал этюды. Боже! Какое это было унижение.

«Что, Петух? — Рейган ликовал. — Мне пацаны сказали, ты карате занялся. Ну давай посмотрим, чему ты научился?»

И он избил меня у всех на глазах и ко всеобщему ликованию. Петька-скрипач опять был низвергнут на самое дно дворовой и школьной жизни.

Но я не сдался. Я не вернулся к скрипке и краскам, я вернулся в секцию карате, да еще вдобавок записался в боксерскую секцию. Рейган меня не трогал, и не потому что подобрел или изменился к лучшему. Нет, он просто переехал в соседний район и возглавил тамошнюю шпану. Наверно, он забыл про меня. Но я не забыл его и продолжал с остервенением заниматься боксом и карате. Прошло еще два года. За это время я научился плавать, прыгать с парашютом, стрелять. Пацаны отстали от меня, потому что, видимо, в моей внешности уже не было той беззащитности и нежности, какая была прежде. Еще бы! Две победы на областных соревнованиях по боксу и черный пояс и первый дан по карате — это что-то да стоит. На меня стали обращать внимание девчонки. Я стал гулять с ними, и тут мое прежнее владение скрипкой принесло мне огромную пользу, потому что я с легкостью овладел гитарой. А что такое парень с гитарой? Это же всеобщий девчачий любимец! И я таковым стал. Я завоевал авторитет среди пацанов и был любим девчонками. Но все равно где-то в глубине души моей оставался противный липкий страх. Да, снаружи я был суперменом, а в душе оставался все тем же трусливым и робким Петушком. Чего я боялся? Я боялся, смертельно боялся, что в один прекрасный день явится Рейган и разрушит все, что я с таким трудом построил. Нет, я не переживу этого!

Страх так угнетал меня, что я не выдержал и решил нанести удар первым. Я пришел в тот район, где жил Рейган, и стал искать его, выспрашивая местных пацанов, где он может быть. Нашел я его в одном из дворов на хоккейной коробке в окружении местных ребятишек. С превеликим трудом преодолев свой страх, я почти на негнущихся ногах подошел к нему, и случилось чудо, он не узнал меня. Не узнал! Страх слетел с меня, как шапка, которую сдуло ветром.

— Рейган! — позвал я его.

Он удивленно глянул на меня. Его дружки тоже. Они тоже удивились, потому что здесь у

Рейгана была другая кличка. Но мне было плевать. Я ударил его ногой в грудь. Дружки полезли на меня со всех сторон, но я раскидал их за минуту и вновь принялся за Рейгана. Боже! Как же я его бил! Как бил! — Багажник закатил глаза от удовольствия. Он словно вернулся в то памятное мгновение своего торжества. — Никогда, ни до ни после, я не испытывал такого удовольствия. Вот что такое настоящее счастье — это месть.

— Ты так и не узнал меня, Рейган? — спросил я моего врага, когда тот, окровавленный и поверженный, лежал у моих ног и не в силах был даже просить пощады.

— Петька?» — прохрипел он. — Ты?

— Да, я!

И я ударил ногой по его переломанным ребрам. Он застонал и вдруг улыбнулся беззубым ртом. Гад!

— Так все-таки я сделал из тебя настоящего мужика? — прошепелявил он.

— Так он и сказал? — ахнула Марина, которая с открытым ртом слушала рассказ Багажника.

Багажник достал сигару, откусил кончик и раскурил ее.

— Да, — грустно ответил он, — так он и сказал: «Я сделал из тебя мужика».

— И что ты, то есть вы?

— Что я? У меня уже не было сил бить его. Я устал. Вымотался. Я плюнул и ушел. Если бы я знал, чем все это для меня кончится! Через неделю меня нашли дружки Рейгана и сообщили мне, что он умер. Умер от моих побоев. И если я не хочу, чтобы об этом узнали его родители и милиция, а главное, прокурор, то должен заменить его. Они собирались на дело. Грязное дело. В общем, им нужен был боец. И я пошел. Что мне оставалось делать? Так вот я и познакомился с братвой. Потом пошло-поехало, и вот результат.

Багажник окинул взглядом пространство вокруг себя.

— А ведь я мог бы сейчас играть в Большом театре! — трагическим голосом завершил он свой рассказ и томным взглядом посмотрел на Веру. — Или расписывать храм Христа Спасителя.

— Печальная история, — согласилась Марина. — Нет, в моей жизни ничего подобного не было. Вера меня всегда защищала, как и полагается старшей сестре. Зато ей самой пришлось несладко. И вообще ее судьба даже чем-то схожа с вашей.

— Марина, что ты такое несешь? — поразилась Вера.

— А что, разве не так? — Марина сделала вид, что удивилась. — Кто дрался со всем двором? Со всеми мальчишками? Разве не ты?

— Я, — вынуждена была признаться Вера.

— Вот так-то!

Багажник обрадовался и тут же пододвинул свой стул поближе к Вере.

— Вот видите, сколько между нами общего, Вера Лаврентьевна, — сказал он.

Вера не выдержала:

— Послушайте, Петр, давайте перейдем на «ты» и станем обходиться без отчества.

— Замечательная идея! Я «за» обеими руками. Марина, а как ты?

— Я тоже. А теперь, когда мы стали друзьями, можно я все-таки задам вопрос? — спросила Азарова.

— Задавай, Мариночка. — Багажник был сама доброта.

— Зачем ты со своей бандой напал на наш дом? Ведь ты же напал на него. Разве не так?

— Ах, девчонки, это наши мужские дела. Так сказать, специфика нашей работы. Это называется дележ сферы деятельности. И вовсе я не нападал. Просто приехал поговорить.

— В три часа ночи?

— Мне не спалось. Но ведь и вашего папочки не было дома. Значит, ему тоже не спалось! Я приехал к нему, а застал вас. И вы вдвоем такое мне устроили. Никогда этого не забуду. — Багажник весело и заливисто расхохотался. — Преклоняюсь перед вашим мужеством и находчивостью. Снимаю шляпу.

Завтрак закончился.

ПАРТИЯ В ТЕННИС

— Хотите партию в настольный теннис? — предложил хозяин дома. — А потом можно будет поплавать в бассейне.

— Охотно, — согласились Вера и Марина. — Но нам надо переодеться.

— Вы знаете, где гардероб. А я подожду вас в спортзале. Орех вас проводит.

— А теперь нам можно находиться в одной комнате? — спросила напоследок Азарова.

Багажник секунду подумал, потом махнул рукой:

— Ладно. Можете ходить друг к другу в гости. Но только не за пределы дома. Не забывайте, вы мои пленницы.

Марина и Вера благодарно улыбнулись, кивну-

ли и вышли из столовой. Орех направился за
ними.

— Глаз с них не спускай, — прошептал ему вдогонку Багажник.

— Будь спок, шеф!

Орех проводил Марину и Веру до комнат. Они
свернули в спальню Азаровой. Он хотел было войти
вместе с ними, но Марина решительно встала в
дверях:

— Ты что, чувак, решил посмотреть, как мы
будем переодеваться?

— Так я это... — растерялся Орех.

— Тебе шеф велел нас проводить, — жестко отрезала Марина. — Помогать нам переодеваться он
тебе не велел. Врубаешься?

— Врубаюсь.

— Тогда отдыхай!

И Азарова с грохотом захлопнула дверь прямо
перед носом оторопевшего Ореха.

— Ну, что ты об этом скажешь? — спросила она
Веру, когда они стали искать теннисные аксессуары своих размеров. — А вот эта юбочка мне в самый раз.

— Что скажу? — проворчала Вера. — Я в настольный теннис никогда в жизни не играла. Вот
что я скажу.

— В бадминтон ты играла?

— В бадминтон играла.

— Это почти одно и то же. Только вокруг стола.
Я вообще больше волейбол люблю. Но не с этими
же гориллами в волейбол играть.

— Это точно, — усмехнулась Грач.

— Так, а теперь о деле. Как ты думаешь, он действительно звонил нашему папочке?

— Конечно, нет. Если бы он позвонил, то все бы выяснилось. А так, он ничего не подозревает.

— А у меня сложилось другое впечатление.

— Какое?

— Прежде он не был так доверчив. Нас даже заперли в разных комнатах, чтобы мы не могли сговориться. Это значит, что он собирался допросить нас поодиночке. Но этого он не сделал. Почему?

— Не знаю, — сердито ответила Вера. — Не стал, и все.

— Нет, не все. Такое чувство, что он неожиданно нам поверил. Полностью поверил. У него больше нет сомнений в том, что мы дочери Лаврентия Беркутова. Почему?

— Ума не приложу.

— Я тоже. — Марина задумалась. — Наверно, он все-таки звонил Лаврентию, а у того и вправду есть дочери.

— Ты лучше подумай о том, как мы отсюда выберемся и где искать картину.

— Как отсюда выберемся? А зачем нам отсюда выбираться? Мне здесь даже нравится. Стильно, жрачка классная, хозяин радушный.

— Этот радушный, как ты говоришь, хозяин, пристрелит нас, как только узнает, кто мы такие.

— А ведь он тебе понравился. — Марина лукаво улыбнулась. — Признайся.

— С чего ты это взяла?

— Да так. Когда этот Беня Крик рассказывал свою историю, ты глаз с него не сводила. Да, таковы мы, русские бабы. Ничем нас не возьмешь. Но есть одно средство. Стоит рассказать о себе жалостливую историю, со слезой, и мы все, готовы. Сердце тает, как свеча.

— Вовсе мое сердце не растаяло, — пробормотала Вера.

— Да ладно, что ты оправдываешься, Верунчик. Ну понравился тебе мужик. Ну и что? Жалко, что ли? Да ради бога! Это даже хорошо в нашем деле. Попробуй его охмурить. Влюбленный бандит сразу теряет бдительность. Может, нам удастся отсюда тю-тю.

— Не знаю, — задумчиво произнесла Вера. — Он же убийца, бандит. Разве можно иметь с таким человеком что-либо общее?

Пока шел разговор, они переоделись. За дверью уже слышалось подозрительное шуршание. Орех начинал проявлять нетерпение.

Азарова и Грач вышли в коридор и в сопровождении Ореха вновь спустились на первый этаж и прошли в спортзал. Багажник уже ждал их около теннисного стола и постукивал по ракетке шариком.

— Приветствую! Кто первый?

— Пожалуй, я! — весело сказала Марина и встала по другую сторону стола.

— Прошу.

Вера села на диван и стала смотреть, как Петр и Марина стучат по столу шариком. Багажник играл виртуозно, но Марина почти не уступала ему. Главарь бандитов буквально любовался ею. Вера немного понаблюдала за игрой, затем глаза ее начали слипаться. Сказалась бессонная ночь. Она заснула.

— Твоя сестренка отрубилась, — сообщил Марине Багажник.

— Пусть поспит, — согласилась Азарова. — Она так на тебя рассердилась, что совершенно не спала.

— Она у тебя вообще суровая женщина.

— Да. Лучше у нее на пути не оказываться.

— Вся в папашу.

— Почему в папашу?

— Как почему? Лаврик самый суровый пахан среди авторитетов. Если что не по его, сразу башку сносит, и все дела.

— Ах, ты это имел в виду. А сам ты что, не таков?

— Конечно, нет. Я человек мягкий, деликатный.

— Ладно врать! Деликатный. Как бы ты таким крутым стал при своей мягкости?

— Крутизна, она больше ума требует и отчаянной храбрости.

Так они перебрасывались шариком и ничего не значащими фразами. Вера дремала. Вошел Орех и громко сказал:

— Слышь, Багажник, мы с братанами все перерыли. Ее нигде нет. Во всяком случае, в доме. Лаврентий твой что-то напутал.

Марина сразу насторожилась.

— Кого «ее»? — прищурив глаза, спросила она. — У вас тут еще одна женщина спрятана? И она что, сбежала? Да ты развратник, Петр Петрович!

Орех осклабился:

— Какая баба? Да нет, это картина.

— Заткнись, идиот! — закричал на него Багажник. — Тебя не учили, что ли, пасть закрытой держать?

— Чего пасть-то? Я ничего такого не сказал. Подумаешь. Я ведь чего хотел сказать. Тут ведь, кроме Лаврентия, еще Свят с Казбеком побывали. Так Свят ее и спер! Он же на них помешан. Весь дом ими обвешал и молится на них. Точно говорю. Свята это рук дело. Казбеку картины на фиг не нужны. Ему живых телок подавай.

— Ладно, ступай! — досадливо махнул на него рукой Багажник. — Может быть, и Свят. Леший их знает. Что-то все с ума посходили с этими картинами. Давай, Марина, твоя подача.

— Я устала. Поиграй лучше с Верой. Она проснулась. Только учти, она в эту игру еще ни разу не играла, так что ты ее сначала обучи.

— С огромным удовольствием! — Багажник просто расцвел от такой перспективы. — Давай, Вера, подходи к столу и бери ракетку. Правила просты.

Багажник стал объяснять Вере правила игры и показывать, как правильно держать ракетку, как бить, как принимать, а Марина села на диван и задумалась. То, что она сейчас услышала, сбило ее с толку. Надо было переварить новую информацию.

Вере в теннис играть понравилось. Уже через десять минут она вполне сносно научилась играть, а через полчаса даже стала удивлять своего учителя.

— Верочка, да ты просто чудо! — несколько раз с восхищением вскрикивал Багажник, когда пропускал удары. — У меня еще никогда не было такой ученицы.

— А у тебя были ученицы? — с некоторым ехидством спросила Вера. — Чему это ты их интересно учил?

— В основном я учил их быть преданными мне.
— Ну и как успехи? Многих обучил верности?
— Многих.
— И как это ты их обучал? Как собак, что ли?
— Ну к чему такая грубость? Я многих женщин заставил себя полюбить, но сам полюбить так ни-

кого и не сумел. Вот в чем беда. Мое сердце все еще свободно. И я уже отчаялся... А ты замужем?

— Была.

— И что же, развелась?

— Нет, моего мужа убили.

— Понятно, — со скорбным видом покачал головой Багажник. — Да, такова наша жизнь. Убивают не только нас, но и наших близких. Как же я ему завидую!

— Кому?

— Твоему мужу. Он обладал бесценным сокровищем. Вера, тебе кто-нибудь говорил, что ты чудо? — Багажник бросил игру, кинул ракетку на стол, подбежал к Вере и схватил ее за руки.

Вот этого ему не следовало делать. Сработала армейская привычка. Вера машинально перехватила руки своего воздыхателя, нырнула ему под мышку и припечатала его к столу грудью и лицом. От неожиданности Марина вскочила с дивана. Тут же вбежал с пистолетом в вытянутых руках Орех.

— Назад! — истошно завопил он, направляя пистолет поочередно то на Марину, то на Веру. Затем его выбор остановился все-таки на Вере. — Отпусти его! Слышь? Или я тебя сейчас...

Щелкнул предохранитель.

Вера смутилась. Она вовсе не собиралась так поступать с Багажником. Все вышло как-то само собой. Уж больно он резко подбежал к ней, а на резкие движения у Веры была всегда одинаковая реакция.

— Простите, Петр Петрович, — пробормотала она и отпустила несчастного Багажника. — Я не хотела.

Багажник выпрямился, посмотрел на нее, затем накинулся на Ореха:

— Ну че ты опять дергаешься? Че дергаешься? Психованный, что ли? Не видишь, мы разговариваем? Вали отсюда и, пока не позовут, не дергайся.

Орех надулся и вышел с лицом глубоко оскорбленного человека. Марина снова села на диван. Багажник поправил на себе тенниску, поддернул трусы, привел в порядок сбитую прическу и улыбнулся:

— Кажется, мы перешли на «ты». Что же ты опять: «Петр Петрович, извините».

— Извините, — повторила Вера и тоже улыбнулась. — То есть извини.

— А ты, оказывается, не только в теннис хорошо играешь. Чем владеешь? Карате, айкидо?

— Унибос, боевое самбо и стиль Кадочникова, — скромно потупилась Вера.

— Круто, — чмокнул губами от удивления Багажник. — А я тут расхвастался. Каратист! Чемпион! Боксер. Тут такие амазонки рядом со мной. А ты, Марина, тоже машина для убийства?

— Нет, вот я как раз владею карате, дзюдо и айкидо. Дочери крестного отца должны уметь за себя постоять.

— Как бы я хотел, чтобы у меня были такие дочери! — искренне произнес Багажник. — Знаете, я просто начал завидовать Лаврентию Павловичу. Что, пройдем в бассейн?

Они втроем пошли к бассейну, который был в соседнем крыле. На пути у них стоял Орех. Марина и Вера прошли мимо него с гордыми, чуть презрительными лицами.

— Девки крутые, — прошептал Ореху Багажник. — Приставь еще пару ребят. Пусть присмотрят за ними.

В БАССЕЙНЕ

Вода в бассейне была голубая и прозрачная. От нее шли свежесть и прохлада. В окна проливались солнечные лучи, и поверхность воды сверкала золотыми бликами. Из висящих под потолком динамиков доносилась приятная, располагающая к отдыху музыка. Багажник стащил с себя тениску, стянул трусы, скинул обувь и прошел к трамплину. На нем были голубые с отливом плавки, которые великолепно подчеркивали безупречную атлетическую фигуру. Он красиво нырнул, проплыл под водой до противоположного края, вынырнул и с наслаждением выдохнул:

— Апофеоз! Большее наслаждение человеку может доставить только секс.

— А мы сначала в душ! — объявила Марина и утащила Веру в душевую.

Здесь она тщательно заперла дверь, внимательно все кругом осмотрела, потом прислушалась, нет ли кого за дверью, пустила воду на полную мощность и только потом прошептала:

— Я узнала потрясающую новость, которая круто все меняет.

— О чем ты? — удивилась Вера, снимая с себя одежду и становясь под душ.

— О тети-Катиной картине. Случайно подслушала разговор бандитов. Она не у Лаврентия, потому что он продолжает ее искать, и не у этого, — Марина кивнула в сторону двери, за которой в бассейне плескался Багажник. — Ее уже похитил кто-то третий.

— Кто же?

— Орех проговорился, что ее мог стибрить либо какой-то Казбек, либо Свят. Причем он упирал на Свята.

— Кто такие эти Казбек и Свят?

— Блин! — воскликнула Марина, она тоже разделась и стояла под вторым душем. — Как же я сразу не допёрла? Ну конечно! Они тоже авторитеты, типа Лаврентия и Багажника. Только заправляют другими районами. И они оба побывали сегодня в этом доме. Причём до Лаврентия. А раз картина исчезла, то её взял кто-то из них. И скорее всего, Орех прав. Это Свят.

— Свят? А почему?

— Казбек, судя по кличке, кавказец. Наверно, азербайджанец. Точно, я пару раз слышала, что в Калининском районе власть держат азербайджанцы. А они картинами не интересуются.

— Ты уверена?

— Конечно, нет. В нашем деле никогда нельзя быть ни в чём уверенной. Я просто беру наиболее приемлемый вариант. А это, скорее всего, Свят. Поэтому нам надо поскорее смываться отсюда и навестить Свята раньше, чем это сделает Багажник или Лаврентий. А Багажник, кажется, тоже очень интересуется картиной, хотя и делает вид, что ему всё до фени.

Вера схватила Марину за руку:

— Постой! Багажник несколько раз сказал, что он разбирается в живописи, в детстве рисовал и всякое такое.

— Ну?

— Почему же тогда он один раз назвал тети-Катину картину мазнёй? Разве можно назвать так картину, которая стоит сотню тысяч долларов? Что-то тут не так.

Марина ухмыльнулась:

— Этот Багажник дешёвый фраер! Да он просто ни черта не разбирается в искусстве. Зато строит из себя загубленного Леонардо да Винчи. Ладно, Вера, пошли. А то времени уже много прошло. Они могут нас заподозрить.

— В чем? — усмехнулась Вера. — Мы и так под колпаком.

Они распечатали пакеты с купальниками, оделись и пошли к бассейну. Багажник их ждал. Было видно, что столь долгое отсутствие гостей несколько его обеспокоило.

— Что-то вы долго. Разрабатывали план побега?

— Нет, мы думали, как доставить тебя к нашему отцу, — ответила Вера и спустилась по лестнице в воду.

— Ха-ха-ха! — рассмеялся Ручкин, но губы у него нервно при этом искривились. Не так уж ему было смешно от этой мысли.

Марина нырнула в воду с мостика и подплыла к Вере.

— Здорово! Великолепно!

Минут десять все трое активно плавали, ныряли и наслаждались жизнью. Однако при этом Марина и Вера внимательно наблюдали за Багажником, боясь, что тот позволит себе нечто лишнее. Тот это заметил и сильно оскорбился:

— Что вы так на меня смотрите? Разве я похож на похабника? Если бы я хотел, вы давно были бы уже у меня в постели, причем обе. Но это не мои методы. Давайте кончайте от меня шарахаться. Я просто вами любуюсь. Ты, Марина, мечта поэта, а в тебя, Вера, я, кажется, начинаю влюбляться. Честное слово. Вот чувствую, как лед в моем сердце начинает таять. Как снег весной. Неужели ты не ответишь на мои чувства?

Вера покраснела и, чтобы скрыть смущение,

выбралась из бассейна, взошла на мостик и красиво нырнула.

По периметру бассейна прошли двое с автоматами. Они глаз не сводили с купающихся девушек.

— Не здесь! — строгим, как у директора школы, голосом крикнул им Багажник. — Соблюдайте дистанцию.

Двое тут же поспешили скрыться в соседнем помещении.

— Это наши новые тюремщики? — спросила Вера.

— Скорее телохранители, — ответил Багажник. — Ведь если с вами что случится, мне отвечать перед Лаврентием.

— Ловко выкрутился, — сказала Вере Марина, когда Багажник в очередной раз скрылся под водой. — Ты с этими двумя справишься?

— За две секунды.

Багажник вынырнул, и они снова стали радоваться и восхищаться бассейном и купанием.

— Когда сбежим отсюда? — спросила Вера, когда Багажник нырнул еще раз.

— Сегодня ночью, — сказала Марина.

— Уже? — удивилась Вера, и в голосе у нее послышалось некоторое разочарование.

— А чего ждать?

Затем они вышли из воды и растянулись в шезлонгах. Шезлонгов было три, и Багажник успел занять тот, что стоял в середине. Таким образом он оказался между Мариной и Верой. Орех подкатил столик с напитками.

— Что будете пить? — спросил Багажник. — Водку, виски, шампанское?

— Я, когда купаюсь, алкоголь не употребляю, — сказала Вера и строгим тоном старшей сестры добавила: — И Марина тоже.

— Тогда сок или колу, — спокойно отреагировал Багажник. — Я, кстати, тоже придерживаюсь этого правила. Видишь, Верочка, как много между нами общего.

И он положил свою руку на руку Веры. Та вздрогнула, но руку не убрала. Лицо Багажника сразу просветлело, и с него ушло напряжение. Вера поняла, что он очень боялся ее реакции. Она улыбнулась ухажеру и увидела, как за его спиной ей весело подмигивает Азарова.

— Ты чудо! — нежно произнес Багажник и погладил вторую руку. Лицо Веры сразу приняло строгое выражение, и он поспешил сделать вид, что только собирался дружески ее похлопать. После чего повернулся к Марине: — А чего налить тебе?

— Я бы дернула водки, — сказала Марина, — да только Вера разворчится. А я ее терпеть не могу, когда она ворчит. Ладно, налейте мне тоник.

Пока отдыхали, Багажник так и не сводил глаз с Веры и все пытался за ней ухаживать. Однако касаться ее он больше не пробовал.

— Ну вот, дамы, — наконец сказал он. — Мы с вами хорошо отдохнули, а теперь я вынужден вас покинуть. Дела.

— А мы? — удивленно спросила Вера.

— Да, мы? Что будем делать? — поддакнула Марина.

— Вы можете еще поплавать или возвращайтесь к себе в комнату и продолжайте отдыхать. Встретимся за ужином. Там вас будет ждать сюрприз.

— А погулять? — Марина капризно надула

губы. — Неужели мы так и будем сидеть в душной комнате?

— Ладно, после ужина, так и быть, я вас выгуляю, — согласился Багажник.

Сильным резким движением он выбросил свое тело из шезлонга, поклонился и вышел.

— Он нас выгуляет, — фыркнула Азарова. — Что мы, собаки, что ли, чтобы нас выгуливать? Нет, манеры у него, конечно, закачаешься. Определенно. То джентльмен, то неотесанный мужлан.

Багажника тут же сменили те двое, которых он прогнал. Оба под стать Ореху, бритые, словно кабачки. Один курил, другой жевал резинку не закрывая рта. Выполняя приказ шефа, оба не сводили с пленниц глаз и делали это так беспардонно, что хотелось отвернуться.

— Еще поплаваем? — спросила Марина.

Вера посмотрела на кабачковых парней и сказала:

— Что-то больше не хочется.

— Правильно, — согласилась Марина. — Нечего тут цирк устраивать.

Они сходили в душ и вышли оттуда уже в купальных халатах. Гордо прошли мимо Кабачков и направились к себе. Прошли в спальню, тюремщики попытались было пройти с ними, но Вера остановила их чуть ли не грудью.

— Отдыхайте, парни, — сказала она таким голосом, что они не решились ослушаться. — До ужина.

Вера громко захлопнула перед Кабачками дверь. Было слышно, как они о чем-то посовещались, после чего оперлись о дверь спинами.

— Определенно пора отсюда сматываться, —

сказала Марина, сбрасывая с себя купальный халат и накидывая спальный. — Вот только как?

Вера ничего ей не ответила. Она села в креслице и мечтательным взглядом уставилась в потолок.

— Вера, ну что ты молчишь? — обиделась Марина. — Я одна должна думать?

— Что? — Вера вздрогнула. Азарова сбила ее с романтического настроя. — Как бежать? Зачем бежать? Тут есть телефон. Давай позвоним в милицию и скажем, что нас здесь держат в плену. Они быстро приедут и заберут нас отсюда. Вряд ли эти бандиты свяжутся в открытую с милицией.

— «Заберут нас отсюда»! — передразнила Азарова. — Как бы не так. Это милиция не станет связываться с бандитами. Уж поверь мне. Ну и что, что мы позвоним? Знаешь, что там решат?

— Что?

— Что мы шлюхи, которые попали в плохую историю. А из-за двух шлюх ни один милиционер не сдвинет свою задницу с места. Понятно?

— Тогда надо позвонить хотя бы Николаю.

Марина схватилась за голову:

— Конечно! Вера, ты умница! Слушай, а я про Ника совершенно забыла.

Азарова бросилась к телефону и набрала номер. Прошла минута ожидания, и Марина разочарованно положила трубку обратно.

— Не берет. Может быть, с ним тоже что-то случилось? Бедный Ник! Ну вот, теперь я себе места не нахожу от волнения за него. Втянули мы парня в историю.

Настроение было испорчено. Девушки сидели и молчали. Говорить было не о чем. Обстановка вокруг сразу им опостылела.

— Да, сегодня ночью мы отсюда убежим! —

твердым голосом сказала Вера, сжала кулаки и вдруг вздохнула. — Убежим.

— Определенно, Вера, ты влюбилась в Ручкина, — заметила без всякой тени ехидства Азарова. — Может быть, его с собой прихватим, раз тебе так жаль с ним расставаться?

— Ну уж нет! — отрезала Вера. — Никогда у Веры Грач не будет ничего общего с бандитом и уголовником.

И вдруг Марина подпрыгнула на месте, глаза ее засияли от пришедшей ей в голову идеи.

— А мы все равно возьмем его с собой! — прерывающимся от волнения и восторга голосом прошептала она. — Затем отправимся к Святу и выменяем у него тети-Катину картину на Багажника. Здорово я придумала?

— Но это же нечестно! — воскликнула Вера.

— Как это нечестно? Он же нас взял в плен. Почему мы не можем?

С грохотом открылась дверь, и вошел Орех.

— Ужин готов, — сказал он. — Идите жрать, пожалуйста.

ТИХИЕ ДЕЛА ТИХОГО

После разборки со Скворцом Тихий вышел из подъезда и пешком отправился в обратный путь. От хорошо проделанной операции настроение у него поднялось, душа возликовала. Вокруг народ изнывал от жары, лица у людей были усталыми и измученными. И все с недоумением посматривали на Тихого, который шел по городу в теплом шерстяном костюме и шляпе. Ему эта жара была нипочем. Он шел, и его тонкий слух несколько раз улавливал в свой адрес замечания:

— Во дает мужик! В такое пекло в костюме!

— Больной, что ли?

— Слушайте, наверно, рядом кино снимают. Это же артист. Я его даже где-то видела.

Последнее высказывание понравилось Тихому больше всего. Артист! Конечно, он артист. Кто же еще? Как красиво он убрал этого жирдяя. Не сразу, а с оттяжечкой. Вот так!

Краем глаза он заметил, как за его спиной по дороге с малой скоростью катит красный «Пежо». Тихий насторожился и пристально посмотрел в сторону «Пежо». Тот сразу дал газ и умчался по улице, затем скрылся за поворотом.

«Наверно, мне показалось», — подумал Тихий. Жара на него не действовала, но вот квасу попить захотелось. Тихий подошел к ближайшей бочке и встал в очередь за низкорослым небритым мужичком помятого вида. Тот посмотрел на Тихого оценивающим взглядом, хмыкнул и отвернулся. Тут же сзади пристроились еще два крепких парня, которые Тихому сразу не понравились. И правильно. Он ничего не успел обдумать, как почувствовал у себя под левой лопаткой что-то кусачее и острое.

— Спокойно, мужик, не дергайся, — прошептал над ухом голос. — Если жизнь дорога.

Еще что-то твердое и тупое уперлось ему под ребра. Сопротивляться не имело никакого смысла. Твердая рука мягко и умело вынула из-под мышки Тихого заветный рулон с картиной. Затем опустел карман, в котором был пистолет.

— А теперь иди за нами.

— Вы бараны, а кто ваш пастух? Кто зовет меня в гости?

— За баранов ответишь, — зло сказал тот, кто стоял сзади.

— Тихо, Филин! — предостерег его тот, что был сбоку с пистолетом. — Багажник с тобой побазарить хочет.

— Я еще не попил, — сказал Тихий.

— Пока обойдешься, — рявкнул Филин. — А потом мы тебя напоим. Правда, Кенар?

— Я еще не попил, — повторил Тихий. — Сейчас моя очередь.

И он сделал шаг вперед к продавщице, прилипшим к нему бандитам пришлось сделать то же самое.

— Мне маленький стаканчик.— Тихий протянул монету достоинством в пять рублей. — Один.

— Один? — удивилась продавщица, симпатичная румяная толстушка в накрахмаленном переднике. — А что же, друзья пить не будут?

— Нет, — сказал Тихий, принимая стакан с напитком. — Они не пьют уличный квас.

Голос у Тихого был несколько деревянный. Зато продавщица сразу с возмущением заголосила:

— А чем же им уличный квас не угодил? У меня квас хороший! Свежий, прохладный. Бочка чистая. Ее раз в неделю моют. Подумаешь, баре! Ну и дуйте пепси-колу да фанту. Пейте свою химию. Ничего, скоро вас от этой гадости раздует!

Тихий допил квас, смял стаканчик и бросил в ящик для мусора.

— Теперь пойдем, — сказал Кенар.

Тихий послушно пошел туда, куда повели его Филин и Кенар. Через двадцать шагов они свернули за угол. Там их дожидался «Пежо». Распахнулась дверца, и Тихий нырнул внутрь. Мужички устроились по бокам, заодно быстро еще раз обшмонали Тихого и забрали у него мобильник и бумажник. Машина тронулась.

Расправиться с парнями Тихий мог бы за две секунды, когда пил квас. Выплеснуть в глаза одному квас, сломать руку или дать коленом между ног другому и убежать в толпу. Он бы так и сделал, если бы Кенар не сказал, что в дело вмешался Багажник.

Только вчера Тихий пообещал Лаврентию разобраться с Багажником, который стал сильно путаться у хозяина в ногах, и тут такая удача. Его сейчас доставят к тому, кого он должен убить. Жертва сама приближает к себе убийцу. О таком можно только мечтать.

О картине, которую у него отняли, Тихий сразу забыл. Из двух дел, решил он, важнее второе. А потом, когда Багажник будет отправлен на тот свет, Тихий найдет картину и вернется с ней к Лаврентию. И это будет лучше всего.

Когда его привезли в особняк Багажника, Тихий внимательно осмотрел все, что было вокруг. Для этого ему понадобилась всего секунда. Глаз, словно фотоаппарат, зафиксировал все вокруг. Затем Филин и Кенар привели его к Багажнику, который с чашкой кофе нежился в беседке под вязами. На нем был яркий красный костюм, такой же галстук и желтые рубаха и туфли.

«Красавчик, — увидев его, подумал Тихий, — даже жалко такого убивать».

— Здорово, Тихий! — улыбаясь во весь свой белозубый рот, протянул руку Багажник. — Ты чего это, Художественный музей взял? Лаврентия потянуло на прекрасное? Откуда у тебя это?

Багажнику протянули рулон. Он небрежно сдернул газету, развернул холст, несколько секунд внимательно изучал, потом губы его скривились в презрительной насмешке:

— И вот это он нес с собой? Может, на кухне хотел повесить? Тихий, ты ведь это на кухне хочешь повесить?

— Куда хочу, туда и повешу, — огрызнулся Тихий, которому вдруг стало обидно, что картину, ради которой он убил человека, так низко оценили. — А вот если вы ее потеряете, то поплатитесь головами. Понятно?

— Да, стареет наш Лаврентий! — протянул Багажник. — Стареет. Не отправить ли его на отдых?

Картину он положил на скамеечку и словно про нее забыл.

— Слушай, Тихий, сколько ты хочешь за своего хозяина?

— Не понял, — сказал Тихий, хотя все прекрасно понял.

— Экий, братец, ты недогадливый, — проворчал Багажник. — Ну хорошо, я тебя спрошу прямо. Ты лучший в городе киллер. Сколько тебе заплатить бабок, чтобы ты замочил Лаврентия?

— У тебя столько не будет.

— Вот как. И это окончательный ответ?

— Окончательный.

— Эх, Тихий, Тихий, я ведь хотел по-хорошему, по-тихому, по-доброму, решить все по-людски. А ты ерепенишься. Значит, нет?

Тихий покачал головой. Глаза его недобро сверкнули. Он подумал, не убить ли ему Багажника прямо сейчас. Одно движение вперед. Он успеет повалить его на землю и перекусить ему сонную артерию на шее. И все! Никакая медицина уже его не спасет. Однако позади все еще стояли Филин и Кенар, за спиной Багажника тоже было двое. Хозяина их он убьет, но и его убьют тоже. Тогда задание с картиной останется невыполненным. А это уже брак в его работе. Лаврентий Павлович будет недоволен. И Тихий решил сейчас не убивать Багажника, а сделать это потом. Случай рано или поздно представится. А ждать Тихий умел.

— Ну как знаешь, — разозлился Багажник. — Я хотел как лучше. Чтобы не устраивать большого мочилова. Раз ты такой преданный, блин, то и я тебя награжу за твою долбаную преданность. Сегодня ночью мы поедем домой к твоему папику и замочим и его и всех, кто там будет. И ты на это будешь смотреть, потому что я возьму тебя с собой. Понял? А потом, когда мы всех замочим, я пристрелю тебя, как пса, и положу твой преданный труп на труп твоего хозяина. Как тебе такая перспектива? Так как? Все еще не согласен?

— Нет, — тихо сказал Тихий. — Не согласен.

— Уберите его с глаз долой, — махнул рукой Багажник. — Тоже мне, самурай!

— Куда его? — спросил Кенар. — В клетку?

— Да! И глаз не сводить. Головой за него отвечаете. Вы оба!

Тихого отвели в подвал. Здесь была специально для подобных целей оборудована клетка, внутри которой стояла двухэтажная армейская койка, под ней — ведро с крышкой. Тихого посадили в клетку, заперли на замок. Кенар и Филин остались снаружи. Они сели за стол и стали играть в карты.

Прошел день, за который Тихий выспался и отдохнул. Бежать он не пытался, потому что возможности для этого пока не было. Но он умел ждать. Уж чего-чего, а это он умел. За Лаврентия он тоже не особо беспокоился. Мало ли что там вякает этот разнаряженный клоун. Раз Лаврентий собирается его убить, значит, ожидает чего-то подобного от него, а раз так, то голыми руками его не возьмешь.

Два раза Филин и Кенар его покормили, но в разговоры с ним не вступали. Он тоже не жаждал общения с ними. Где-то после полуночи Кенар открыл клетку. В руках у него был израильский «узи».

— Выходи!

Тихий вышел. Кенар и Филин завели ему руки за спину, сковали их наручниками и вывели на двор. Здесь было много вооруженного народу и машин. Все суетились и шумели, рассаживаясь по автомобилям.

— Сюда. — Кенар подвел Тихого к микроавтобусу и толкнул его внутрь.

Здесь тоже была клетка, как в милицейской машине. Бандиты усадили Тихого в нее, заперли, сами сели неподалеку.

Затем бандиты покатили всем скопом в сторону Волги, и Тихий понял, что они едут к загородному дому Лаврентия. Затем случилось то, что случилось, и Тихий все это видел через стекла задних дверей «Газели». Правда, видно было плохо, потому что Кенар и Филин прилипли к окнам и тоже смотрели, что творится на свежем воздухе. А там словно шла война. Разве только взрывы не раздавались. А когда повалил дым и багажниковские братки стали палить по окнам, Тихий не удержался и расхохотался.

— Тихо ты! — заорал на него Филин. — Чего ржешь? Щас пулю словишь!

Но Тихий не мог остановить свой истерический смех, от которого даже сполз на пол.

— Ваш Багажник слишком тупой, чтобы Лаврентия Павловича свалить, — сказал он, когда смог кое-как унять смех.

— Это мы еще посмотрим, — заявил Кенар.

Из всего, что произошло дальше, Тихий сделал вывод, что Лаврентий не пострадал. Правда, он не понял, что за девицы забрались на крышу, которых потом Багажник забрал с собой.

С позором Багажник и его братия вернулись обратно. Тихого отвели в подвал, но перед этим он успел рассмотреть девиц. Симпатичные. Только ему почему-то не понравилось, как на него посмотрела зеленоглазая блондинка. Слишком внимательно. Словно она что-то про него знала. Однако уже через минуту он забыл про блондинку, потому что его уволокли вниз и заперли в клетку. Наручники с него в этот раз не сняли.

— Сиди тихо, Тихий, — сказал Филин, лицо которого было искажено от злости. Он закрыл замок на ключ и положил ключ в задний карман обрезанных до колен джинсов.

— Когда я буду тебя убивать, я скажу тебе эти же слова, — вдогонку ему бросил Тихий.

Филин резко повернулся и оскалил зубы, словно пес.

— Что ты сказал? — спросил он. — Я что-то плохо слышу. Повтори, гнида!

— Если плохо слышишь, промой уши. Может, поможет.

— Ах ты выродок! — закричал Филин и поднял дробовик.

Но к нему тут же кинулся Кенар и встал между ним и Тихим, так что дуло дробовика уперлось ему в живот.

— Ты что, офонарел? — воскликнул он. — Опусти пушку, дурень! Багажник тебе башку снесет если что. А заодно и мне. Я отвечать за тебя не собираюсь.

Филин тяжело задышал. Несколько секунд они с Кенаром смотрели друг другу в глаза и молчали. Наконец Филин опустил дробовик. Кенар хлопнул его по плечу.

— Братишка, давай не будем ссориться из-за чужака. Наше дело его охранять. Нам за это бабки платят. А что он там базарит, его дело. Пусть птичка поет.

— В натуре, чего это я? — ухмыльнулся Филин. — Только ведь он замочить меня обещал.

— Как он тебя замочит? Он же в клетке!

На этом инцидент был исчерпан, но Филин все равно после этого не сводил с Тихого глаз. Тому же все было без разницы. Он улегся на живот, потому что на спине или на боку лежать мешали закованные в наручники руки. Тем не менее особых неудобств он не ощущал и через несколько минут уже спал крепким здоровым сном.

Улегся и Кенар. Филин же остался бодрствовать. Он был так взбешен, что просто не мог заснуть, хотя и сильно устал после бессонной ночи. Он сидел и смотрел, как спит пленник. Тихий лежал, повернувшись лицом к Филину, и тот видел, как он безмятежно спит, и от этого злился еще больше. Бешенство просто переполняло его. Больше всего на свете Филину хотелось пристрелить спящего, и он еле сдерживал себя. В какой-то момент рука его так зачесалась, что он не выдержал и опустошил дробовик от патронов. Положил их рядом с собой. Проверил, нет ли патрона в стволе, затем прицелился в Тихого. Нажал курок. Дробовик громко щелкнул. Тихий даже не пошевелился.

Зато Кенар вскочил с кушетки, на которой лежал, и сонными глазами уставился на Филина.

— Ты чего? — спросил он.

— Ружье проверяю, — деланно-равнодушным голосом ответил Филин.

— А, — протянул Кенар и повалился спать.

Филин усмехнулся, затем снова взвел курок и прицелился в Тихого. Долго и с наслаждением стоял в таком положении, потом нажал на курок. Дробовик опять щелкнул. Тихий оставался недвижим.

— Говнюк! — прошептал Филин и снова взвел курок. Снова сухой выстрел.

— Кончай, Филин! — простонал с кушетки Кенар. — Дай поспать.

— Кончают мудаки, — ответил Филин и опять прицелился.

Так он развлекался целый час. Кенар заснул и уже не обращал внимания на сухие щелчки. Тихий по-прежнему не подавал никаких признаков жизни. Наконец Филин понял, что он попросту не спит. Это открытие поразило его. Он поднялся и подошел к клетке. Достал ключи и открыл дверцу. Вошел внутрь и подошел к спящему. Поднял дробовик и ткнул дуло ему в затылок.

И тут Тихий перевернулся на спину и открыл глаза. Белесые глаза с невероятно маленькими, точечными зрачками уставились на Филина.

— Не спишь? — шепотом спросил Филин.

— Не сплю, — тоже шепотом ответил Тихий.

— Тогда встань, падла.

Тихий послушно встал.

— Открой рот!

Тихий открыл рот, и Филин грубо сунул ему между зубов дуло. Разбил при этом губы. Две тоненькие кровавые струйки потекли по подбородку пленника.

Филин тихо и с торжеством засмеялся:

— Страшно?

Тихий покачал головой. И вдруг его руки быстро показались из-за спины и через мгновение схватились за дуло и вынули его изо рта. Наручников на них не было. Филин вздрогнул от неожиданности, но тут же нажал на курок. Раздался сухой щелчок.

Тихий сплюнул кровавую слюну и прошептал:

— Ты забыл патроны.

Филин дернулся было, но железная рука Тихого вцепилась ему в горло. Страшная сила подхватила Филина и усадила на постель, на которой только что лежал пленник.

— Сиди тихо, Филин! — опять прошептал Тихий. Его указательный палец нащупал на шее жертвы дрожащую жилку и нажал на нее. Филин широко раскрыл глаза и захрипел. Через минуту он был уже мертв, и Тихий отпустил его. Обмякшее тело свалилось к его ногам...

Кенар проснулся, посмотрел на часы и вскочил с кушетки.

— Блин! — воскликнул он. — Уже четыре часа.

Он с тревогой посмотрел на клетку и облегченно вздохнул. Тихий лежал на месте, в прежнем положении. Зато Филин лежал плашмя на лавке. Кенар подошел к нему и тронул за плечо.

— Заснул, что ли? — спросил он.

Филин не ответил.

— Ну ладно, спи. А я посторожу.

И он вернулся к кушетке. Рядом с ней находился небольшой деревянный стол. На столе были разложены остатки еды. Половинка колбасы, четвертинка хлеба, опустошенная на три четверти бутылка водки, открытая банка консервов и три головки чеснока.

— Блин! Филин! Чего меня жрать не позвал? Скотина. Сам нажрался. В одиночку, как алкаш. Тьфу! Братанам скажу, не поверят.

Больше Филин Кенара не интересовал. Он накинулся на еду и выпивку. Подкрепился, допил водку и еще раз подошел к Филину. Ткнул его рукой.

— Не встанешь? — Филин не двинулся с места. — Ну ладно. Спи.

Целых два часа Кенар промаялся, ожидая, когда проснется напарник. Но тот не подавал признаков жизни. Так же, как и узник. Еще через час, утомленный тишиной и безмолвием, Кенар заподозрил неладное.

— Филин! — позвал он. — Вставай, чудила. Сколько можно спать? Вдруг шеф завалит, а ты храпишь как сурок? Чего молчишь? Филин!

Последнее слово он уже выкрикнул, подбежал к лежащему и перевернул его. Мертвые глаза уставились на Кенара. Тот разом вспотел от ужаса. Резко обернулся и увидел Тихого. Тот стоял совсем рядом и спокойно, с какой-то даже грустью смотрел на него. Кенар с тоской глянул на открытую клетку, затем на автомат, который он оставил на столе.

— Ты меня убьешь? — спросил он.

Тихий покачал головой и кивнул на клетку.

— Туда? — спросил Кенар. — Иду.

Не веря своему счастью, он вошел в клетку и сел на кровать. Тихий приковал его наручниками к решетке, затем вышел, запер дверцу и выбросил ключ в темный угол. Сел за стол, взял в руки автомат и застыл, словно статуя, правда, перед этим приказал:

— А теперь ложись и спи.

Кенар выполнил приказ. Затем потянулись тяжелые часы ожидания. За окошком стало темно. Наступила ночь. Где-то в два часа ночи «статуя» ожила. Тихий встал с места. Кенар посмотрел на него. Тихий прижал палец к губам, после чего провел пальцем по горлу. Кенар понял, что под угрозой смерти ему приказано молчать. И страх сковал ему губы.

Тихий бесшумно выскользнул за дверь.

УЖИН И НЕОЖИДАННОЕ ПРЕДЛОЖЕНИЕ

Ужинал Багажник не один. Вся его бандитская братия, кроме тех, кто нес охрану, расположилась за длинным столом, во главе которого восседал он сам, в черном смокинге с бабочкой. Когда Марина и Вера, в роскошных вечерних туалетах, одна в длинном желтом платье с декольте, другая — в серебристом, вошли в столовую, братва поприветствовала их радостными криками, в которых слышались как похвала и искреннее восхищение, так и ругательства с проклятиями.

— Такое чувство, что мы попали в замок феодала, — прошептала Марина Вере. — Даже собаки бегают.

Действительно, два здоровенных мраморных дога бегали вдоль стульев и выпрашивали у пирующих лакомые куски.

— А по-моему, это просто сборище придурков, — со злостью сказала Вера. — Мне бы сейчас в руки пулемет, я бы всех зараз уложила на месте.

Девушек провели на самое почетное место, к

Багажнику. Они сели по разные стороны от него, поправили одежду и улыбнулись всей честной компании.

— Вот, — радостно сообщил Багажник, с шумом открывая бутылку шампанского, — этот обед я даю в вашу честь.

— Как это мило с твоей стороны, — ответила Марина и подставила ему высокий хрустальный бокал.

Багажник наполнил ее бокал, повернулся к Вере и воззрился на нее восторженным взглядом:

— Вера, честное слово, вы королева этого вечера. Первый мой тост я хочу произнести за вас.

Тут же выражение его лица сменилось с сентиментального на жесткое и холодное, он резко поднял руку. Шум вокруг тут же прекратился. Даже доги сели на пол и вытянули морды вперед. Багажник встал и начал речь:

— Я хочу от лица всей нашей калининской братвы поприветствовать на этом вечере дочерей всеми нами уважаемого Лаврентия Павловича Веру и Марину Беркутовых, в честь которых, собственно говоря, и устроен этот вечер. И хотя эти прекрасные дамы оказались тут не совсем по своей воле, все равно пусть о пребывании здесь у них останутся самые приятные воспоминания. Итак, за ваше здоровье, дорогие Вера и Марина! Ура!

Братва разразилась радостными криками. Спиртные напитки и вина полились в луженые бандитские глотки. Марина и Вера мило улыбались в ответ всем этим рожам, большинство из которых пялилось на них с одним хорошо угадываемым желанием.

О сервировке и обслуживании стола Багажник не позаботился. Не было ни официантов, ни поваров, как это обычно заведено на подобных банкетах. Братки обошлись своими силами, поэтому стол был завален готовыми продуктами, блюдами и закусками, привезенными из ближайшего супермаркета. Однако все было дорогое, свежее и великолепного качества. Правда, салаты стояли в пластиковых мисках, копченых кур подали в фольге, консервы — в банках. Но никто не остался в обиде. Мужички в банде Багажника оказались самые неприхотливые и весело уничтожали провизию, которой было здесь на несколько тысяч.

— Прошу прощения, что сегодня нет изысканности, музыкантов и обслуживающего персонала, — виновато стал оправдываться перед дамами Багажник. — Так сказать, военная обстановка, полевые условия.

— Все путем, Ручкин! — весело отозвалась Марина. — Мне так даже нравится. Очень романтично.

— Правда? — обрадовался Петр и повернулся к Вере. — Ты тоже так считаешь?

Вера вовсе так не считала, но посмотрела в полные ожидания глаза Багажника и кивнула:

— Да, я солидарна с Мариной. Очень романтично. Разве только свечей не хватает для полного кайфа.

— Это великолепная идея! — воскликнул Багажник и щелкнул пальцем. К нему тут же подбежал Орех, и Багажник что-то прошептал ему в ухо. Тот пару раз кивнул, после чего исчез, затем через минуту-другую появился с целой охапкой длиннющих свечей. Ребята-кабачки, которые в общем пиру участия не принимали, а словно статуи все это время стояли одни за спинами пленниц, оставили свои посты и стали помогать Ореху расставлять и зажигать свечи.

— Выключить свет! — приказал Багажник.

Хотя свет в зале и так не горел, потому что часы показывали только семь часов и было достаточно светло, кто-то закрыл жалюзи, и все погрузилось во мрак, освещаемый пламенем пяти десятков свечей. Нельзя сказать, чтобы после этого в помещении стало более уютно и романтично. Скорее наоборот, банда разношерстных пьющих и закусывающих мужичков в темноте и на фоне свечей выглядела еще более диковато и зловеще, нежели прежде. К тому же все они галдели, ругались, чавкали и рыгали. Некоторые даже сморкались.

— Эх, Вера, — опустошив бокал с шампанским и наполнив его второй раз, вздохнул Багажник, — если бы ты только знала, как я одинок среди всех этих людей! Как мне горько и больно сознавать, что вся моя жизнь брошена в угоду их плотским желаниям и алчным и низменным интересам. Иногда от всего этого просто не хочется жить. — Он неожиданно выпрямился и громким голосом скомандовал: — Не нажираться! — Затем снова стал грустным и мечтательным. — Видите, за всем надо следить. В сущности, все они словно дети.

— Ничего себе дети! — не удержалась Вера и кивнула на автоматы и ружья, которые лежали у ног бандитов. — Кто им тогда раздал все эти игрушки?

— С этими игрушками, как вы говорите, многие из них выросли. У них не было другого выхода. — Багажник вздохнул. — Та среда, в которой они росли, воспитывались, обрекла их на подобное существование. Все они из неполных семей или семей, в которых и отец и мать пьющие люди, алкоголики. Так что все они с детства педагогически запущенны. А как общество относится к таким вот людям? — Унизанные печатками и перстнями пальцы Багажника нервно застучали по скатерти. — Оно их растаптывает! Безжалостно уничтожает. Из десяти выживает только один, и для этого у него есть только один выход — взять в руки оружие и начать борьбу. Мне жаль их. И все же, все же... — Багажник поднялся. — Все, банкет окончен! Пожрали, выпили, и баста! Теперь все на свои места и за дело!

Братки, недовольно ворча и недобро поглядывая на предводителя, подобрали с пола оружие и один за другим стали покидать пиршественный стол. Зал опустел. Кроме Багажника и женщин, остались только Кабачки. Даже Орех вышел.

— Скоты, — со злостью сказал им вслед Багажник. — Быдло. Как же они мне все надоели!

— Тогда, может, порвать с подобной жизнью, если она тебя не устраивает? — строго спросила Вера.

— И рад бы, да пути назад нет. Это точно так же, как в библейской притче об изгнании из рая. Один грех, и все. Кранты. Ангел с карающим мечом... Это шампанское слишком кислое. Что-то мне захотелось водки.

Багажник налил себе в бокал, в котором прежде было шампанское, водки почти до краев и залпом выпил. Закусывать не стал. Посмотрел на Веру затуманенным взором и вдруг схватил ее за руки и покрыл их поцелуями, бормоча при этом:

— Вера! Прошу тебя, не отнимай у меня своих рук. Ты сводишь меня с ума! Еще никогда со мной такого не было. Честное слово!

Вера растерялась и даже не стала сопротивляться поцелуям Багажника. Она просто не знала, как себя вести, и жалобно смотрела на Марину.

— Петр, — быстро и строго сказала Азарова, — сейчас же возьми себя в руки! На тебя смотрят твои подчиненные.

— Пошли вон! — тут же зарычал Багажник на Кабачков, и тех словно ветром сдуло. — Да, я потерял голову! Такого со мной никогда не было.

Вера наконец-то вырвала свои ладони из рук Багажника.

— Как-то все это не так, — пробормотала она. — Ты пьян! Я боюсь...

— Я понимаю, — воскликнул Багажник, — но не надо бояться! Ничего не надо бояться. Все будет честно и благородно. Здесь вы обе в полной безопасности. И я не пьян.

Постепенно Багажник успокоился.

— Кажется, я потерял голову, — улыбнулся он. — И это немудрено. Каждый раз, как я вижу тебя, Вера, со мной происходит нечто невероятное. Я теряю голову и потом с трудом нахожу ее. Давайте еще по шампанскому.

Он наполнил бокалы, и они выпили.

— Тебе не будет плохо? — с тревогой спросила Багажника Вера. — Шампанское после водки.

— С тобой рядом мне хорошо! И это главное! А водку я почти не пил. Что мне водка? В жизни мне приходилось пить не только водку.

— Кто-то нам обещал прогулку после ужина, — напомнила Марина. — Сейчас бы самый раз. А то что-то тут душно стало. Это, наверно, от свечей.

— Прогулка после ужина? Разве я такое обещал? Что-то не припомню.

— Короткая у тебя память! — усмехнулась Вера.

— Ничуть! Я вспомнил. Вера! Я вспомнил. Конечно. Я обещал вам прогулку. Что-то тут действительно стало невыносимо жарко и душно.

Багажник поднялся с места и, слегка пошатываясь, вышел из-за стола.

— Прошу следовать за мной! — сказал он и направился к выходу.

— Кажется, он готов, — быстро прошептала подруге Марина.

— Да нет. Что ты? Сейчас выйдет на воздух, сразу протрезвеет.

— Да я не об этом.

— А о чем?

— Он в тебя окончательно втюрился. Еще немного, и он будет ползать у твоих ног. Вот увидишь.

— Прекрати болтать глупости.

— Никакие это не глупости, а свершившийся факт. Что я, мужиков не знаю? А ты молодец, сестренка!

— О чем вы, девочки? — Багажник обернулся в дверях.

— Так, пустые разговоры, — ответила Марина. — Мы просто обсуждаем мое платье. Оно чересчур вычурно.

— Возможно, — согласился Багажник. — Мне кажется, что к твоим зеленым глазам больше бы подошел розовый цвет. А вот к серым глазам Веры серебро идет идеально.

— Да? Ты так думаешь? — Марина скривила губы и критически осмотрела свое желтое платье. — В следующий раз я обязательно выберу розовое.

Они вышли из дома и очутились во дворе. Вера оказалась права. На свежем воздухе Багажник сразу стал тверже стоять на ногах, из его взгляда исчезла муть.

По всей территории участка шла судорожная деятельность. Бандиты к чему-то готовились, таскали какие-то ящики и мешки. На заборах несколько человек накручивали кольцами колючую проволоку.

— Что они делают? — воскликнула Марина.

— Убирают территорию, — немного подумав, ответил Багажник.

— А по-моему, тут проводятся оборонительные работы, — уверенно сказала Вера.

— Вы готовитесь к нападению? — воскликнула Марина.

Багажник смутился.

— Можно сказать и так, — пробормотал он. — В сущности, это профилактика.

— Какая профилактика? — воскликнула Вера и указала на чердачное окно, в котором трое молодчиков устанавливали пулемет. — Вы ждете нападения.

Марина засмеялась:

— Думаешь, что за нами папа явится? С братишками? Правильно думаешь. Это вполне в его характере.

— Пусть приходит, — усмехнулся в свою очередь Багажник. — Мы найдем, чем его встретить.

— Кстати, в этом месте ставить пулемет нельзя, — заметила Вера.

— Вот как? — удивился Багажник. — Это почему же?

— Потому что с этой точки простреливается только левая половина двора и совершенно не просматриваются ворота. А противник, скорее всего, попытается проникнуть сюда через ворота. Лучше всего пулемет установить вон в том окне второго этажа, а на чердаке достаточно оставить пару автоматчиков.

Багажник закусил губы, немного подумал и закричал:

— Орех!

Орех, который был в нескольких шагах от него, подбежал.

— Слыхал про пулемет?

— Слыхал.

— Тогда делай как сказано.

— С чего это я бабу слушать буду? Чай, лучше понимаю, что к чему.

Вера презрительно ухмыльнулась и пожала плечами:

— Подумаешь!

— Короче так, — Багажник взял Ореха за грудки, — если не сделаешь, как тебе велят, я тебя с автоматом поставлю перед воротами. Будешь на переднем крае и встретишь врага первым, Александр Матросов. Так как, врубился, или объяснить по-другому?

— Ладно, — ответил Орех и злобно глянул на Веру. — Сделаю.

Когда Орех ушел, Багажник взял подруг под руку и повел по двору.

— Там, на пригорке, за березами есть чудная беседка. Нам никто не будет мешать. А пока можете посмотреть на владения калининской братвы.

— Какой ты скромный! — воскликнула Марина. — Другой бы на твоем месте обязательно сказал бы, что это его владения.

— К чему? — Багажник пожал плечами. — К чему такая бездарная ложь? Мне дешевой популярности не надо. Это все действительно принадлежит не мне, а браткам, потому что создано, смело можно сказать, всеобщими усилиями. Я лишь направлял деятельность этих людей. Не станет меня, это будет делать кто-то другой. Вот так-то. Я же в сущности нищий. Гол как сокол.

— Ну не такой уж ты и голый, — заметила Марина. — Не прошло суток, как мы знакомы, а ты уже третий наряд сменил. Да еще и нас одел.

— Но надо же поддерживать имидж!

Они поднялись на пригорок, прошли сквозь небольшую березовую рощицу и вышли к беседке. Здесь открывался потрясающий вид на Волгу. Река разливалась во все стороны, представляя собой чуть ли не морской простор. Было уже восемь часов вечера, и вода была гладкая, словно зеркало. Закатное солнце, повисшее над сосновым лесом правобережья, отражалось в воде вместе с небом.

Пришедшая троица устроилась на длинной скамейке с кривыми ножками и загнутой спинкой.

— Не правда ли, красиво? — воскликнул Багажник. — Эх, где же мой старый мольберт? Краски? Кисти? Их нет! Как нет мастерства и умения. Нет, увы, мне никогда не перенести всей этой красоты на холст. Не правда ли, обидно?

— А ты возьми фотоаппарат и сфотографируй все это, — посоветовала ему Вера. — И быстро и дешево.

— Нажми на кнопку, получишь результат, — хихикнула Марина. — Все просто, как в пивном ларьке.

— А что? Это мысль! Если мне не удалось стать художником-живописцем, то можно стать фотохудожником. Надо будет подумать об этом на досуге.

— Подумай, Петр, подумай! — похлопала его по плечу Марина. — А то сколько можно на судьбу жаловаться и вздыхать?

— Надо что-то делать, — добавила Вера.

— Как ты права, Верочка!

— Верочка у нас всегда права, — опять хихикнула Марина. — В школе она была председателем совета дружины и возглавляла всю пионерскую организацию школы. А потом стала такой же знатной комсомолкой. Былые времена, где вы?

— Это правда? — удивленно спросил Веру Багажник.

Та смутилась.

— Правда, — краснея, сказала она.

— Надо же, а в школе не знали про Лаврентия Павловича?

— Откуда? Это же тщательно скрывалось! Даже мы до недавнего времени сами не подозревали, кем является наш отец, — затараторила Марина. — Нам всегда говорили, что он скромный служащий.

— Для вас, наверно, было очень тяжело узнать всю правду о нем?

— Это уж точно, — усмехнулась Вера.

— Я рыдала целую ночь! — Марина, кажется, сама начала верить в свою ложь. На глаза ее навернулись слезы, словно от тяжких воспоминаний. — А Вера замолчала на целую неделю.

— Замолчала?

— Да. Словно воды в рот набрала. Я даже испугалась, что она уйдет в монастырь.

— Вера, и вдруг в монастырь?

— Да, тогда как раз все помешались на крещении, церквях и монастырях. Такое у нее было состояние.

— Да, наверно, это чертовски тяжело.

— Ой! — вдруг вскрикнула Марина.

— Что с тобой? — испуганно спросила Вера.

— Да вот, каблук сломала. Теперь придется сходить в дом и переобуться. Да и платье сменить хочется. Что-то оно мне разонравилось. А там в шкафу, помнится, было розовое со шлейфом. Не успокоюсь, пока его не надену. Это ничего, Петр, что я ухожу и оставляю вас одних?

— Конечно, сходи, — тут же радостно согласился Багажник. — Каблук и розовое платье — это веские причины.

— Я пойду с тобой! — быстро сказала Вера и встала со скамейки.

Марина посмотрела на Веру и очень серьезно, отчетливо проговаривая каждое слово, сказала:

— Нет, Вера, ты лучше останься здесь. Я вернусь очень скоро.

Марина вышла из беседки и пошла обратно в сторону дома. Из-за березы тут же показался один из Кабачков. Он пристроился за Азаровой и пошел за ней, держась на расстоянии в несколько шагов. Вера стояла и с тревогой смотрела им вслед.

— Не вижу причин для беспокойства, — поймав ее тревожный взгляд, сказал Багажник. Он тоже покинул скамейку и подошел к ней. — Твоя сестра под надежной охраной. Никто ее здесь и пальцем не тронет.

— Надеюсь, — произнесла Вера. — А то ведь я такое тут устрою! Мало не покажется.

— Я в этом нисколько не сомневаюсь. — Багажник вдруг стал оттягивать бабочку, словно она мешала ему дышать. Наконец он ее расслабил, после чего она развязалась и уныло повисла на шее. — Послушай, Вера, нам надо серьезно поговорить. Мы в первый раз за все это время остались наедине. И очень многое изменилось, с того момента, как мы познакомились. И теперь я хочу рассказать тебе о своем решении.

— Что такое? — спросила Вера. Тон и выражение лица Багажника ее удивили. Тот был сам не свой. Какой-то растерянный и даже немного жалкий.

— Если случится так, что твой отец и его кореша явятся сюда этой ночью, я и мои братки не станем стрелять в них. Теперь, после того как узнал тебя, я просто не в силах буду отдать приказ открыть огонь.

— Вот как? А что же ты сделаешь?

— Я пойду к нему без оружия. Так сказать, с оливковой ветвью.

— С чем ты пойдешь?

— Оливковая ветвь. Это символ мира у древних греков. Как у нас белый флаг.

— А, белый флаг! Так бы сразу и сказал. Только я не поняла. Ты что, решил сдаться? Пойдешь с белым флагом?

— Да, с белым флагом. Говорю это, конечно, образно. Я выйду навстречу твоему отцу. Лаврентий мужик честный. Он не станет стрелять в безоружного. Я подойду к нему, упаду перед ним на колени, скажу, что сделаю все, чего он желает, и попрошу у него твоей руки. Что ты на это скажешь?

— Что? — Вера замерла, словно пораженная громом. Смысл сказанного дошел до нее не сразу. — Моей руки?

— Да!

— Ты хочешь попросить у моего отца моей руки?

— Да! Я люблю тебя, Вера!

Багажник взял ее за плечи и привлек к себе. Заглянул в глаза и поцеловал в губы. Вера Грач была так ошеломлена, что не смогла сразу воспротивиться этому, а потом у нее уже не было желания. Поцелуй вскружил ей голову, закипела кровь, и Вера неожиданно для себя ответила на него.

Багажник целоваться умел. Вера поймала себя на мысли, что ни разу в жизни ее так не целовали. Ощущения были новыми и невероятно сладостными. Целующиеся не могли оторваться друг от друга достаточно долго.

— Что ты сказал? — спросила Вера, когда поцелуй все же завершился.

— Я сказал, что люблю тебя и хочу на тебе жениться, — ответил Петр Ручкин.

— Ты шутишь?

— Какие шутки? Разве я похож на шутника? Вера, ты меня оскорбляешь!

— У меня подгибаются ноги. Мне надо сесть.

Багажник и Вера вернулись на скамейку. Вера дышала так, словно пробежала три километра.

— Так каков будет твой ответ? — с нетерпеливым волнением спросил Ручкин.

— Я не знаю! — воскликнула Вера. — Так все неожиданно. К тому же ты...

— Что я?

— У меня еще никогда не было ничего общего с уголовником!

— Как тебе не стыдно? — воскликнул Петр Ручкин. — Ты забыла, кто твой отец? Да на нем столько мокрых дел, что я рядом с ним безвинный агнец.

Вера вспомнила, что играет роль дочери крупного уголовного авторитета.

— Да, действительно, — морщась от досады,

пробормотала она, — я об этом почему-то не подумала.

— Мы с тобой повязаны! — стал объяснять ей Ручкин. — По гроб жизни. Если имеешь хоть какое-то отношение к мафии, это уже неисправимо. Тут уж ничего не сделаешь. Придется всегда жить по этим правилам. Так уж лучше вместе! Не так ли, любовь моя?

Он опять привлек Веру к себе, и она почувствовала, что не в силах противостоять его напору. Они опять долго целовались. Оставшийся Кабачок с любопытством и завистью наблюдал за ними.

— Так что ты решила? — опять спросил Ручкин.

— Не знаю. Я ничего пока не могу тебе сказать.

— Может быть, ты опасаешься, что твой отец будет против?

Вера обрадовалась:

— Да! Я не уверена, что он...

— Не волнуйся. Я все сделаю, чтобы его убедить.

— Он иногда бывает таким упрямым.

— Я тоже бываю упрямым. Сделаю все, чтобы его переупрямить. Я готов на все, что угодно, лишь бы ты стала моей женой. Я никогда не знал, что такое семейное счастье.

Вера вспомнила, что говорила ей Азарова про нравы среди братвы, и попыталась еще раз переубедить Ручкина.

— Но, Петр, ведь если ты женишься, то уже не сможешь занимать то место, которое занимаешь. И главным в городе ты тоже не будешь.

Багажник не думал ни секунды:

— Мне на это плевать! Я хочу быть с тобой и

ради любви готов отказаться от положения. Пусть Лавр будет главным. Хочешь, я прямо сейчас позвоню твоему отцу и поговорю с ним?

Он полез в карман за мобильником, но Вера остановила его:

— Не торопись! Ведь я еще не дала тебе своего согласия, Петя!

Глаза Ручкина наполнились такой болью, что сердце Веры дрогнуло. Она испугалась, потому что подумала, что и впрямь любит его.

— Мне нужно время! — простонала она. — Я должна подумать.

— О чем тут думать?

— Я должна оценить свои чувства. Может быть, это только самообман?

— Оценить чувства? Так ты тоже любишь меня, Вера? Скажи, любишь? Да или нет?

— Да, — против воли прошептала Вера и тут же поправилась: — Кажется. Я не уверена...

— Какое счастье! — выдохнул Петр. — Какое счастье!

Солнце коснулось горизонта. Оно было маленькое, словно горошина, и темно-розовое, как пятачок у поросенка. Волга продолжала величественно катить свои воды к Каспию. На землю опускалась вечерняя прохлада.

За спиной любовников кто-то кашлянул. Они оторвались друг от друга и резко оглянулись.

— Это я! — Марина помахала им ручкой. — Как мой новый наряд?

— Отлично выглядишь, — похвалила Вера.

— Да, — кисло согласился Ручкин. — Розовый цвет тебе очень идет. Только зря ты перевязала волосы бантом. Это слишком банально. К тому же тебе не идет открытый лоб.

Азарова улыбнулась, но ее прищуренные глаза недобро заблестели. Второй раз Багажник сделал ей замечание по поводу внешности, а этого Марина терпеть не могла. Но стерпеть все-таки пришлось.

— Стало прохладно, — резко сказала она. — Давайте пройдем в дом.

— Да, шеф, — за спиной Азаровой появился Орех. — Слишком место открытое. Снайпер тебя здесь запросто достанет.

Багажник и Вера поднялись и нехотя отправились к дому. Марина пропустила их вперед и пошла следом. За ней Орех. Потом телохранители, похожие на кабачки.

ПРИБЫТИЕ ЯПОНЦА

Наступил вечер, но картина так и не нашлась. Лаврентий ходил по дому грознее тучи. Камаз и Вентиль неотступно, словно тени, следовали за ним.

— Что слышно о конкурентах? — спросил Лаврентий.

— Свят и Казбек усиленно готовятся к обороне, — ответил Камаз. — Устанавливают пулеметы, натягивают дополнительные ряды колючей проволоки, рассаживают на деревьях снайперов. Теперь их так просто не возьмешь.

— Да, упустили мы момент, — вздохнул Лаврентий. — А что Багажник?

— То же самое, — шмыгнул носом Вентиль. — Тоже превращает свой дом в крепость.

— А как у нас обстоят дела с обороноспособностью?

— А что мы хуже их, что ли? — пожал плечами

Камаз. — Я тоже три пулемета на крыше установил. Пусть теперь только сунутся.

— А я в кустах перед КПП гранатометчика посадил, — похвастался Вентиль. — Он первую тачку взорвет, остальные не пройдут, попадут в затор. Так что встретим врага достойно.

— Молодцы, — похвалил заместителей Лаврентий.

— Мы-то молодцы, — хмыкнул Камаз, — да только зря это.

— Что зря?

— А то. Раз они тоже к обороне готовятся, значит, выступать не будут. Будут нас ждать. А мы их. Вот и получится, что в первую ночь мы все друг за другом гонялись, а во вторую ночь залегли в норы все четверо и будем ждать до утра.

— Что ты предлагаешь? Наступать?

— Наступать тоже глупо. У нас нет для этого специальной техники.

— Вот-вот, — вмешался Вентиль, — я сколько раз говорил, что надо бы танк купить, хотя бы старенький.

— Нет, — не согласился Камаз, — танк быстро сжечь можно. Тем более старенький. Здесь вертолет нужен. С воздуха жахнуть сначала ракетами системы «воздух—земля», а потом тех, кто останется, полить из пулеметов.

— Стратеги! — проворчал Лаврентий. — Вы когда мне картину найдете, Рокоссовские?

Камаз и Вентиль замялись.

— Что полы топчете? Не нашли? И чего я вас держу, дармоедов? Пристрелить на месте, и все дела.

Тут в кабинет, где происходил разговор, вбежал Академик.

— Нашли! — закричал он. — Нашли. Картину нашли. Перец ее привез. Говорит, в машине нашел.

В кабинет с гордым лицом вошел краснолицый малый, под мышкой у него был рулон.

— Перец? — удивился Лаврентий. — Как же ты смог?

— Так в машинах не искали, — радостно ответил Перец, — а я посмотрел. Под сиденьем в джипе она была.

Он развернул рулон и вложил в руки Лаврентия полотно, на котором была копия «Мадонны Литы» Леонардо да Винчи.

— О, — воскликнул Вентиль и указал пальцем на картину, — действительно знаменитая картина. Я ее где-то видел.

— Где? — строго спросил Лаврентий.

— Да у тестя на даче.

— То, наверно, копия, — довольным голосом ответил Лаврентий и похлопал Перца по плечу. — А это подлинник. Наконец-то!

— Эй, босс, — в кабинет вошел еще один бандит. — Тут Бобер тебе картину нашел. Смотреть будешь?

— Что? — Глаза у Лаврентия округлились. Он посмотрел на Перца, тот покраснел еще больше, но взгляда не отвел. — Еще картина?

— Ну да.

— Давай сюда!

Вошел, осторожно вертя головой, низенький и пузатенький парень. Внешне он и впрямь походил на бобра. Под мышкой у него тоже был рулон.

— Вот, — гордо пропыхтел он, словно не картину принес, а приволок выловленное из реки бревно. — Припер.

— И где ты ее нашел? — голосом, не обещающим ничего доброго, спросил Лаврентий.

— А в гараже была. Под джипом. Прямо под колесом. Наверно, при разгрузке выронили.

Бобер развернул холст, и на присутствующих воззрилась «Сикстинская Мадонна» Рафаэля.

— О! — воскликнул Вентиль. — И эту картину я тоже видел.

— Где? — проревел Лаврентий.

— У меня пакет с ней был.

В кабинет ввалился третий посетитель.

— Бубен? — воскликнул Лаврентий. — Ты тоже мне картину принес?

Бубен, высоченный и крепкий, словно дерево, парень с квадратной физиономией, улыбнулся:

— Да, босс. Принес. Вот она.

И он развернул «Атомную Венеру» Сальвадора Дали.

Лаврентий покраснел от гнева.

— Здесь же даже младенца нет! — заорал он. — Что вы все из меня идиота делаете? Да я вас всех троих за это...

Он не договорил, вырвал из рук Бубна картину и стал ее рвать. Холст был крепкий и не рвался, тогда Лаврентий смял его, бросил на пол и с ненавистью стал топтать его. Затем та же участь постигла и картины Леонардо да Винчи и Рафаэля.

— Кинуть меня вздумали? — Он выхватил пистолет и снял с предохранителя. — Да я...

Перец, Бобер и Бубен шарахнулись назад.

— Лавр! — Камаз схватил босса за руку. — Там Японец приехал. Требует встречи.

— Японец? — Лаврентий разом забыл про трех мошенников, вздумавших его обмануть. Они воспользовались этим и быстро выскользнули из кабинета. — Японец? Он же завтра должен был приехать.

— Нет. Он у ворот на тачке, ждет тебя.

Все еще красный от гнева и запыхавшийся, Лаврентий спешно стал приводить себя в порядок. Камаз и Вентиль помогли ему, и к воротам он вышел такой, каким и полагается быть настоящему смотрящему.

У КПП сверкала в солнечных лучах золотая «Тойота». Рядом с ней стоял одетый в кимоно и с самурайским мечом у пояса Японец. Позади него высились два рослых и крепких азиата. Они были в черных костюмах и держали руки за спиной. Лица у обоих были суровые и непроницаемые. Увидев Лаврентия, Японец вежливо поклонился на восточный манер:

— Сдрастуте, Лаврентий-сан!

— Акимото-сан! — воскликнул Лаврентий, протягивая ему руку. Затем он привлек Японца к себе, крепко обнял, громко три раза расцеловал и стал хлопать по плечам. — Добро пожаловать, дорогой! Добро пожаловать. Давно в России? А ведь я тебя только завтра жду.

— А моя пришел сегодня. — Японец расплылся в улыбке.

— Молодца! Молодца! — сделал вид, что несказанно рад и счастлив, Лаврентий. — Сейчас мы с тобой выпьем водочки. Прошу в дом! Прошу!

Японец радостно улыбнулся:

— Водоцки? Моя очена водоцку увазать! Очина водоцку любить. Русска водка луцше японский саке будет. Очина моя водоцку увазать.

— Вот и славно! Очень славно. А я-то как рад! Так рад! Камаз, вели Прохору накрывать на стол!

И водка чтобы на столе стояла царская. Ты меня понял? Царская!

Лаврентий посмотрел на заместителя многозначительным взглядом. Тот кивнул.

— Понял, Лаврентий Павлович! Все будет в наилучшем виде. Примем дорогого гостя как полагается.

— Вот и хорошо, а мы с дорогим гостем сначала в баньку. Попаримся, помоемся на дорожку.

— Банька — это хоросо. С дороги очина хоросо! — обрадовался Японец. — Моя любить русский банька. Эх, затопи ты мне банька по-церному!

Золотая «Тойота» вкатилась через ворота и проехала к гаражу, а Японец в сопровождении Лаврентия и своих телохранителей отправился в дом. Через два часа бани и купания в бассейне он уже сидел за столом и с наслаждением попивал «Посольскую», которую ему Лаврентий лично подливал из хрустального графина. От удовольствия Японец причмокивал губами и приговаривал:

— Хоросо! Очина хоросо. Хоросая водоцка. Очина хоросая водоцка. Крепкая.

— А как же? Разве же я буду плохой водкой поить дорогого гостя. Это у других не водка, а тьфу, вот что это такое. Дрянь! Ей-богу, дрянь! Пакость. Зато у меня! Цари такую водку пили. А ну давай еще по одной! За твое здоровье, Акимото-сан!

— Давай, давай! — соглашался Акимото и опрокидывал очередную рюмку.

— До дна, до дна! — приговаривал Лаврентий. — А теперь закусим. Закусим икорочкой! Вот так, правильно. Прямо ложечкой. Вкусно?

— Кусно, кусно! — соглашался Акимото. — Очина кусно. Сейцас выпьем, закусим, потом пойдем картина смотреть. Пойдем картина смотреть?

— А как же? Конечно, пойдем. Обязательно пойдем. Давай еще по одной. Картина — ведь она никуда не денется.

— Очина больсие деньги мы заработаем, Лаврентий-сан! — как кот, морщась от удовольствия, говорил Акимото. — Очина больсие.

Лаврентий зубами заскрипел от досады. Ему даже плакать захотелось от обиды. Но шансы все поправить еще были. Главное сейчас — отсрочить момент объяснения с Японцем. А для этого надо сделать так, чтобы он лыка связать не мог и никакая бы картина его не волновала. Поэтому он и велел подать царскую водку.

Сей напиток он подавал всегда, когда хотел напоить сотрапезника до полной отключки. Из бутылки водки с помощью шприца откачивалось сто пятьдесят граммов, после чего туда же вкачивалось столько же девяностопроцентного медицинского спирта. Водка становилось на два порядка крепче.

Сам Лаврентий не пил, а ловко сливал водку в рукав, где для этой цели специально был вшит пластиковый пакет. Этот фокус не раз выручал Лаврентия, и он славился среди братвы умением выпить бессчетное количество водки и коньяка и оставаться трезвым.

Японец понемногу пьянел. Однако у него оказался железный организм, и после того, как была опорожнена одна бутылка ноль-семь и была принесена вторая бутылка с таким же содержимым, он все еще оставался на ногах.

— Очина хоросая водка, — бормотал он. — Очина хоросая. Крепкая!

— Ну ты силен! — восхищался Лаврентий. —

Сейчас горяченькое подадут. Пельмешечки. Любишь пельмешечки?

— Пельмесецки моя любит. Хотя моя не китаец. Китаец все едят пельмесецки.

— У меня пельмени русские, не китайские. По сибирскому рецепту!

— Сибирские? Это хоросо! Моя дед была в Сибири. Она там про картину узнал. Мозет, пойдем смотреть картину?

— А как же? Обязательно пойдем! Вот поедим, выпьем и пойдем!

Японец помрачнел.

— Лаврентий-сан, поцему не хоцес картина моя сразу показать?

— Да что ты! Что ты! — Лаврентий замахал руками. — Я ведь по-нашему, по-русски, по-православному обычаю. Сначала в баньку, потом за стол и только после о деле.

— Смотри, Лаврентий-сан! — грозно сказал Японец. — Моя не любит, когда обманывать. Моя сильно сердится. Моя мозет вот сто сделать.

Неуловимым и стремительным движением он выхватил меч, что-то просвистело и мелькнуло в воздухе, и на салфетку Лаврентия упали две половинки разрубленной ночной бабочки, которая прилетела покружиться вокруг абажура.

Лаврентий открыл рот и долго ничего не мог сказать. Японец тоже молчал. Глаза у него закатились, и он ухнул прямо лицом в тарелку со сметаной.

— Хорошо, что не в пельмени! — обрадовался Лаврентий. — Были бы тогда у нас неприятности с японскими городовыми.

Телохранители Акимото подошли к нему и попытались поднять. Тот ответил на их усилия могучим храпом.

— Вот и ладушки, — сказал Лаврентий. — Теперь с дороги и поспать не мешает. Отнесите господина Акимото в комнату. Для него уже все приготовлено. А когда он проспится, мы поговорим о деле.

Телохранители послушно кивнули, взяли Акимото под мышки и вынесли из зала.

— Камаз! Вентиль! — крикнул Лаврентий. — Готовь братву! Сегодня на Свята пойдем. К утру картина должна быть у нас. Иначе вся японская мафия повиснет у нас на хвосте.

ДОЛГ И ЛЮБОВЬ

— Я так поняла, что Багажника ты охмурила, — радостно объявила Марина, как только они с Верой остались вдвоем в комнате. — Теперь ты можешь им вертеть, как собака хвостом.

— Марина, — со стоном ответила Вера, — он сделал мне предложение.

У Азаровой округлились глаза:

— Чего?

— Петр хочет на мне жениться.

— Ни фига себе! Ну, подруга, ты даешь! Да это высший класс! Поздравляю. На такой успех я даже не рассчитывала.

— Он хочет просить моей руки у моего отца.

— У твоего отца? Это у Лаврентия, что ли?

— Ну да. Конечно. Не у моего же настоящего отца. Да если мой батя узнает, что я с уголовником... Да он и его и меня просто убьет! Из своего именного пистолета.

— Так, так, так, погоди. А он еще не звонил Лаврентию?

— Вроде бы нет.

— Тогда нам надо спешить. Иначе все откроется.

— Ты о чем?

— Да все о том же. Разве ты забыла, что мы задумали?

— А мы разве уже определились?

— Конечно. Забираем Багажника с собой, угоняем машину, его сажаем в багажник, — Марина хихикнула, — хотя, если ты, конечно, против, посадим его на заднее сиденье и едем к Святу. Там меняем Багажника на картину, потом разыскиваем Ника и с триумфом возвращаемся к тете Кате.

Вера задумалась. Глаза ее потемнели, брови нахмурились.

— Тебя что-то не устраивает? — удивилась Марина. — Или ты думаешь, что это слишком опасно? В общем-то, риск определенный есть. Надо подумать, как бы прорваться через всю эту банду без потерь.

— Да нет, я не об этом, Марина! — чуть ли не закричала Вера.

— А о чем?

Вера нервно прошлась по комнате, держась руками за виски.

— Нечестно это как-то!

— Что нечестно?

— Похищать человека, который тебе доверился.

— Что за ерунда?

— Не ерунда! Человек меня по-настоящему любит. Я не могу с ним так поступить. Он ради меня, можно сказать, отказался от всего. Даже от места главного пахана.

Марина свистнула:

— Тю, Верунчик! Остынь! Он просто вскружил тебе голову. Ты попалась самым банальным образом на крючок донжуана.

— Что ты такое говоришь?

— А то говорю! — неожиданно зло ответила Марина. — Я ошиблась. Оказывается, это не ты его охмурила, а он тебя.

— Да ты! — Вера даже задохнулась от возмущения. — Да ты так говоришь, потому что Багажник не тебя, а меня полюбил. Тебе обидно. Ты такая же, как все женщины. Тьфу!

— Ха-ха-ха! — притворно засмеялась Марина. — Это у нас уже разборки пошли самые настоящие. Бабьи. Называется, не могут поделить мужичка. Да? Между прочим, если хочешь знать, этот Багажник вообще не в моем вкусе. Ну и что, что он смазлив? Да я терпеть не могу смазливых мужиков. Подумаешь, красавчик! Тьфу! К тому же пижон, а я пижонов еще больше не люблю, чем красавцев. Мне надо, чтобы мужчина был мужчина. Мужественное лицо, твердый стальной взгляд, крепкие сильные руки. Чтобы обнять мог как следует. Еще желательно бы усы. А этот, мальчик со скрипочкой. Да он так и остался в глубине души жалким хлюпиком.

Грач посмотрела на Азарову почти с ненавистью:

— А я, если хочешь знать, насмотрелась на этих, как ты говоришь, настоящих мужчин с сильными руками и стальным взглядом, и усатых, и бородатых. Которые и обнять могут, и помять, а потом так же все растоптать. Нет, спасибо, больше не надо. Вот они у меня все где!

Вера резко села на постель и отвернулась. Марина подумала, подумала, потом подсела к ней. Дотронулась до плеча:

— Вера!

— Отстань!

— Ну, Вера!

— Я не хочу с тобой разговаривать! Ты злая. Думаешь, если я из армии, значит, у меня сердце из камня, да? — Вера всхлипнула.

— Ну прости! Прости, пожалуйста, если я что-то не так сказала. Прости, пожалуйста. Язык у меня такой поганый. Вечно гадостей наговорю человеку, а потом жалею. Дура я! Свинья. Больше не буду. Честное слово, не буду. Мы же напарницы. Одна команда! Ну неужели мы сейчас поссоримся? Из-за чего? Из-за бандита?

Марина обняла Веру и стала гладить ее по волосам и по лицу. Чуть ли не силой повернула к себе ее лицо и поцеловала в мокрые от слез щеки. Затем показала согнутый мизинец.

— Ну, мир? Мир?

— А ты, — Вера покрасневшими глазами посмотрела на Марину, затем утерла прямо рукой мигом распухший нос, — ты вправду это... того...

— Чего того?

— Тебе Багажник, то есть тьфу, Петр, действительно не нравится?

— Ну конечно, нет!

— Честное слово?

— Честное-пречестное! Вот нисколечко не нравится. Целуйся с ним сама. Мне он и задаром не нужен, и за деньги не нужен. Что, не веришь? Может, тебе поклясться чем-нибудь?

Вера понемногу успокоилась. Стала утирать глаза. Улыбнулась:

— И вправду, чего это я? Вот дура, взяла и разревелась.

— Да у тебя просто нервы расшалились. Ты же так ни разу не отдохнула.

— И вовсе я его не люблю. Так просто, понравился парень. Вежливый такой, обходительный.

— Правильно! — обрадовалась Марина. — А я тебе о чем говорю? Послушай меня. Ну как ты не понимаешь, не может быть между вами ничего общего. Кто ты, и кто он? Я просто поверить не могу, что ты влюбилась в Багажника. Да что такого он тебе наплел, чтобы ты так сразу сдалась? Про свое трудное детство? Так это у уголовников любимая фишка. Их послушать, так несчастнее существ на свете нет. Да я на них в свое время насмотрелась! Знаю всех как облупленных. Знаешь, кто мы для них? Подстилки. Им только одно надо. К тому же не забывай, кто мы. Мы сыщики и сейчас в тылу врага. Багажник думает, что ты дочка Лаврентия, поэтому прыгает перед тобой на задних лапах, как зайчик-побегайчик. Это же овца в волчьей шкуре. Да если он узнает правду, то сразу нас обеих пристрелит и закопает. Про любовь он и не вспомнит. Ты же не маленькая девочка, должна понимать, что к чему. Раз уж мы в эту игру ввязались, то и надо играть по ее правилам. И роли у нас свои, так что не надо нарушать законы жанра.

— Ты все правильно говоришь, — задумчиво ответила Вера. — В этом-то и дело. Они — это они, а я — это я. Но я все равно не могу поступить так, как ты предлагаешь.

— Совесть, что ли, замучила? Офицерская честь не позволяет? Хорошенькое дело! Ладушки! Тогда давай послушаем тебя. Если ты можешь предложить более приемлемый вариант, я слова против не скажу. Сделаем по-твоему. Давай предлагай!

Вера задумалась. Некоторое время смотрела словно в пустоту, затем из глаз у нее опять потекли слезы.

— Я не знаю! Давай просто удерем отсюда, а Багажника брать с собой не будем.

— Самый худший вариант из всех, что могли бы быть. Ну куда мы с пустыми руками пойдем? Думаешь, Свят нам просто так картину отдаст? На-ка выкуси. Да и потом, ты вообще знаешь, кто такой этот Свят?

— Нет.

— Но, может быть, ты знаешь хотя бы, где он живет?

— Откуда?

— Вот и я не знаю. Кроме погоняла, у нас ничего нет. А Багажник знает. Значит, только он и может привести нас к картине. Разве не так?

— Так, — была вынуждена согласиться Вера.

— А раз так, то у нас нет иного выбора. Хочешь не хочешь, а Багажника придется брать. Это же как на войне. Ты ведь брала языка?

Вера ничего не ответила, только тяжело и горько вздохнула. Долг и любовь боролись в ее душе между собой. Марина чувствовала, что нужен еще какой-то аргумент, чтобы полностью сломить сопротивление подруги.

— К тому же раз он тебе так нравится, ты должна радоваться, что мы его похищаем.

— Это почему же?

— Так ведь он все это время с тобой будет. А так, мы удерем, и ты его больше никогда не увидешь. Разве не обидно?

— Обидно. Но ведь мы же его Святу сдадим.

— Можно и не отдавать его Святу насовсем.

— То есть как это?

— Ну, достанем картину, а там видно будет. Может быть, мы его обратно отобьем. Как тебе такой вариант?

Вера задумалась. Кажется, Марина нашла компромисс.

— Получается, что мы просто используем его как своего рода наживку, — сказала она.

— Ну да. Только наживку рыба съедает. Поэтому назовем лучше Петра Ручкина подсадной уткой. Главное — найти картину.

— Я все сделаю, чтобы Петр не попал к Святу. Землю грызть буду, а если он все же останется там, я его вызволю.

— Да ты прям как жена декабриста. Так как? Решено?

— Решено! — твердо сказала Вера.

— Класс! — воскликнула Марина и протянула напарнице руку. — Мы команда!

Они пожали друг другу руки.

— А теперь спать! — твердо сказала Марина. — Спать и только спать. На тебе лица нет!

— А когда же?..

— Под утро. Сейчас нельзя. Они слишком насторожены и ждут неприятностей со всех сторон. Лучше не нарываться. Операцию назначим на два часа утра, когда все эти голубчики порядком устанут и потеряют бдительность. Позже тоже нельзя, потому что начнет светать. Мы же свое темное дело должны проделать в темноте.

— Правильно, — одобрила Вера. — Ты рассуждаешь, как прирожденный стратег.

И они улеглись спать в одну постель. Пожелали друг другу спокойной ночи. Закрыли глаза, потом вдруг Марина вскочила:

— Черт!

— Что такое?

— У нас ведь нет будильника! Как же мы встанем?

— Не переживай. — Вера зевнула и перевернулась на другой бок. — Мне не надо никакого будильника. Я тебя разбужу ровно в половине второго.

— Ты это серьезно?

— Так точно, товарищ командир!

Марина легла обратно. Не прошло и трех минут, как обе они крепко спали.

ПОХИЩЕНИЕ

Вера Грач проснулась в один час и двадцать пять минут ночи. У нее с детства были свои так называемые биологические часы, и со временем она всегда была на «ты». Просыпалась и засыпала, когда хотела. На тумбочке ненавязчиво горела ночная лампа под шелковым с розами абажуром. Все было тихо. Только негромко тикали старинные часы, да посапывала под одеялом свернувшаяся в калачик Азарова.

— Марина! — шепотом позвала Вера. — Просыпайся.

Азарова не отреагировала, и Вере пришлось ткнуть ей в бок локтем.

— Что такое? — плаксивым голосом протянула Марина.

— Половина второго, — прошептала Вера. Она уже встала с кровати и быстро одевалась в темный спортивный костюм.

Марина перевернулась на другой бок и пробормотала:

— Сейчас, Верунчик, только пять минут еще посплю. Ладно?

Вера приблизилась к Марининому уху и прошептала:

— Если ты сейчас не встанешь, я вылью на тебя графин с холодной водой. Считаю до трех. Раз! Два!

Марина подпрыгнула, вскочила с кровати и с трудом разлепила глаза.

— Опаздываем? — спросила она.

— Нет. Поезд движется по расписанию.

— Пойду приму душ.

— Ты с ума сошла? Может, лучше пойдем поплещемся в бассейне?

— Да, ты права. Ну я хотя бы лицо умою. Не могу не умываться. Глаза щиплет.

— Быстрее! А я займусь этими, которые за дверью.

Марина уплелась в ванную, а Вера отправилась к двери. Тихо выглянула наружу. Оба охранника были на месте. Сидели на стульях по обе стороны. Один самым бесстыжим образом храпел, закинув голову назад и широко открыв рот, другой клевал носом.

— Эй, парни! — тихим шепотом позвала их Вера.

Тот, что клевал носом, тут же вскочил и непонимающим взглядом уставился на Веру.

— Что такое? — спросил он.

— Хочешь пройти ко мне? — загадочно улыбнулась Вера. — А то тут так одиноко. Мочи нет.

С Кабачка весь сон словно ветром сдуло. Он радостно заскрипел зубами:

— А что? Почему бы и не зайти. Тут тоже одиноко.

Он скользнул в комнату и почувствовал, как

автомат, словно живой, выскальзывает у него из рук.

— Что такое?

— Тихо! — приказала Вера. — Встать на колени, руки за голову.

Кабачок почувствовал, как дуло его собственного автомата уперлось ему между лопаток, и зло сказал:

— Если стрельнешь, сюда вся братва сбежится.

— А с чего ты решил, что я буду стрелять? Просто приложу тебя прикладом по затылку, и будешь всю оставшуюся жизнь есть манную кашу с ложечки. Тебя есть кому с ложечки кормить?

Бандит вспомнил, что в мире нет человека, который бы стал кормить его с ложечки, и понял, что ему лучше подчиниться. Он послушно бухнулся на колени. Вера связала его за полминуты, заткнула ему рот упаковкой с колготками фирмы «Леванта» и положила на кровать, где только что лежали они с Мариной.

Вышла посвежевшая после умывания Азарова. Вера кинула ей спортивный костюм, а сама снова выглянула в коридор. Второй бандит продолжал храпеть. Спал он и тогда, когда Вера накинула ему на ноги ремешок, затем связывала за спиной руки. Проснулся он, только когда сильная и неумолимая рука десантницы заткнула ему рот, сбросила его со стула и поволокла в комнату. Здесь второй охранник был положен на кровать рядом со своим напарником. Вера успокаивающе похлопала обоих парней по щекам:

— Ну вот, теперь вам не будет одиноко. Спокойной ночи, малыши.

Через две минуты сыщицы выскользнули в коридор.

— Куда теперь? — спросила Марина.

— В спальню Багажника.

— А где он спит?

— Ты думаешь, я знаю? Скорее всего, он вообще не спит. Просто надо проверить. На всякий случай.

Они прошли к самой роскошной двери на втором этаже и остановились.

— Апартаменты Ручкина, — прошептала Марина и осторожно постучалась. Ответа не последовало. — Ныряем!

Марина открыла дверь и проскользнула внутрь. Здесь был роскошный зал с домашним кинотеатром, в нем имелись еще две двери. Одна, по-видимому, вела в кабинет, другая — в спальню.

— Я в кабинет, ты в спальню, — сказала Марина. Через минуты они встретились там, где расстались. Марина протянула Вере пистолет. У нее в руке тоже было оружие. Это были те пистолеты, которые Багажник забрал у них на крыше лаврентьевского особняка. Вера с радостью ощутила в руке тяжесть родимого «вальтера».

— Теперь идем вниз и спрячемся в гараже, — предложила Марина. — Потом я найду Петю Ручкина и скажу ему, что ты хочешь сообщить ему что-то важное. Он, естественно, ждет от тебя согласия переспать, поэтому сразу клюнет.

— А если не клюнет? Они же ждут нападения. Вдруг он останется на своей позиции?

— Правильно! Тогда я скажу ему, что тебе вдруг стало плохо, что ты умираешь. Он будет полным подонком, если не прибежит к тебе через две секунды. Вот, кстати и проверишь его чувства. Как тебе мой план?

— В нем есть одно слабое место.

— Какое?

— Его может насторожить тот факт, что ты пришла сама, а не послала охранника. Куда они делись?

— Когда он узнает, что ты умираешь, ему будет не до охранников. Когда человеку сообщают подобные вещи, все остальное тут же уходит на задний план.

— А если он меня не любит? — с нескрываемым страхом спросила Вера. — Что тогда?

— Тогда он будет переживать за тебя не как за любимую, а как за ценную пленницу. Ведь ты дочь Лаврентия. И он за тебя отвечает.

— Да, ты права, — уныло ответила Вера. — Будем действовать по твоему плану. А что делать с остальной бандой? Думаешь, они будут стоять и смотреть, как мы похищаем их командира? Не такие же они дураки.

— Черт! — воскликнула Марина. — Про остальных я как-то забыла.

Они задумались.

— Жаль, что у нас больше нет дымовушки, — вздохнула Вера. — В дыму проделать все это было бы легче.

Глаза Марины заблестели от восторга:

— Верунчик! Ты гений!

— Ты что-то придумала?

— Ты вовремя вспомнила про дым. Мы устроим пожар в тылу врага.

— Да, это сразу их всех деморализует. Подожжем дом?

— Нет, лучше гараж.

— Правильно. Все кинутся спасать машины и...

Они не договорили и побежали к гаражу. Однако это легко сказать, пройти к гаражу. Сразу же, как только они спустились на первый этаж, им дорогу преградил Орех. Откуда он только взялся? Увидев девушек, он удивленно выпучил глаза.

— Вы че это? — спросил он. — Чего это здесь? Вы же должны быть там.

— Где там? — спросила его Вера голосом, не обещающим ничего хорошего.

— Там, — пробормотал Орех, и его рука потянулась к пистолету, который торчал у него за поясом.

— Руки! — строго сказала Вера и для убедительности показала Ореху «вальтер». — И повернись к стене.

— Понял, — грустно сказал Орех, выполняя приказ. — Только ведь напрасно вы это. Вам отсюда все равно не выбраться. Там братвы, как грязи, а вас только двое. Вас пристрелят, и все дела.

— Это мы еще посмотрим, — ответила Вера и ударила рукояткой пистолета Ореха в затылок. Бандит, словно куль, повалился на пол. — Теперь отступать некуда.

— Позади Москва, — согласилась Марина. Они вдвоем оттащили Ореха в темный угол и уложили там за кадкой с пальмой, после чего побежали к кухне, откуда через подвальный коридор можно было пройти прямо в гараж. Больше им никто не попался. Все шло как по маслу. В кухне и подвальном коридоре было темно хоть глаза выколи, пришлось пробираться на ощупь. Приборов ночного видения в этот раз у них не было. Девчата посовещались минуту, затем первой проскользнула по коридору Вера, Марина осталась на месте. Она притаилась у стены, буквально вжалась в нее и внимательно наблюдала, как продвигается подруга. Затем, когда Вера добралась до двери, ведущей в гараж, она дала сигнал Марине, щелкнула пальцем, и та присоединилась к ней. Так же, поодиночке, они пробрались в гараж. Здесь горели несколько тусклых лампочек, но людей не было, что было более чем кстати. Они разбежались в разные стороны и быстро осмотрели гаражное помещение. Заглянули в каждый автомобиль и под колеса, чтобы не было никаких сюрпризов.

Однако ни Вера, ни Марина не заметили, как в ту самую дверь, через которую они сюда проникли, проскользнула мужская фигура и тут же метнулась в темноту...

Петра Ручкина одолевали самые разные мысли. Первая из них была, конечно, же о Вере. Он уже не сомневался, что влюблен в нее окончательно и бесповоротно. Ничего подобного ни к одной женщине он ни разу в жизни не испытывал. Конечно же, Вера — та единственная и неповторимая, что дана ему судьбой. Вот она настоящая любовь! Пришла, когда он ее уже совсем не ждал. И, к сожалению, в самый неподходящий момент.

Два противоречивых чувства раздирали Багажника. Он полюбил Веру искренне и сильно, но в то же время он не знал, каким образом сможет решить этот вопрос с калининской братвой. Вряд ли им понравится, если он уйдет под начало Лаврентия. Да и лаврентьевские молодчики неизвестно как отнесутся к человеку, который вот уже несколько лет был для них основным конкурентом. Впрочем, с бандитами, и со своими и с чужими, он справится, если захочет. Главную трудность представлял Лаврентий. Его реакция была непредсказуема. За последние дни Багажник успел столько раз его кинуть, что Лавр явно зол на него. Вот когда он сильно пожалел, что слишком грубо разговаривал с Лаврентием по телефону. А вдруг тот теперь вообще не захочет с ним разговаривать? Пристрелит его, и все. Потом уж ему ничего не скажешь.

Он решил позвонить Лаврентию, пока тот не напал на его усадьбу. Когда начнется стрельба, слова станут бесполезны. Багажник достал мобильник Тихого, по которому вот уже несколько раз связывался с Лаврентием. Нажал кнопку вызова. Подождал полминуты, потом нажал еще раз. Ответа не последовало.

— Жаль, — пробормотал Багажник. — Значит, переговоры невозможны. Обидно.

Он прошелся по территории и проверил боевую готовность. Братки были на стреме. Орех с гордостью доложил, что пацаны готовы встретиться даже с дивизией.

— Отлично. — Багажник похлопал Ореха по плечу. — Отлично.

После чего тихо вздохнул. Настроение у него было совсем не отличным. А что, если в бою погибнет не он, а Лаврентий? Эта мысль пришла ему в голову неожиданно. Ручкин даже ахнул:

— Это ведь я стану убийцей Вериного отца! Господи! Да разве она после этого сможет остаться со мной?

Он нервно заходил перед воротами своего дома. Бандиты, охранявшие КПП, бросали на него удивленные взгляды, затем многозначительно переглянулись между собой. Когда он отошел от ворот и скрылся за домом, один сказал другому:

— Мается наш пахан. И хочется ему лаврентиевскую дочку трахнуть, а все никак не решится. Папашу опасается. А вдруг осерчает.

— Это точно.

— А я бы на его месте не раздумывал, — задумчиво покачал головой охранник. — Трахнул бы обеих, а там будь что будет.

— Это точно.

— Девки-то справные. Здесь еще таких ни разу не было. Шлюхи были. А таких приличных нет. Тебе какая больше нравится? Мне блондинка.

— Это точно.

— Да что заладил, как попугай? Точно! Точно! Сказал бы что другое!

— Это точно.

— Тьфу!

Багажник ничего из того, о чем судачат его люди, не слыхал. Как только он подходил к постам или засадам, все разговоры тут же прекращались, и ребятишки встречали его суровыми, готовыми к бою лицами.

— Тики-так, братаны, — без энтузиазма нахваливал он их. — Вижу, что в трудный час не подведете. Будем держаться, как в Брестской крепости. Наделаем жмуриков.

— Сам знаешь, папа! — самодовольно отвечали будущие защитники крепости и громко щелкали затворами.

После полуночи стало труднее. Никто вроде бы не нападал, за забором, на дороге, царила ничем не нарушаемая тишина. Не рассекали ночную тьму фары автомобилей. А в час ночи у защитников «Брестской крепости» вдруг появился враг. Настоящий враг. Сон. Он накинулся на всех, кто здесь собрался обороняться от врагов, и стал неуклончиво зазывать на свою сторону. Бороться с ним было невероятно сложно. Ведь накануне тоже была бессонная ночь, а днем спали совсем мало. Багажник вдруг обнаружил, что и сам начал зевать, рискуя свернуть себе челюсть. Достал из кармана сигару и закурил. Крепкий гаванский табак привел его в чувство.

— Слышь, — велел он Ореху, — раздай брата-нам сигары. Хорошо сон прогоняет.

— А где я их возьму?

— Сбегай ко мне. Достань из секретера.

— Ладно, — протянул Орех. — Только я бы лучше горючего тяпнул. Что толку табаком ды-мить?

— С горючего ты раньше свалишься, — про-ворчал Багажник.

Орех ушел, через десять минут вернулся с плас-тиковым пакетом, в который высыпал прямо из дорогих красного дерева и инкрустированных зо-лотом коробок сигары шефа.

— Пришел? — спросил Багажник.

— Куда я денусь? — хмыкнул Орех.

— А как эти? — Петр мечтательно и чуть ли не с нежностью кивнул на окно спальни, в которой ос-тались Вера и Марина. — Спят?

— Куда они денутся?

— Звонари на месте?

— Куда они денутся?

— Тьфу! — не выдержал Багажник. — У тебя на все один ответ.

— Так как? — Орех тряхнул пакетом, в котором зашелестели, как опавшие октябрьские листья, сигары. — Раздавать махру?

Багажник на миг задумался. Сигары были не-дешевые. Каждая тянула на двадцать баксов. Раз-давать их браткам было верхом щедрости с его сто-роны. И все же он плюнул и махнул рукой:

— Раздавай!

Орех скрылся в темноте, было слышно лишь

его ворчливое бормотание да радостные возгласы бандитов, которые никак не ожидали такого подарка от судьбы. Накануне Багажник строго-настрого запретил им курить, чтобы не выдать себя, а тут нате, целая сигара. Хоть всю ночь дыми. И вскоре вся округа наполнилась ароматом крепкого дыма, навевающим мысли о ласковом и теплом Карибском море, желтом кубинском песке, горячем и мягком, высоких пальмах с тяжелыми лохматыми кокосами и, конечно же, о знойных толстогубых мулатках.

Впрочем, Багажник о мулатках не думал. В голове его была сероглазая брюнетка.

— Вера, Вера, — тихо произносил он имя любимой. — Что же ты со мной делаешь?

Прошел еще час. Братва сидела в засаде и дымила сигарами. Багажник слонялся от одних к другим, проверял посты, а сам с тревогой глядел на часы, ожидая, что нападение начнется с минуты на минуту. Вот только кто на них нападет? Лаврентий, Казбек или Свят?

— Только бы не Лаврентий, — несколько раз прошептал он.

— Чего ты там молитву, что ли, читаешь? — спросил его Орех, неотступно следовавший за ним.

— Ага, Пресвятой Богородице, — зло ответил Багажник.

— Говорят, помогает, — согласился Орех. — Что-то жрать хочется. Ты, как, Петро?

— Чего?

— Жрать, говорю, не хочешь?

— Жрать? Было бы неплохо.

— Так давай я сгоняю.

— Сгоняй, — Багажник был не прочь остаться один на один со своими мыслями, поэтому послал заместителя за едой чуть не с радостью. — И для братанов тоже возьми. И горючего тоже прихвати. Пусть согреются.

— Горючего? — удивленно оглянулся Орех. — Ты же сказал, чтобы ни глотка.

— Я это сказал два часа назад, а теперь ситуация изменилась. Они слишком напряжены. Кстати, я тоже. Надо слегка расслабиться. Но только слегка.

— Ладно, понял, не рогатый.

Орех убежал в дом, Багажник остался наедине с самим собой.

— Вера, надежда, любовь, — сказал он, глядя в ночное, усыпанное звездами небо. — Как вокруг тихо и спокойно. Не верится, что в любой момент вся эта идиллия может превратиться в пекло.

Багажник был уверен, что этой ночью сражение разразится не на шутку. Приближался тот миг, когда Папаша созовет всех на совет, на котором объявит о своем уходе из дела. Паханы землю будут рыть, чтобы добыть это место. И обычно все оборачивалось кровавыми разборками, в которых использовались все средства.

— Выбор не велик. Или я убью Лаврентия, или Лаврентий убьет меня, — со вздохом произнес он. — Может быть, сделать ноги?

Идея была неожиданная и... блестящая. Петр даже задрожал от волнения. Конечно, как же он об этом не подумал раньше! Взять Веру и смотаться отсюда куда-нибудь подальше? Куда? Земля большая. В Австралию, Новую Зеландию, Бразилию или Колумбию. Мало ли мест, где можно спрятаться так, что вся русская мафия будет не в состоянии их найти. Кого их? Да их с Верой!

Вот только согласится ли она?

Петр застонал. Он так и не понял, как же на самом деле относится к нему Вера. Успела ли она полюбить его, ведь прошло всего ничего. А если даже и полюбила? Что из этого? Согласится ли она ради него бросить все, что ей дорого, родителей, сестру, покинуть родину и всю жизнь скрываться и жить под чужим именем.

Время шло, но так никто и не пытался напасть на особняк Петра Ручкина и калининской братвы. Орех тоже почему-то не возвращался. Впрочем, измученный думами Багажник про него и не вспоминал. Наконец он не выдержал.

— Я должен поговорить с Верой! — воскликнул он. — Сейчас же. Потом может быть поздно.

И он бросился к дому. Легко вбежал в большой холл дома. Вокруг был полумрак. Светили несколько светильников, рассеивающих свет по потолку звездами. Петр взлетел по лестнице и оказался около двери, ведущей в спальню, где отдыхали Вера и Марина. Он открыл дверь и одновременно подумал о том, куда могла деваться охрана.

В спальне было темно. Не горело ни одной лампы. Давила гнетущая тишина. Сердце Багажника тревожно екнуло. Он машинально пошарил по стене в поисках выключателя. Нашел кнопку и надавил ее. Вспыхнула люстра из розового хрусталя, и Петр облегченно вздохнул, увидев, что кровать не пуста, и обе женщины спят. Ему не хотелось быть бесцеремонным. Не мог же он подойти и растолкать Веру за плечо, чтобы разбудить. К тому же на подобные действия у нее всегда какие-то неадекватные реакции. Петр вспомнил, как Вера стукнула его по спине, когда он подавился в столовой во время обеда, потом припечатала его к теннисному столу. Поэтому он деликатно кашлянул. Никакой реакции. Он кашлянул еще раз. За балдахином лежащие на кровати фигуры зашевелились. Послышались какие-то невнятные звуки. Фигуры опять зашевелились, но не поднялись. Багажник даже отступил назад.

— Я очень извиняюсь, — пробормотал он, — за неделикатное вторжение. Мне бы с Верой парой словечек перекинуться.

Внезапно он понял, что в постели лежат не женщины. Он быстро подошел к кровати и откинул полог. Две красные физиономии уставились на него судорожно мигающими глазами. Багажник сначала услышал, как в ушах у него забил колокол, затем почувствовал, как кровь приливает к голове.

— Что тут происходит? — закричал он.

Связанные стражники задергались, как червяки, которых насаживают на рыболовный крючок. Глаза у них раскрылись от ужаса и забегали по кругу. Багажник схватил одного из них за грудки, поднял словно младенца и привлек к себе.

— Где они? — прорычал он так грозно, что у парня непременно встали бы на голове волосы, если бы они там были. — Где Вера? Где Марина? Отвечайте.

Несчастный Кабачок стал отвечать, но так как Багажник не позаботился о том, чтобы освободить его рот, то послышалось только невнятное мычание. От этого главарь калининской братвы пришел в еще большую ярость и с силой бросил охранника на кровать. Ему и так все было ясно. Он бросился из спальни, спустился в холл и побежал к выходу. Он был уже у двери, когда услышал еще один стон. Оглянулся и увидел, как из-за кадки с пальмой что-то выползает. Это что-то оказалось

Орехом. Он полз, стонал и держался одной рукой за затылок. Багажник подскочил к нему и помог подняться с пола.

— Ох, твари! — с трудом проговорил Орех. — Ну попадись они мне! Замочу! Тля буду!

И снова застонал.

— Кто тебя? — спросил Багажник, хотя уже начал догадываться, чьих это рук дело.

— Кто, кто! Известно, кто! Телки твои, вот кто!

Багажник выпустил Ореха, и тот, не удержав равновесия, с проклятиями и стонами свалился на пол.

— Ты че, в натуре! — завопил он.

Багажник его уже не слышал. Он выскочил из дома, несколько секунд судорожно озирался по сторонам, затем, весь взъерошенный и потрясенный, замер на месте.

И тут на весь двор разнесся душераздирающий крик:

— Гори-и-и-им!!!

Крик тут же подхватили.

— Пожар!!!

— Братцы, горим!!!

— Делаем ноги!!!

— Караул!!!

— Мать вашу!!!

Темные тени заметались по двору. Братки бегали вокруг все так же неподвижного Багажника. Суета была сильная, но бесполезная. Со стороны гаража потянуло вонючим дымом, а затем из узких подвальных окон вырвались первые языки пламени и осветили двор особняка, потом поднялись гаражные ворота, и огонь в их проеме полыхал прямо-таки как в адском пекле. Во дворе стало совсем светло. При ярком освещении, созданном пожаром, лица бандитов выглядели еще более растерянными и глупыми. Они бегали туда-сюда и явно не знали, что делать. Зато кричали все здорово. Но тут весь этот шум перекрыл мощный крик Багажника:

— Атас, братва! Всем слушать меня!

И сразу все успокоились. Как по мановению волшебной палочки.

— Кончай панику! Тот урод, который еще раз крикнет про ноги, получит от меня пулю! Всем ясно? Я спрашиваю, всем ясно?

Бандиты закивали.

— А теперь все в гараж и спасай тачки! Быстро!

В этом был весь Багажник. В нужную минуту он всегда мог взять любую, даже самую сложную ситуацию под свой контроль.

Братва смело и без оглядки бросилась сквозь огонь внутрь гаража. Оттуда послышались возмущенные, не совсем членораздельные вопли. Из них можно было понять, что колеса всех автомобилей спущены. Тогда Багажник дал новую команду:

— Толкай их, братва.

И сам уперся в первый попавшийся джип. Полдесятка бандитов присоединились к нему, и всеобщими усилиями они выкатили джип во двор. Потом таким же макаром выкатили второй. После третьей машины, а это оказался личный «Мерседес» Багажника, тот самый, белоснежный, пришлось сделать передышку.

Впрочем, отдыхал только Багажник. Вернее, не отдыхал, а руководил борьбой с пожаром. Умело и грамотно отдавал команды. Направлял действия своих людей, посылая одних выкатывать машины, других тушить огонь. Очень скоро с огнем справились. Пламя почти везде было погашено, и выяснилось, что сами машины не пострадали. Зато дым достал всех. Его было в избытке.

— Опять дымище! — проворчал Багажник.

Однако он понимал, что на всякий случай гараж надо освободить от машин полностью. Там могут оказаться емкости с горючим. Они в любой момент рванут.

— Сколько еще машин осталось? — крикнул он.

— Три! — ответил кто-то.

— Давай быстрее!

Мужчины успели выдохнуться, устать и выкатывали автомобили уже не с таким энтузиазмом, как прежде. К тому же очень мешал дым. Его было слишком много.

— Что это мне напоминает? — пробормотал Багажник.

Нехорошие мысли, словно мыши, стремительными тенями пробежали в его мозгу. Но тут, в глубине гаража вспыхнули фары, и из ворот, ослепив светом Багажника, выкатила «Газель». Она остановилась прямо около него. Плавно откатилась в сторону боковая дверца, и кто-то выскочил наружу. Петр не успел ничего сообразить, как рядом с ним оказалась Марина. В одной руке у нее тускло блеснул дулом пистолет. Ловким и стремительным движением другой руки она выхватила у него из кобуры «кольт» и сунула его себе за пояс.

— Быстро влезай внутрь, — голосом, не знающим сомнений, скомандовала Марина.

— Что такое? — пробормотал Петр Ручкин. Только сейчас он вдруг увидел, что за рулем «Газели» сидит Вера. Лицо ее было угрюмо. Она не смотрела на Ручкина. Даже не повернула голову в его сторону. Он почувствовал, как что-то больно резануло по сердцу. — Вера?

— Быстро! — крикнула Марина, грубо толкая Багажника к боковой двери. — Полезай, или я тебя застрелю.

Петр вздохнул. Он подумал, что ничего не стоит схватить сейчас Марину за запястье и обезоружить ее. Но он не сделал этого, а послушно нырнул в нутро микроавтобуса. Марина прыгнула за ним и захлопнула за собой дверцу.

— Порядок! — крикнула она. — Вера, гони!

Машина взвизгнула шинами и рванула с места. Петр едва не упал. Марина дулом пистолета указала ему на клетку:

— Туда!

Он опять мог обезоружить ее, ударив ребром ладони по руке, и опять не сделал этого. Послушно протиснулся в клетку и сел на скамеечку, где в прошлую ночь сидел Тихий. Марина села напротив, нервно сдула на бок упавшую на лоб челку и направила пистолет на Багажника.

«Газель» между тем набрала скорость и врезалась в запертые ворота. Раздался страшный грохот, машину сильно тряхнуло, но через секунду она уже была за пределами особняка, выехала на шоссе и покатила в сторону Черноборска. Вслед ей ударили автоматные очереди и одинокий выстрел дробовика. Затем все стихло.

— И что все это значит? — спокойным, но сдавленным голосом спросил Петр.

— Что это значит? — самодовольно усмехнулась Марина. — Это значит, что мы поменялись ролями, господин Ручкин. Теперь вы у нас в плену. Вот так-то!

Петр повернулся в сторону водительского сиденья.

— Это правда, Вера? — спросил он.

Вера ничего не ответила. Она сделала вид, что всматривается в дорогу и не слышит, о чем ее спрашивают.

— Ну что ж, — вздохнул Петр. — Вот и на вашу улицу пришел праздник.

После этого он замолчал. Некоторое время все трое ехали в тягостном молчании. Наконец Марина словно о чем-то вспомнила.

— Дай-ка сюда свой мобильник, — строгим, как у учительницы, голосом приказала она Багажнику.

Тот небрежно вынул из внутреннего кармана пиджака аппарат и сквозь решетку протянул его Марине. Она стала нажимать кнопки, и вдруг ее губы расплылись в улыбке, а лицо озарилось радостью:

— Ник, это ты? — Она что-то услышала в ответ и радостно повернулась к Вере. — Ник жив! С ним, кажется, все в порядке. — Затем снова в трубку. — Где ты? У тебя все в порядке? Что? Машина барахлит? Тянет? Отлично! Мы на Ульяновской трассе. Будем ждать тебя на остановке у деревни Тренькино. Ты должен там быть через полчаса. Дотянешь? Тогда до встречи. И удачи тебе! Да, от Веры привет тоже!

Услышав про какого-то там Ника, которому к тому же передают привет от Веры, Багажник заерзал на своем месте.

Марина отключила аппарат и положила его рядом с собой.

— А теперь можно и поговорить, — сказала она Багажнику.

— Поговорим, — согласился Петр.

Вера продолжала всматриваться в два желтых

пятна, которые почему-то еще больше сгущали темноту дороги.

А на востоке уже начал светлеть горизонт...

ЯРОСТЬ

Целый день Ник провел в темном сыром подвале. За все это время никто из злодеев его не побеспокоил. К полудню, после трех сеансов дыхательных упражнений перестало ломить затылок. Боль притупилась, и он даже смог немного поспать. Есть и пить ему тоже не давали. Видимо, у бандитов это было не принято. Может быть, о нем просто забыли? Во всяком случае, к вечеру его не так донимал голод, как жажда. Во рту было ужасно. Язык вдруг стал большим, горячим и абсолютно сухим. Он еле ворочался во рту, а когда ворочался, то больно раздирал щеки и нёбо. Губы потрескались.

«Надо же! — удивлялся про себя Ник. — Вроде тут так промозгло и сыро, а почему-то во рту сухо. Как бы утолить жажду?»

Жажда усиливалась с каждым часом. В конце концов дело дошло до того, что его начал мучить бред. Перед глазами появлялся граненый стакан с водой, потом его сменяла двухлитровая пластиковая бутылка с минералкой. Затем перед глазами начинали крутиться водовороты на середине Волги, их сменяли виденные в кинофильмах и по телевидению знаменитые водопады. Виктория, Ниагара, Днепровские пороги.

— Имидж ничто! Жажда все! — громко объявлял в голове незнакомый, но очень настойчивый голос. Он бил в голове, словно колокол. — Не дай себе засохнуть!

И так повторялось раз за разом. Чаша терпения

переполнилась, когда перед глазами рядами пошли, словно солдаты, сотни пивных бутылок под разными названиями. Тут были «Толстяк», «Клинское», «Балтика», «Пенное», «Золотой ковш», «Волжанин», «Степан Разин» и даже совсем незнакомые сорта и марки. Со многих бутылок с шумом и звоном срывались пробки, и вверх фонтанами поднимались белые столбы пены. Ник не выдержал. Он поднялся с пола и решил, что дальше так продолжаться не может. Надо чем-то себя отвлечь. Для того чтобы прочистить мозги, он даже помотал головой и задумался.

«Марина бы сейчас не валялась, словно чурка, а искала возможность для побега, — подумал он. — И обязательно что-нибудь бы нашла».

Он решил просто обследовать подвал. Для этого нужно было снять наручники. Один раз днем он уже попытался это сделать, но не смог, потому что каждое движение отдавалось в голове болью, затем жажда отвлекла его от них. Теперь ползать по полу со скованными за спиной руками было бессмысленно, и главное, унизительно. А Ник унижаться не любил.

Чтобы снять наручники, нужна была какая-нибудь железка типа булавки, но её не было. Ник обыскал все свои карманы, но ничего приличного не нашел. Тогда он решил просунуть ноги сквозь руки, чтобы они оказались хотя бы впереди. Фокус достойный Гудини, но Нику он удался благодаря подвижным суставам и растянутым жилам на запястьях. Целый год Марина использовала его для своих тренировок по айкидо, выкручивала их как могла. Надо же, пригодилось.

Теперь обследование пола стало более удобным. И очень скоро ему удалось найти гвоздь, которым он с легкостью освободил себя от оков. Бросил наручники в угол. Затем встал и сделал разминку, чтобы разогнать по телу кровь. Несколько восточных упражнений, и вот уже голова стала ясная и свежая, словно по ней и не били. И рот тоже больше не горел, словно после наперченного харчо. Заодно он и согрелся.

Ник сел и прислонился к стене. Стена оказалась слишком холодная. Так можно запросто заработать радикулит, и мучайся потом до конца жизни. Тогда он вышел на середину подвала и сел в позу «лотоса». Попробовал медитировать. В теле сразу почувствовалась легкость, и по нему стало разливаться тепло. Ник знал, что очень скоро появится состояние полного покоя, когда кажется, что ты летишь и медленно растворяешься в воздухе, и время для тебя перестает иметь всякое значение. Не прошло и десяти минут, как Ник погрузился в нирвану. Это был не сон и не бодрствование. Это было пребывание в другой жизненной плоскости. Очень многие завидовали Николаю. Он легко достигал того, чего большинство добивается долгими изнурительными тренировками.

Было четыре часа утра, когда двери в подвал с шумом и лязгом отворились. Вошли два здоровяка. Они включили свет и с удивлением уставились на Николая.

— Слуший! — воскликнул один. — Чито он делает?

— Не видишь, чито ли? Молится.

— Слуший, так не молятся.

— Сейчас по-всякому молятся.

Они подошли к Нику и самым грубым образом, ногами по ребрам, вывели его из нирваны. Первые секунды Ник смотрел на них затуманенным взором, потом его взгляд стал осмысленным.

— Пошли с нами, джигит! — сказал один из бандитов. — С тобой Казбек говорить будет.

Ник послушно поднялся с пола.

— Слуший! — опять воскликнул один из бандитов. — На нем, кажется, наручник бил. Я сам надел, понимаешь!

— А, твой башка дурной! Если б надел, то на руке был. А так нет. Значит, не надел. Или что, по-твоему, он его скушал? Как шашлык, да?

— А гиде тогда мой наручник?

— Патом паищеш. Пашли, Казбек ждать не любит.

Бандиты вывели Ника из подвала и повели в гараж. По пути к ним присоединились еще три абрека, у ворот гаража их встретили еще двое. Так что внутрь гаража он вошел в сопровождении семи бандитов. Гараж был большой, просторный. В нем умещалось пять машин и еще оставалось места на столько же. В центре на свободном месте стояла николаевская «девятка». На переднем кузове ее сидел Казбек. Сидел прямо в грубых армейских башмаках. Увидев это, Николай нахмурил брови.

— А, джигит! Здорово! Проходи, дорогой. Проходи. Говорить будем. Ну что, нашел деньги?

Ник ухмыльнулся. Как же он, интересно, мог найти деньги, лежа на полу запертого подвала.

— Опять смеешься! — удивился Казбек. — Слушай, тебе плакать надо, а ты смеешься. Надо мной, что ли, смеешься? Глупый вопрос задаю, да?

Казбек спрыгнул с машины и обошел ее кругом.

— Хороший машина, — сказал он. — Хороший. Белий цвет. Совсем белий. Как снег. И ты такой машин покупать не хочешь. Жаль. Мине он ведь тоже не нужен. Зачем мине чужой машин? У меня свой есть. Много машин. Хочешь «Мерседес», хочешь «БээмВе»! Хочешь, джип. Открытый джип, закрытый. Много у мене машин. А у тебе только одна. И ты не хочешь купить. Последний раз тебе спрашивай. Будешь купить?

От злости у Казбека еще явственней ощущался кавказский акцент. Он уже совершенно не следил за грамматикой. А Ник продолжал хранить молчание.

Тогда Казбек поднял монтировку, которую ему услужливо протянул один из подручных и подошел к Нику.

— Так как?

Ник не ответил. Казбек отвернулся, подбежал к «девятке» и с размаху ударил по лобовому стеклу. Стекло разлетелось в пыль. Нику показалось, что это разлетелось на куски его сердце. Он еще не знал, что впереди его ждет куда более тяжкое испытание. Казбек опять подбежал к нему.

— Я тебе последний раз спрашивай! Будешь платить? Хоть бы пять тысяч?

Ник сжал губы.

— Ты хоть отвечай, когда я тебя спрашивай! Меня бешеным не делай!

Когда на Ника начинали давить, то он и вовсе не мог говорить. Молчал как скала. Сейчас же его зубы просто заскрипели, так плотно он их сжал.

— Ладно, раз такой упрямий ишак. Я тебе накажу.

Казбек подбежал к «девятке» и стал молотить по ней монтировкой. Через несколько секунд он просто взбесился и все свое бешенство стал изливать на несчастную «девятку» Николая.

Сам же Николай стоял и молча смотрел, как гибнет его детище. Громко ржали бандиты. На своем языке они что-то кричали Казбеку, и тот входил в еще больший раж. Шум и грохот стояли невообразимые. Кончилось тем, что Казбек, словно горный козел, совершил прыжок и вскочил на передний кузов.

— Ну что, опять молчать будешь? — закричал он. — Опять?

Он высоко подпрыгнул. Машина со стоном прижалась к земле. Казбек опять подпрыгнул. Весу в нем было не меньше ста килограммов. Девятка просто уткнулась в бетонный пол носом. Еще раз и еще. Когда он сделал это в пятый раз, отвалился бампер.

Ник плюнул и кинулся к бамперу. Схватил его. Двое, что стояли за его спиной, кинулись к нему. Но Ник уже выпрямился и с силой сунул один конец бампера в живот первому. Тот сложился вдвое, и второй налетел на него и перекувырнулся. Упал на спину и тут же получил удар по голове другим концом бампера.

Казбек так и застыл на «девятке» Ника. Потом опомнился и закричал:

— Ты что делаешь, собака?

Оставшаяся пятерка бандитов тоже бросилась на Ника. Бандиты никак не ожидали, что случится такое. Никогда еще в этом гараже пленники не вели себя подобным образом. От неожиданности они даже не схватились за оружие, и так торопились, что бросились на врага с голыми руками. Это была их роковая ошибка. Ник перехватил бампер за один конец и стал крутить его вокруг себя, словно дубину. Первые два бандита были им снесены, словно молодые деревца под топором дровосека. Трое оставшихся сразу же повернули обратно. Но тут уж Ник не дал им уйти. Он с ревом бешеного быка побежал за ними, продолжая вертеть над головой бампер. Тот сверкал в воздухе, словно молния, и гудел, как пропеллер вертолета.

Бандиты заверещали от ужаса, но Ник догнал их и свершил свою месть. Двух прибил бампером, третий сам врезался в джип головой, сделал в его дверце глубокую вмятину и сполз на пол. Тогда Николай повернулся к своему главному обидчику и пошел на него. Бампер он теперь держал над головой, словно знамя.

Казбек побледнел и судорожно стал искать пистолет. Но пистолет был в кобуре, и от волнения и охватившего его панического страха он никак не мог расстегнуть ее. Когда же расстегнул и достал оружие, то оно заплясало в его руке. А Ник был уже совсем рядом и поднимал бампер для удара.

Казбек завизжал от ужаса и пистолет выпал у него из рук. Провалился сквозь разбитое лобовое стекло в салон «девятки».

— Слезай с моей машины, гад! — вне себя от негодования закричал Ник.

— Хорошо, хорошо, дорогой! — жалобно запричитал Казбек, торопливо соскакивая с машины. — Только не убивай! Прошу тебе, не убивай! Мамой прошу. У мене дети!

Ник на него не смотрел. Он смотрел на свою изувеченную машину, и губы у него тряслись от ярости.

— Не убивай! — продолжал умолять Казбек. — Не убивай! Хочешь, на колени перед тобой встану?

Ник покачал головой. Зачем ему надо, чтобы кто-то вставал перед ним на колени. Он смотрел на «девятку», и глаза его заблестели.

— Что? Машин жалко? — спросил с тревогой Казбек.

Ник так на него взглянул, да еще при этом поднял бампер, что Казбек сразу замахал руками:

— Прости, дорогой! Прости, пожалуйста! Шайтан попутал. Ты со мной не хотел говорить. Я сердиться. Вах, вах! Я тэбе новый машин дам. Выбирай любой! Какой хочешь. Клянусь Аллахом. Садысь! Езжай! Никто тэбе не остановит. Ты теперь мой брат! Жизнь мне пощадил! Не убил! Я такой не смогу забыть.

Ник плюнул и сунул бампер в машину, прямо через окно. Тот так и остался торчать, словно кочерга. Затем он с трудом открыл дверцу. Влез внутрь и очистил водительское место от осколков стекла. Осмотрелся. Все было на месте. Даже ключ торчал в зажигании. Ник проверил «бардачок» и нашел в нем свой пистолет. Взял его и сунул за пояс. Там же был мобильный телефон. Его Ник машинально положил в карман рубашки. Казбек бегал вокруг и причитал:

— Зачем другой машин брать не хочешь? Почему? Я от всего сердца дарю. Я твой машин бил. Ты мой забирай. Так положено. Не дай обычай нарушать.

Ник повернул ключ. Тишина. Повернул еще раз, и двигатель отозвался и что-то жалобно проворчал. Словно пожаловался. Машина завелась с третьего раза. Ник выехал к воротам и ожидающе посмотрел на Казбека. Тот сразу понял.

— Ворот открыть? Счас! Счас! Одна минут.

Он вынул из кармана пульт и нажал кнопку, ворота стали плавно открываться. Когда они открылись, то целая толпа абреков, подняв на изготовку оружие, ввалилась в гараж и тут же отпрянула назад. Когда они увидели Ника в машине, то сразу защелкали затворы и предохранители. Николай замер на месте. Он смотрел на бандитов, бандиты на него.

— Нэ стрелять! — закричал Казбек. Затем добавил что-то по-своему. Бандиты молчали. Тогда он еще что-то долго им кричал. Наконец абреки молча опустили автоматы, ружья и пистолеты и расступились в две стороны. Ник дал на газ и выехал из гаража. Машина ехала медленно, и бандиты отправились за ней. Они сурово, но в то же время с недоумением смотрели на Ника. Опять что-то закричал Казбек.

Так, в сопровождении толпы боевиков, Ник и доехал до ворот, ведущих со двора. Ворота медленно и торжественно открылись. Ник выехал из них и вырулил на трассу. «Девятка» стонала, жаловалась своему хозяину на жизнь, а Ник гладил ее руль, словно успокаивал.

В кармане требовательно запищал мобильник. Николай достал его и прижал к уху.

— Ник, это ты? — послышался встревоженный голос Марины.

— Я, — ответил Ник, и ему стало легче от того, что он слышит Марину.

— Где ты?

— На Горьковском шоссе. А где вы?

— А мы на Ульяновской трассе. У тебя все в порядке?

— Все о'кей.

— Что?

— В порядке я, говорю. Правда, — Ник на мгновение задумался, — машина слегка барахлит.

— Машина барахлит?

— Ага. Ну да ничего, с пивом потянет.

— Тянет? Отлично! Будем ждать тебя на остановке у деревни Тренькино. Ты должен быть там через полчаса.

— Понял.

— Дотянешь?

— А то!

— Тогда до встречи. И удачи тебе! Да, от Веры привет тоже!

Ник сложил телефон, положил его в «бардачок» и повернул свою многострадальную «девятку» в сторону Ульяновской трассы.

ТРАГЕДИЯ НА ТРАССЕ

— Вот что, Ручкин, — положив ногу на ногу, сказала Марина. — Гони нам информацию про Свята. Кто такой, где живет?

— А с чего это вдруг я должен вам гнать информацию? — удивленно спросил Петр. — Какое он имеет ко всему этому отношение?

— Это уже не твое дело. Раз спрашиваю, значит, отвечай.

— Эх, Мариночка! Не ожидал я от вас такого. Не ожидал. И это после всего, что было.

— А что было? — в свою очередь удивилась Марина. — Ничего не было.

— Вера, это правда? — громко спросил Петр. Теперь уж она не могла сделать вид, что не слышит. — Это правда?

Вера не ответила.

— Чего ты к ней пристал? — буркнула Марина. — Не видишь, не хочет человек с тобой разговаривать.

— Тогда я тоже буду молчать!

— А вот ты как раз молчать не должен. Ты должен говорить. Итак, повторяю. Где Свят?

Багажник презрительно фыркнул и отвернулся.

— Молчим? — удовлетворенно покачала головой Марина. — Так и будем молчать?

— Да ты и в правду следователь, что ли? — не выдержал Петр.

— Почти!

— Тогда у меня с тобой только один разговор, — Багажник красноречиво провел ногтем большого пальца по шее. — Чик, пук!

— Руки коротки!

Так они еще некоторое время препирались, и в конце концов разговор зашел в тупик.

— Вера, останови машину, — сказала Марина.

— Не могу, — впервые нарушила молчание Вера, — нас Ник будет ждать. Времени в обрез,

— Что это еще за Ник! — взорвался неожиданно Багажник. — Мне кто-нибудь скажет?

— Не скажет! — отрезала Марина. — Пока ты нам не расскажешь про Свята.

— Вера! — Петр опять повернулся к месту водителя. — Это твой любовник? Скажи честно!

— Она тебе ничего не скажет, пока ты не дашь нам адрес или телефон Свята! — закричала в ответ Марина. В голосе у нее уже зазвенело отчаяние.

— Черт побери! Дался же вам этот Свят! Вера, почему ты молчишь? Кто такой Ник?

— Петр, расскажи про Свята, — глухо и по-прежнему не оборачиваясь, ответила Вера.

— Ну хорошо, хорошо! — сдался Багажник. — У меня голова идет кругом. Прямо сумасшедший дом. Свят — это смотрящий Борисоглебского района. Настоящее его имя Силантий Топорков. Кажется, он раньше был священником. Ходили среди братвы такие слухи. Сейчас он тоже помешан на религии. Церкви строит, часовни.

— Так вот почему у него такое прозвище!

— Ну да. Он даже одевается как поп. В рясе ходит и с крестом. В общем, чокнутый. Хотя мне до фени. Каждый по-своему с ума сходит.

— Ну да, — согласилась Марина. — Ты картины собираешь, к примеру.

— Ага.

— Его адрес?

— У него в Перловке хата.

— Отлично. Телефон знаешь?

— Двести двенадцать, ноль пять, ноль четыре.
Теперь вы мне скажите.

— Что?

— Кто такой Ник? Вера, он твой любовник?
Почему ты сразу мне не сказала, что у тебя кто-то
есть?

— Да ладно, остынь, — прервала Багажника
Марина. — Не любовник он ей. Просто товарищ.

— Как так товарищ?

— Ну по работе, что ли. Что тебе, слово «това-
рищ» не нравится? Ну тогда пусть будет коллега.
И он ей такой же любовник, как и папе с мамой.
Все, успокоился?

Багажник действительно успокоился. Даже
вздохнул с облегчением.

— На все остальное мне плевать, — пробормотал он.

— Это правильно, — одобрила его Марина.
Она взяла мобильник и набрала номер, который
ей продиктовал Багажник. — Алло? Это Силантий
Топорков?

— Да, это я, — ответил ей густой низкий и
окающий голос. — Раб божий, крещенный Силантием. Иванов сын.

— Отлично, — обрадовалась Марина. — Я хочу
с вами серьезно поговорить, Силантий Иванович.

— А кто ты такая, дочь моя?

— Кто я? Думаю, вам это знать необязательно.

— Зачем тогда беспокоишь божьего человека,
женщина?

— Зачем звоню? У меня деловое предложение. У нас есть сведения, что прошлой ночью из особняка некоего гражданина Ручкина вами или вашими людьми была похищена картина. Это так?

— Обижаешь! В воровстве — меня уличить хочешь? Так ведь воровство — это смертный грех. Сказано в Библии: не возжелай чужого осла, раба и жены.

— Он действительно чокнутый! — хихикнула Марина, закрыв трубку рукой. Затем снова заговорила в трубку: — Ну может быть, это было не похищение.

— Конечно, не похищение.

— А что же тогда?

— Это было озарение, — ответил Свят. — Голос с небес повелел взять мне это полотнище.

— Ну если голос с небес, — тут же согласилась Марина, — значит, картина все-таки у вас?

— У меня, спаси нас всех господь.

— Аминь! Так вот, я возвращаюсь к моему деловому предложению. Не могли бы вы нам эту картину вернуть?

Марина была уверена, что от такого ее нахальства Свят придет в ярость. Ничуть не бывало.

— Не могу, — спокойно ответил он, — не могу отдать то, что дадено мне богом.

— Конечно, не отдаст, — опять закрыла рукой трубку Марина. — Что он, дурак, такие бабки отдавать!

— Какие бабки? — презрительно усмехнулся Багажник. — Видел я эту мазню. Она гроша ломаного не стоит.

— Много ты понимаешь, — в тон ему ответила Марина. — Сейчас посмотрим, сколько она будет стоить. Послушайте, Свят, ничего, что я так вас называю? А сколько вы хотите за картину?

— Деньги для меня мусор. Грязь. Дьявольское искушение. Чур меня!

— Тогда слушай меня, божий человек, — Марина внезапно сменила тон и перешла на «ты». — Не хочешь за деньги — давай меняться.

— Что дашь взамен? — Голос Свята сразу стал заинтересованным и не таким тягучим.

— У меня тут твой соперник по выборам.

— Это который?

— Ручкин.

— Багажник?

— Он самый. Ну что там тебе голос с небес, что-нибудь шепчет?

— Не богохульствуй!

Услышав, что говорит Марина, Петр открыл рот и судорожно схватился обеими руками за прутья клетки. Он хотел что-то сказать, но не смог. А Марина продолжала торговаться.

— Так как? Согласен? Больше такого случая не представится.

— А ты, часом, не подстава́ ментовская?

— Менты людей не похищают.

— Еще как похищают.

— Ой, да ладно! Учить меня вздумал. Говори быстрее, согласен или нет. Не веришь, твое дело. Мы ведь можем Багажника и Казбеку предложить. А можно и Лаврентию.

— Искушаешь?

— Нет, всего лишь ставлю перед фактом.

— Согласен.

— Вот и ладушки!

— Только место встречи назначаю я.

— Идет. Куда приезжать? К тебе в Перловку?

— А не боишься, женщина? Мыши в мышеловку сами не лезут.

— Я думаю, бог меня не оставит, — нагло ответила Марина. — Дай слово, что все будет по чести и по совести. Этого достаточно.

— Хорошо, клянусь богом, что волос с вас не упадет, если вы чисто играете.

— Отлично! Жди нас через час.

— Чтобы никаких фокусов, если не хочешь, чтобы на тебе крест поставили.

— Фокусов не будет. Не в цирке.

Свят отключил связь, а Марина, облегченно вздохнув, сложила телефон и положила обратно. И тут она встретила взгляд Багажника. Что-то вроде смущения отразилось на ее лице.

— Так вы не дочки Лаврентия Павловича? — сдавленно спросил Петр.

— А ты только сейчас догадался?

Багажник заскрипел зубами. Словно волк, попавший в капкан.

— На кого работаете?

— На кого работаем? — Марина на мгновение задумалась, потом звонко по-пионерски ответила. — На тетю Катю!

— На тетю Катю? — Лицо Багажника стало таким недоуменным, что Марина фыркнула.

Тут «Газель» остановилась.

— Приехали, — сказала Вера. Она была мрачнее тучи.

— Что, уже Тренькино? — обрадовалась Марина.

— Нет, мотор почему-то заглох.

— Может, бензин кончился?

— Не мог он кончиться. Мы же полный бак залили.

Марина отодвинула дверцу, хотела выбраться наружу, но подалась назад. А вслед за ней в салон проник помятый тип в темном костюме, с длинными почти белыми волосами и с короткоствольным автоматом в руке. Дуло автомата смотрело прямо в лицо Марине.

Вера повернулась и направила на незнакомца «вальтер».

— Я ей мозги вышибу, прежде чем ты снимешь предохранитель, — прошипел тип. — Быстро брось пушку, и обе останетесь живы.

— Тихий! — воскликнул Багажник. От удивления он даже встал. — Откуда ты взялся?

Марина посмотрела внимательно на Тихого и быстро спросила:

— Ты Скворцова замочил?

— Так я тебе и сказал.

— Вера, брось пистолет!

Вера бросила пистолет к ногам убийцы. Тот отпихнул его ногой под сиденье.

— И ты тоже, — сказал он Марине. — И не дергайся, а то я очень нервный.

— Не бойся, не дернусь. Знаю, как ты стреляешь. Видела. — Марина послушно отдала свое оружие.

— А теперь присоединяйтесь к этому! — Тихий кивнул на клетку.

Марина вошла в клетку, за ней туда же, покинув место водителя, последовала Вера.

Багажник встретил их с распростертыми объятиями:

— Теперь мы снова вместе.

— Не вместе, — сказал Тихий. — Ты выходи.

— Что такое? — удивился Петр.

— Такое. Заказан ты, Багажник. Лаврентием Павловичем заказан. Так что ты мой клиент. Выходи! Быстро и без шума.

И Тихий вывел Багажника из клетки. Они отошли на пару шагов и остановились.

— Я тебя убью, — тихо сказал Тихий.

— Что ж, — пожал плечами Петр Ручкин. — Значит, судьба у меня такая. Стреляй.

— Я тебя убью, — все тем же тоном сказал опять Тихий. — И если ты не хочешь мучиться перед смертью, ты скажешь мне, где картина, которую ты у меня взял.

— И что вам всем далась эта картина! — воскликнул Петр.

— Говори, или я прострелю тебе сначала одно колено, потом второе. Ты просто не представляешь, какая это боль. Она все равно заставит тебя говорить. Так что лучше давай обойдемся без этого.

— Да у Свята твоя картина. У Свята! Все? Ты это хотел услышать? Теперь стреляй!

Внутри «Газели» раздался громкий треск. Тихий оглянулся, увидел выпрыгивающую из открытой дверцы Веру и выстрелил...

— Господи! — воскликнула Вера Грач, когда Тихий и Петр вышли. — Да откуда же он взялся, черт белесый?

— Похоже, что он ехал с нами, — угрюмо ответила Марина.

— Каким образом? — поразилась Вера и, немного подумав, добавила: — Разве что к днищу прицепился? Висел на глушителе?

— Возможно, — согласилась Марина. — И мотор у тебя заглох не просто так. Видимо, он трубку подачи топлива перебил. Вот гад!

— А что он с Петром собрался делать?

— Похоже, — Марина вдруг сильно побледнела, и голос у нее задрожал, — он хочет его убить.

— Что? — вскрикнула Вера. — Убить? За что?

— Ты не слыхала разве? Багажник заказан. Это

значит, что к нему послан наемный убийца. И этот Тихий и есть наемный убийца.

Вера ничего не ответила. Она просто ударила ногой по дверце клетки, и та распахнулась. Марина открыла рот от удивления, когда увидела, как отлетел в сторону приваренный к прутьям английский замок.

От звука удара Тихий, который направил автомат на Багажника, обернулся и перевел оружие на Веру. Раздался треск автоматной очереди. Но там, куда летели пули, Веры уже не было. Она покатилась по траве. В руке у нее три раза огрызнулся оранжевыми вспышками «вальтер», который она каким-то чудом успела выхватить из-под сиденья, куда его отпихнул Тихий.

Вдруг навалилась тишина. Все участники происходящего замерли на месте. Вера лежала в траве. Марина оставалась в клетке. Багажник и Тихий остались стоять там, где стояли.

Три секунды прошли так томительно, что Марине Азаровой и Петру Ручкину они показались часами.

Колени у Тихого подкосились. Он уронил автомат. Три темно-багровых пятна расплылись у него на груди и быстро превратились в треугольник. Киллер закатил глаза и рухнул на спину.

Марина осторожно, словно котенок, выбралась из «Газели» и подошла к нему. Пригляделась, затем всплеснула руками:

— Он мертв!

Вера устало поднялась и подошла к подруге. Посмотрела на убитого и удовлетворенно погладила рукоятку «вальтера», который в очередной раз ее не подвел. Петр подошел и положил ей руку на плечо. Она глянула в его глаза и вдруг отвернулась.

— Ты только что спасла мне жизнь, — сказал он и привлек ее к себе. — Ты знаешь это?

Вера прижалась к его груди и всхлипнула. Петр обнял ее и сказал:

— Ведь если бы ты меня... в общем, я хочу сказать, если бы я был для тебя... опять не то. Ты любишь меня или нет?

Вместо ответа Вера расплакалась, и Петр начал ее целовать. Это оказалось самым успокаивающим средством. Вера перестала всхлипывать и вскоре вновь, как накануне вечером, отдалась поцелуям возлюбленного. Багажник умел поцелуями сводить женщин с ума.

Марина с легкой завистью посмотрела на них, потом обошла «Газель» и бесцеремонно оборвала обоюдное счастье.

— Ладно, любовь, лямур, поцелуйчики, ля-ля тополя, это все хорошо, — насмешливо сказала она. — Только вот что дальше-то будем делать? Каков у тебя план, Верунчик?

Вера и Петр сразу отпрянули друг от друга. Вера поправила волосы:

— План? Какой план? У меня нет плана.

— Вот и у меня нет плана, — вздохнула Марина и кивнула на труп Тихого. — Этот все планы мои разрушил. Ведь теперь, ты, конечно, будешь настаивать на том, что надо отпустить гражданина Ручкина на волю.

Петр улыбнулся:

— Не надо меня отпускать. Я у вас в плену и не хочу на свободу. В Вериных объятиях я готов остаться навсегда. Кстати, девчонки, может быть, вы мне объясните, в чем тут фишка? Я все равно ничего не понимаю.

— Я ему расскажу? — робко спросила Марину Вера.

— Валяй!

— Понимаешь, Петр, мы частные детективы, а один негодяй украл у одной несчастной женщины картину, а вот этот негодяй украл ее у того... — и Вера стала рассказывать историю поиска картины тети Кати. Правда, рассказывала она без подробностей, в общих чертах, так что фамилия Дейнека на протяжении всего рассказа не прозвучала ни разу.

Петр Ручкин слушал Веру с открытым от удивления ртом.

— Бред какой-то! — несколько раз повторял он. Затем, когда Вера закончила, воскликнул: — Господи, Вера! Ну почему вы мне сразу все не рассказали? К чему был весь этот балаган? Я бы все сделал, чтобы добыть для вас эту сомнительную картину. Да я бы просто выкупил бы ее! За любые деньги!

— Что сейчас об этом говорить? — вздохнула Вера.

— Что будем делать? — уныло спросила Марина.

— Вам так нужна эта картина? — Петр посмотрел на Марину и Веру в упор.

— Да! — ответили они хором.

— Что ж, тогда действуем по плану, который уже у вас есть.

— Это по какому? — подозрительно спросила Вера.

— Вы здорово придумали обменять меня на картину. — Петр улыбнулся. — Так зачем отказываться от этой идеи?

Азарова, услышав такое, расцвела как розовый куст.

— А ты молоток, Ручкин! — воскликнула она, поднимая вверх большой палец.

Зато Вера восторга не выразила.

— Ты что? — воскликнула она. — Они же тебя убьют!

— Совсем необязательно, — пожал плечами Петр. — Зачем меня убивать? Святу вполне достаточно будет просто держать меня у себя, пока все дела не решатся в его пользу. А я со своей стороны пообещаю ему, что не буду на него за это в обиде.

— Ручкин, — Марина протянула ему для пожатия руку, — такого я от тебя не ожидала! — Она повернулась к подруге. — Вера, а ведь он действительно тебя любит.

— И все равно я против! — воскликнула Вера. — Это опасно!

— После всего, что было, тебе ли говорить об опасности? — не согласилась Марина. — Ты же у нас Рэмбо.

— Сама ты, — огрызнулась Вера, — Пинкертон!

— Девочки, не ссорьтесь! — примирительно воскликнул Петр. — Вы обе молодцы! А дело надо закончить. Раз картина у Свята, значит, вы должны ее добыть. А так как я тоже причастен к ее пропаже, то моя обязанность оказать вам всяческое содействие в ее возвращении. Не будем спорить, потому что другого плана у нас нет, и времени тоже нет, а раз так, то сейчас же начнем осуществлять тот план, который есть.

— Отлично! — Марина была полностью согласна с Ручкиным. — С чего начнем?

— Наверно, этого надо в машину, — Вера кивнула на труп Тихого. — Не оставлять же его здесь.

— А что же, с собой его возить?

— Ну не в кусты же его прятать!

Азарова пожала плечами:

— Почему бы и нет? Ты забыла, как он Сквор-цова уложил?

— Я все помню.

Пока Марина и Вера спорили насчет трупа убийцы, Петр залез под «Газель», некоторое время там повозился, потом вылез обратно. Лицо у него выражало явную досаду.

— Дело дрянь. Тут ремонт капитальный нужен. Дело долгое.

— Так что, — разочарованно спросила Марина, — не поедет?

— Увы.

— Блин! Как назло, ни одной тачки до сих пор не проехало. Где мы попутку ловить будем? Здесь что, всегда дорога такая безлюдная?

— Да, по ночам тут редко кто ездит, — Петр подтвердил самые худшие опасения Азаровой.

— Придется идти пешком.

Других предложений не было, и, затащив труп Тихого в «Газель», двое женщин и один мужчина пошли по дороге по направлению к Черноборску. Они шли минут пять, когда сзади послышался шум работающего двигателя. Троица обернулась. Вдалеке сверкнул одинокий огонек.

— Мотоцикл, — разочарованно протянула Азарова. — Жалко.

Они отвернулись и снова пошли вперед. Шум двигателя приближался.

— Нет, это не мотоцикл, — уверенно сказал Петр. — У мотоцикла совсем другой звук. Это... — Он не договорил и обернулся снова. — Это, я даже не знаю, что такое, но когда-то оно, по всей видимости, было «девяткой».

Марина и Вера тоже обернулись и открыли рты, когда увидели, как к ним, сверкая одной фарой, подъезжает Ник.

— Боже, Ник! — всплеснув руками, воскликнула Марина. — Что с твоей машиной?

Ник ничего не ответил, но зато, увидев Марину и Веру, разулыбался так счастливо, словно и не ехал на колымаге, которая представляла из себя какое-то месиво, в котором машина угадывалась только с помощью изощренной фантазии.

— Кажется, парень побывал в переделке, — покачал головой Петр.

Лицо Ника несколько омрачилось, когда до него дошло, что в их троице появился кто-то четвертый. Затем он стал еще более мрачным, потому что узнал в этом красивом незнакомце того самого главаря гангстеров, который позавчера штурмовал дом Лаврентия Беркутова. Марина, как всегда, чуть ли не угадала его мысли.

— Ты прав, — сказала она, садясь рядом с ним на переднее сиденье, — у нас теперь не трио, а квартет. Кстати, можешь его не опасаться. Он с нами. Почему? Потому что он теперь Верин бойфренд. Познакомься.

— Петр Ручкин, — протянул Нику руку Багажник. При этом он внимательно и испытующе посмотрел ему в глаза.

Ник не ответил, но руку Ручкину протянул, и они обменялись крепким, может быть, даже чересчур крепким, рукопожатием. Затем Вера и Петр сели на задние места, причем им пришлось влезать в салон через выбитые окна, потому что двери заклинило и они не открывались, и машина заколесила дальше. Двигатель у нее стучал, хрипел и стонал, чуть ли не как человек. Что-то где-то потрескивало и позвякивало.

— А ты уверен, что мы доедем? — жалобно спросила Марина.

Ник кивнул.

— Слушай, как здорово, что ты нас нашел! — тут же обрадованно воскликнула Марина. — Это просто чудо, что ты проехал именно здесь. За все время мимо нас ни одной машины не проехало. Слушай, а как ты тут очутился?

Ник усмехнулся и показал указательный щит, мимо которого они как раз проезжали. На нем белыми буквами на темно-синем фоне было написано: «Тренькино».

— Давай в двух словах изложи, что с тобой произошло, — потребовала Марина. — А мы расскажем тебе, что было с нами. Я уверена, нам есть что сказать друг другу. Итак, кто тебя?

— Казбек, — сказал Ник.

— Казбек! — воскликнул Багажник. — Это тебя так Казбек отделал? И ты от него ушел? Ну ты, парень, в сорочке родился!

— Повезло, — ответил Ник и на секунду повернулся к Марине. — Куда едем? Домой?

— Нет, зачем домой? Нам домой еще рановато. Дело еще не кончено. Хотя, возможно, финал наступит очень скоро. Так что держи курс на Перловку, — сказала Марина. — Знаешь, где это?

Ник с иронической улыбкой кивнул и тут же свернул направо.

— Скоро мы там будем?

Ник показал два пальца, а потом соединил большой и указательный пальцы. Это означало у него, что они будут на месте через двадцать минут.

— Отлично! — удовлетворенно заметила Азарова.

Через двенадцать минут вдалеке действительно показался особняк Свята. В небе прогудел «кукурузник». Он летел низко, как-то тяжеловато и тоже держал направление к дому Свята.

— Самолет, самолет, — пропела Марина, высунувшись из окна, она помахала «кукурузнику» рукой, — унеси меня в полет!

— И кто это так рано летает? — зевнула Вера.

— Наверно, колхозный, — сделал предположение Петр. — Поля опылять летит. Или удобрять.

Но «кукурузник» опылять поля или удобрять их, видимо, не собирался. Он долетел до особняка Свята и стал кружить прямо над ним.

В СВЯТОЙ ОБИТЕЛИ

Силантий Иванович Топорков, смотрящий Борисоглебского района города Черноборска и имеющий среди братвы прозвище Свят, весь субботний вечер провел в молитвах. Его особняк отличался от домов остальных черноборских авторитетов тем, что имел собственную часовню — белокаменную и златоглавую. Денег на это ушло немереное количество. Точно такую же он построил при входе на городское кладбище. В настоящее время в Перловке, где находилась его резиденция, началось строительство церкви. Домашняя же часовня была излюбленным местом Свята. В ней он проводил все свободное от работы время. И хотя времени на общение с богом оставалось не так уж и много, Свят никогда не упускал возможности помолиться. А уж когда делались великие дела, он проводил в молитвах и бдениях целые ночи.

Внешне он походил на боярина времен Ивана Грозного, хотя всячески пытался изобразить из себя отца-батюшку. Ходил в рясе, всегда сверкающей белизной и пахнущей ладаном, на шее у него болтался огромный, с локоть, крест, разумеется, золотой. Волосы у него были пышные, густые и длинные, но еще более внушительной была борода, на отращивание которой ушло несколько лет, и на уход за ней тратились баснословные деньги. Лет ему было около пятидесяти, ростом он был высокий, к тому же, пользуясь длинной рясой, всегда носил обувь на высоких каблуках. Так что среди любой людской массы он выделялся ростом и богатырской статью. Внешность у него была довольно привлекательная. Ястребиный нос, крупный и мясистый, густые черные брови вразлет под высоким лбом, сверкающие черные глаза и тонкие аккуратные губы. В общем, он сделал бы честь любому театру или киногруппе.

Братва у него была подобрана соответственно. Все верующие или хотя бы делающие вид, что преданы богу, Пресвятой Богородице и святым архангелам и великомученикам. Рядом со Святом они всегда напоминали послушную паству. Мирные и добрые, они толпились рядом с ним, словно дети вокруг Деда Мороза. Единственное, что Свят старался подбирать себе людей покоренастее и пониже ростом. В этом выражалась его слабость — любил он быть большим, а это всегда удается, когда вокруг тебя народец мелкий.

Коротко о его людях. Во всем подражающие своему главарю, братки никогда не называли его паханом, а всегда отцом или батюшкой. Он тоже величал их сыновьями и детьми. Сами они предпочитали называть друг друга братьями. В городе и районах их называли святыми братьями. Материться в присутствии батюшки строго запрещалось.

Другой слабостью Силантия Топоркова были женщины. Они-то и привели его к тому, к чему он в конце концов пришел. Действительно, в молодости он закончил Одесскую семинарию и получил сан приходского священника. Справно и деловито начал он службу в одной из епархий в Нижнем Поволжье. Но тогда же и обнаружилась его крайняя невоздержанность и почти патологическая потребность к усладам с женщинами. Батюшка волочился за каждой юбкой. Перед его напором и статью мало кто мог устоять, сдавались самые, казалось бы, неприступные крепости. Он до того довел женщин своей паствы и всех окрестных сел района, что на него стали поступать жалобы. Главным образом от обманутых мужей. Однако эти жалобы долгое время последствий не имели, потому что милиция и районная администрация не хотели связываться с церковью, та же, в свою очередь, закрывала глаза на проделки похотливого батюшки. Причиной этому было резкое, почти на триста процентов, увеличение количества верующих и, соответственно, рост доходов. Так что жалобные вопли мужей-рогоносцев оставались неуслышанными, а Силантий продолжал работу. Однако дело дошло до того, что его страсть и непреодолимая похоть перешли все границы: он начал заманивать к себе и растлевать несовершеннолетних девочек. Это уже было слишком, и в результате сексапильным священником заинтересовалась прокуратура. Было заведено уголовное дело, которое удалось замять. Тут бы Силантию и опомниться и исправиться, но дьявол разврата уже крепко поселился в его душе, и среди девочек в его оргиях изредка стали появляться и мальчики. Было открыто еще одно уголовное дело, но и его тоже неимоверными усилиями (адвокаты были приглашены аж из Москвы) удалось замять.

Третье дело замять не удалось, не помогли даже московские адвокаты. К тому же от православной церкви, которая не желала быть скомпрометированной и обвиненной в потакании распутству, он был отлучен Священным синодом, и больше заступиться за него было некому. Тогда на свет божий были вытащены и все прежние заявления мужей и также были подшиты к делу, на жен же было оказано сильнейшее давление. Так что в одна тысяча девятьсот семьдесят седьмом году двадцатипятилетний Силантий Топорков пошел по статьям за растление несовершеннолетних и изнасилование.

В зоне к тем, кто сидит за такое, относятся хуже некуда и сразу определяют в «шестерки» или, того хуже, опускают в «петухи», но Свят на такое согласен не был. Еще в СИЗО он быстро завоевал авторитет среди уголовников, прикинувшись, что страдает за веру, к тому же с властью не согласен, вот она его и уничтожила, а бабы и малолетки — это всего лишь сплетни, клевета да козни врагов веры и слуг дьявола. Так что в лагерь он явился уже со шлейфом мученика и быстро проник в самые верхи, и первая же отсидка превратила его в довольно авторитетного узника. Силантий был умен, образован, а главное, красноречив. От него исходила мощная сила. Он притягивал к себе людей словно магнит и быстро подчинял их своей воле. К нему ходили за советами бывалые уголовники, и он отпускал им грехи и дарил напутственное слово. Во времена, когда в стране еще правил воинствующий атеизм, Свят нес слово божье именно там, где в нем больше всего нуждались. Это сейчас в каждой тюрьме есть часовня и служат службы, тогда же у тюремного начальства волосы вставали дыбом, когда им докладывали, что в зоне звучат псалмы и молитвы. И хотя ему сначала намекали, что не следовало бы в советском исправительном учреждении вести религиозную пропаганду, потом говорили прямо и почти угрожали, Силантий Топорков оставался верен себе и неистово молился за униженных и скорбных духом, заставлял молиться узников, и авторитет его с каждым месяцем рос и укреплялся. Он не боялся и даже стремился к конфликтам с лагерной администрацией, так что не раз попадал в карцер, и очень скоро прослыл борцом за правду и истинную веру. Тогда же к нему и прицепилось прозвище Свят. После того как его посадили в карцер в четвертый раз, осужденные чуть не устроили бунт. Испуганная администрация вынуждена была освободить его из карцера, чего не случалось даже с самыми авторитетными зэками. Затем от него решили избавиться, и Силантий был освобожден при первой же амнистии и вышел на свободу с чистой совестью и с обширными связями в уголовном мире.

Жизнь на свободе не заладилась с самого начала. Работать на сатанинскую власть Силантий Топорков не собирался, в церковь путь ему был заказан. Вот тогда Свят, по его словам, «отпустил бороду и бродягой пошел по Руси», чтобы, так сказать, нести слово божье людям своей несчастной Родины.

Далеко уйти ему не удалось, потому что был он задержан властями и в этот раз осужден за тунеядство и бродяжничество. Только произошло это уже не в Поволжье, а на Урале, когда еще не дошли слухи о его художествах. Свят пришел в тюрьму как в родной дом. Все началось сначала. Проповеди, воззвания, требования создать тюремную церковь, и опять карцер, возмущения среди заключенных и переходящие из тюрьмы в тюрьму, из лагеря в лагерь слухи о святом человеке, новом мессии. Теперь уже уральская тюрьма поспешила избавиться от Свята и даже не стала дожидаться амнистии.

Силантий пошел в Сибирь. А слава о нем шла впереди него. Воры в законе считали за честь познакомиться с ним. Постепенно Свят все больше и больше увязал в криминальном мире, а тот в благодарность обеспечивал его денежными пожертвованиями, которые Свят, конечно же, спускал на женщин. Когда его посадили в третий раз, он уже стал крупным авторитетом, и в камере у него было почетное место. О своей главной обязанности он никогда не забывал и продолжал активную миссионерскую деятельность. Постепенно у него складывалась своя, несколько отличная от официальной Русской православной церкви религиозная доктрина, которую он активно пропагандировал среди заключенных. Главное отличие силантиевского христианства заключалось всего лишь в нескольких пунктах. Он пересмотрел девять заповедей господних и вывел теорию, что заповедь «Не возжелай жены ближнего своего» звучит на самом деле как «Отдай жену ближнему своему», а заповедь «Не укради» переделал в «Не укради, но забери неправедно нажитое богатство и отдай нуждающемуся». И такая реформаторская его деятельность многим пришлась по душе. Постепенно вокруг него начали скапливаться сторонники, или, как он их называл, новые пастыри, которые несли его слово по всему уголовному миру.

В середине восьмидесятых грянула перестройка, вместе с ней неимоверно возрос авторитет официальной церкви, но и, как грибы, начали появляться самые разные религиозные организации. Силантию стало трудно руководствоваться только словами. А наступившая свобода больше не связывала его, власть прекратила преследования, и святость Свята угасала. Затем рухнул Союз и начался переходный от развитого социализма к загнивающему капитализму период, и Свят, как никогда, пригодился строителям нового общества. Вспомнилась силантиевская заповедь «Не укради, но отбери», и с его благословением целые отряды бросились отбирать неправедно нажитое богатство, которого теперь было столько, что и за века его не заберешь. Постепенно Свят и сам увлекся этим делом, великолепно сочетая его с продолжением пастырской деятельности. Так что теперь, в начале наступившего века, это был уже король рэкета, бандит и святой в одном лице. Он брал то, что хотел, и сам отпускал себе грехи.

Вором в законе Силантий не стал только потому, что, когда его авторитет возрос достаточно, чтобы он мог занять данный пост, такого просто не оказалось. Все места уже были заняты. Тогда старшаки, поддерживающие Свята, решили поставить его смотрящим в Черноборске, где был престарелый и уже много лет готовящийся сдать дела Папаша и вот-вот должно появиться вакантное место. Вместе с Силантием в городе на Волге собралась и вся его паства.

Когда началась разборка, Свят решил тоже не упускать шанса и в ночь с пятницы на субботу так же, как и все его коллеги, отправился завоевывать место под солнцем. И попался на ту же удочку, что и остальные. Проездил всю ночь вокруг Черноборска в поисках конкурентов. Вернувшись, отправился спать, а когда проснулся, дал команду готовиться к обороне. Целый день братья укрепляли свою крепость, для чего даже вызвали бульдозер с двумя экскаваторами и окружили особняк высоким валом и глубоким рвом. Одновременно десять плотников, не прекращая работу ни на час, поставили рубленые вышки на каждом углу. На вышках установили пулеметы. Братья начистили двустволки, с которыми ходят на медведей и лосей, и после обеда, отослав весь обслуживающий персонал по домам, отправились с батюшкой в баню. Перед боем надо было смыть с тела грязь и облачиться в чистые одежды. Сауну Силантий не признавал, поэтому баня у него стояла прямо во дворе, как и положено, рубленная из молодых дубов. Это была отменная баня, которой завидовали и Лаврентий, и Багажник. Большая, просторная, и пар в ней был великолепный. Так что братья парились и мылись три часа.

После бани все, кроме караульных, разумеется, отправились в часовню. Теперь, когда смыта грязь с тела, надо было очистить от скверны души.

Свят лично прочитал проповедь, в которой призвал сыновей своих раскаяться в грязных помыслах.

— В эту ночь господь отвернулся от нас, — сказал Свят. — Ибо возжелали мы большего, чем нам полагается. Словно слепые, плутали мы всю ночь, и не встретился нам добрый самаритянин, указавший путь-дорогу к свету, к истине. Не нашли мы врагов господа нашего, а почему? Потому что впустили в души свои ненависть к ним, ибо направлялись к ним не для того, чтобы подставить щеки для ударов и телеса для плетей, а сами возжелали бить и стегать! Разве не грех это, дети мои?

— Грех! Великий грех, отец наш!

— И в грехе этом повинен я больше вас всех, вместе взятых, потому что я был вашим пастырем в подлую ночь! — вскричал Силантий. — И не туда повел я стадо! Не на Голгофу повел я вас, дети мои, а палачами. Ох грешен я! Простите меня, братия! Прости меня, господи! Прости за грехи тяжкие!

Свят упал на колени, из глаз у него ручьем полились слезы раскаяния. Тут же на колени попадали и святые братья.

— Прости нас, господи! — бормотали они. — Прости нас, грешных!

А Свят тем временем с гулким стуком начал бить челом о пол. Рыдания душили его.

— Отведи гнев свой от рабов твоих, господи! — кричал он. — Помилуй нас и спаси!

— Помилуй и спаси! — Братья тоже начали входить в исступление. — Спаси нас, боже!

— Даруй нам милость свою, господь наш Иисус Христос, смерть за человечество принявший! И ты, Матерь Божья, дай нам благость свою! Вступись за недостойных перед вседержителем! Споем молитву, братия, во славу защитницы земли русской.

И могучим басом, которому позавидовали бы Федор Шаляпин и Дормидонт Михайлов, запел:

— Пресвятая Владычице моя Богородице, святыми твоими и всесильными мольбами отжени от мене, смиренного и окаянного раба твоего, уныние, забвение, неразумие, нерадение и вся скверная, лукавая и хульная помышления от окаянного моего сердца и от помрачненнаго ума моего; и погаси пламень страстей моих, яко нищ есть и окаянен. — Братья знали молитву и, осеняя себя крестными знамениями и кланяясь до земли, подпевали батюшке блеющими и сиплыми голосами. На глазах у многих были слезы умиления, и все лица были наполнены истинной благостью. Высоко к сводам летели слова молитвы. — И избави мя от многих и лютых воспоминаний, и от всех действ злых свободи мя. Яко благословена еси от всех родов, и славится пречистое имя твое во веки веков.Аминь!

Вслед за этой молитвой последовала молитва Пресвятой Троице, затем молитва Святителю Николаю Чудотворцу, потом укрепляющая веру в бога молитва архангелу божьему Михаилу, молитва Преподобному Серафиму Саровскому, святым мученикам Гурию, Симону, Авиву, благодарственные молитвы и напоследок покаянная молитва.

Все это действо длилось долго, и Свят отпустил братьев только часов в девять вечера, а сам еще молился до одиннадцати. Тут к нему явился с низким поклоном брат Димитрий (прозвищ Свят не признавал, поэтому употреблялись только имена, данные при крещении).

— Святой отец, — негромко позвал он, — прости, что отрываю тебя от благости господней.

Свят еще раз перекрестился, стукнулся лбом о пол, затем тяжело поднялся с колен и грозно глянул на пришедшего.

— Чего такого важного скажешь мне, брат Димитрий? Какие вести о врагах наших? Наполнились ли их сердца смирением перед господом? Трепещут ли они в предвестии грозных событий? Готовятся ли опять сатанинским научением прийти в наш дом и осквернить его своим зловонием?

— Кажется, отец, наполнились их сердца смирением, — радостно выдохнул брат Димитрий.

Свят этого не ожидал, потому что лицо его стало удивленным.

— Что такое? — спросил он.

— Все трое так же, как и мы, затаились по домам, никто носа высунуть не собирается, — выпалил брат Димитрий.

— Вот как?

— Именно так, Свят.

Свят задумчиво поскреб бороду и направился из часовни. Брат Димитрий засеменил за ним.

— Значит, говоришь, что все они сидят по домам? — переспросил Свят. — Точные сведения?

— Наш человек у Лаврентия сообщает, что они весь день готовились к осаде и ночью ждут нападения.

Свят перекрестился.

— Эк их вразумил господь, — проворчал он. — Лаврентий старый рысь. Его теперь просто так из норы не выманишь. Решил отсидеться до понедельника. Жаль, а я ведь в первую очередь его жду. Казбек с Багажником мне теперь не опасны. Молоды слишком. Один совсем сопляк, другой вообще дикарь-инородец. А пока я жив, инородцам на Волге не гулять! Вот те крест! На том и целую!

Он наложил на себя крупный крест, потом поднял с живота золотой крест и звучно поцеловал его.

— Да, кстати, а что наши люди у этих молодцов передают?

— Наш человек у Багажника, да поможет ему

господь наш вседержитель, сообщает, что тоже с полудня готовятся к обороне.

— И эти тоже? — воскликнул Свят. — Тоже, значит, затаились? Научил их господь прошлой ночью, вразумил. Не меня одного.

— Тут вот он еще доносит, что Багажник в доме Лаврентия каких-то девиц споймал. Якобы дочери Лаврентия.

— Дочери Лаврентия? — воскликнул Свят. — Да это же чушь! Нет и не было у Лаврика никаких дочерей. Доподлинно это знаю. Видать, самозванки. И нешто он им поверил? Или Палыч сам их Багажнику подсунул. Теперь наш красавчик наверняка сидит и радуется, что Лавра в кулаке держит.

— Вот-вот! — захихикал брат Димитрий. — Багажник хоть и умен и дерзок не по годам, да и на него удавка нашлась. Тут вот что еще.

— Что еще?

— Картину они все какую-то ищут.

— Картину? — насторожился Свят.

— Ага. Лавр десять косых обещал тому, кто сыщет.

— Зеленых? — не поверил Свят.

— Лавр других бабулек не знает.

— Интересно. Что же это за картина? — Свят опять поскреб бороду. — Уж не та ли, что я у Багажника взял. С Богородицей. Наведи-ка, братец, справки. Если та, что Лавр ищет, то я от десяти кусков отказываться не намерен. А что там Казбек? Как он поживает? Что поделывает, нечисть мусульманская? Террористическую школу под видом медресе у нас еще не открыл?

— Пока еще нет. Но наш человек, да поможет ему в его деле евоный мусульманский бог, прости меня, господи, за богохульство, сообщает, что они у дома Лавра человечка споймали. Шпионил за ними. Теперь Казбек его в подвале держит, хочет выкуп стребовать.

— Ах шайтан! — воскликнул Свят. — Черт носатый! Прости меня, господи! — Он тут же поспешил перекрестить свой рот, из которого вырвались непотребные ругательства. — Да что же он, паразит, решил, что он у себя в горах? Ну это ему так не пройдет. Этого мученика мы освободим.

— Так ведь это ж мент! — удивился брат Димитрий.

— Перво-наперво это человек. А потом уж мент. Скорее всего, наш брат, православный. Нешто мы его неверным отдадим? Нет. Освободим и сами накажем. Это будет справедливо. Так, ладно, а нападать он на кого собирается?

— Нет, не собирается. Тоже сидит за стеной.

— Тьфу! — сплюнул от досады Силантий. — И этот туда же? Да что они все, сговорились? Этак мы опять все четверо в дураках останемся, друг друга ожидаючи. А послезавтра утром соберет нас Папаша всех четверых и спросит, кто после меня? Кто из вас более достойный?

— Так, может, мы нападем? — прошептал брат Димитрий.

— Нет, коли они нас ждут, то нападать не следует. Средств для этого у нас нет, положат нас прямо у колес наших джипов. Как пить дать, положат. И ведь даже молитвы не прочтут. И я что разумею? У кого-то нервы все равно сдадут. Не смогут они сидеть всю ночь в засаде и ждать. Непременно кто-то из троих отправится в атаку. Ну что ж, пусть жалует. Мы его примем со всем нашим божеским гостеприимством. Не так ли, брат Димитрий? Истинно глаголю?

— Не слова, а мед с твоих уст истекают, — склонился в поклоне собеседник Свята.

Так за этим разговором они прошли во двор дома.

— Ага, вот и время для вечери наступило, — довольно заметил Свят.

Прямо перед домом стоял длинный деревянный стол, на котором стояли пять пузатых десятиведерных самоваров и горами лежала всевозможная снедь. Словно солдаты, стояли бутылки с водкой. Правда, их было всего десять штук. На лавках восседали братья, человек сорок. Они с почтением ожидали, когда с ними воссядет батюшка. Встретили его стоя. Свят вымыл руки, опустился на кресло, стоявшее во главе стола, и махнул рукой, давая знак остальным садиться. Тут же ему наполнили стакан, и он взял его.

— Ну что, сыны мои приемные? Во славу господа наш первый тост?

— Во славу господа! — хором гаркнули святые братья.

— Отче наш, еси на небеси! — сказал Свят, выдохнул воздух и опрокинул стакан себе в глотку, потом опять выдохнул, крякнул и занюхал бородой. — Ах, хорошо пошла!

Все остальные тоже выпили как по команде и захрустели, кто квашеной капустой, кто солеными огурцами, кто груздями с брусникой.

— Второй тост за Богородицу! — объявил Свят и наполнил второй стакан. — Да поможет она нам в святом деле, город от бандитов да лихоимцев, а пуще всего от инородцев нехристей избавить!

После второго стакана Свят закусил огурцом, затем большими руками взял блюдо с чищеной и присыпанной репчатым луком селедкой и ссыпал все содержимое себе в рот.

— Третий стакан я выпью за ваше здравие, братия!

— И ты будь здоров, отец наш, кормилец и поилец! — закричали остальные. — Ведь мизинца твоего не стоим, волоска бороды твоей!

Несколько братьев вдруг резко покинули свои места и кинулись к Святу, упали перед ним на колени и припали губами кто к полам его рясы, кто к руке, а один брат даже пытался облобызать туфли преподобного. Все эти знаки внимания Силантий принял милостиво и с отеческой улыбкой.

— Ну-ну, — ласково сказал он, выпивая третий стакан, — хватит, дети мои, хватит. Не будем затягивать трапезу.

Лизоблюды вернулись на место, и братия выпила.

Теперь Свят начал поедать молочного поросенка, лежащего перед ним на золотом блюде и обложенного свежими помидорами. За поросенком на длинном серебряном подносе царственно возлежал осетр. Казалось, что он подмигивает Силантию своими маленькими умными глазками. Выпить и закусить Свят любил и грехом не считал. Однако всегда мог проявить волю, и когда кто-то из братьев стал поговаривать, что неплохо было бы принести еще водочки (та, что была выставлена на столах, уже кончилась), он сказал:

— Хватит! Бог троицу любит. Четвертая рюмка всегда от нечистого идет.

На этом вечерняя трапеза закончилась. Свят вытер губы расшитой по краям красными петухами салфеткой, затем встал. Все тут же, как по команде, поднялись.

— Ну вот она и наступила, ночь перед великим днем, — сказал Свят. — Сегодня станет ясно, кто из вас брат мне, кто сын, а кто подлейший Иуда! Да прибудет с нами всевышний, и да воздаст он нам силы противостоять козням дьявольским.

— Аминь! — выдохнули братья.

— А теперь по местам, сыны мои. Отправляйтесь на защиту нашего отчего дома, а я пойду молиться за вас. Если враг появится, кликнете меня, и я явлюсь с мечом огненным, аки архангел, и с копьем Георгия Победоносца. И раздавим мы гадину, вгоним ее в геенну огненную.

Братья покинули стол и сопровождаемые напутственными речами главаря стали разбегаться по территории святой обители.

Оставшись в одиночестве, Свят поскреб бороду, покряхтел, затем погладил руками на груди рясу. Глаза его внезапно наполнились тоской, разом потускнели и заморгали, как у ребенка, который собирается заплакать.

— Второй день без бабы, — сам себе сказал он. — Этак и помереть можно. Что за жизнь?

Да, с тех пор как началась крутая разборка, Силантий выслал из своего дома всех женщин, опасаясь за их безопасность. Теперь, когда прошло почти двое суток, он понял, какую страшную совершил ошибку.

— Что, батюшка, маешься? — спросил брат Димитрий, который расставил братьев по местам и вернулся к предводителю.

— Ох, маюсь, Димитрий! — простонал Свят. — Маюсь, аки на сковороде адовой. Мочи нет!

— Так, может, позвать женщин-то?

— Сейчас уже поздно. Эти злыдни небось все наши разговоры прослушивают. Как прознают, так сразу налетят. Вороны! Будем ждать баб, а прибудут мужики с вилами. Нет, не впустим к себе Троянского коня.

Свят был осторожен и предусмотрителен.

— Что же делать? — забормотал Димитрий. — Не помогла, значит, банька?

— Только кровь разгорячила, — пожаловался Свят. — Еще немного, и на содомический грех пойду. Кто там у нас помоложе?

— Вот этого не следует делать. Братья не одобрят, — заметил Димитрий и хитро прищурил заблестевшие глаза. — Может, лучше, как пастух Анан, данную проблему попробуешь решить?

— Что? — словно медведь взревел Свят. — На что толкаешь, нечисть? Да я лучше в ад, прямиком! Пешком да босым, чем такое непотребство!

— Что ж, не хочешь как хочешь, — замахал руками брат Димитрий. — Придется уж тогда тебе потерпеть. А завтра утром я тебе таких телочек доставлю, пальчики оближешь.

— Дорога ложка к обеду, — проворчал Свят.

Однако делать было нечего. Приходилось терпеть. Остаток вечера он смотрел порнографические фильмы, которые возбудили его еще сильнее. Свят стал красным, словно самовар.

— Хоть бы эти изверги напали, что ли! — слезно воскликнул он в два часа ночи. Затем Свят заснул прямо на диване перед телевизором и во сне видел сладостные оргии. Десятки голых мужчин и женщин совокуплялись и наслаждались грехом, и он скинул с себя рясу и тоже остался голым. Только вот, когда он подбегал к приглянувшейся ему бабенке, та вдруг взбрыкивала, словно лошадь, и куда-то удирала, потрясая аппетитными ягодицами. Отчаявшись поймать женщину, Свят начал гоняться за мужиками, но и те оказались прыткими и неуловимыми. Силантий рыдал, молил, бился головой о пол, но все это не помогало. Оргия продолжалась без него. Часа в четыре он проснулся весь измученный и вспотевший. Посмотрел на красный телефон, который стоял на стеклянном столике рядом с иконой с изображением Сергия Радонежского, и решил во что бы то ни стало вызвать проституток.

Но телефон зазвонил сам. Свят вздрогнул и взял трубку.

— Алло? — заворковал в ухо приятный женский голосок. — Это Силантий Топорков?

В такую удачу он не мог поверить. Господь услышал его молитвы. Теперь главное, чтобы пришла эта красотка, а это обязательно красотка. Не может быть такой божественный голос у уродливой бабы. Впрочем, пусть будет какая угодно. Все равно он ее поимеет. Главное, не спугнуть.

— Да, это я, — ответил он, заерзав на диване от нетерпеливого желания. — Раб божий, крещенный Силантием. Иванов сын.

Дальше состоялся его разговор с Мариной Азаровой. Закончив его, довольный Силантий положил трубку и посмотрел на часы. Она сказала через час? Многовато. Ну да ладно.

Тут вбежал Димитрий.

— Есть! — закричал он.

— Что есть? Бабы? — с надеждой воскликнул Силантий. — Уже прибыли?

— Нет, не бабы. Наш человек сообщил, что Лаврентий прознал, что его картина у тебя, и поднял братву. Теперь они ломятся сюда. Скоро будут.

Апатия разом слетела со Свята, и он даже забыл про женщину, которая только что звонила.

— По коням! — закричал он. — Я же говорил, что кто-нибудь вылезет из норы. А мы его по мордам! По мордам! Где моя двустволка?

ЛАВРЕНТИЙ НАНОСИТ УДАР

Когда Лаврентий неожиданно решил напасть на Свята и приказал собираться, к нему подошел озадаченный Камаз.

— Слышь, Лаврентий, тут мне птицы насвистели, что Свята голыми руками не возьмешь.

— Что такое? — Лаврентий грозно посмотрел на Камаза, но тот, хоть и съежился, глаз не опустил. — Говори.

— Все они, и Багажник, и Казбек в оборонке окопались. А Свят крепче всех.

— Крепче всех? Как это крепче всех? Он что, крепость возвел вокруг своего монастыря?

— Можно сказать, и крепость, — хмыкнул Камаз. — Он вокруг своего особняка ров выкопал и вал навалил.

— Ров? — Лаврентий разинул рот от удивления.

— Ну да! Чтоб его оттуда достать, Суворов нужен.

— Да, — Лаврентий почесал затылок, — Свят есть Свят, никогда без оригинальности не обходился. Но зачем ему вал?

— Чтобы наши джипы его стены не прошибли. Так что танки бы нам не помогли.

— Да, тут танки действительно не помогут, — крепко задумался Лаврентий. — Что же делать? У тебя по этому поводу какие мысли?

— А тут и делать нечего, — махнул рукой Камаз. — Свята с суши не возьмешь. Теперь осталось только с вертолетом на них налететь, как я предлагал, и из пулеметов всех положить. Только где же его взять, вертолет-то?

— Камаз, ты гений! — воскликнул Лаврентий и хлопнул заместителя по плечу.

— Кто, я? А, ну да, конечно! Танки грязи не боятся.

— Вертолет херня! Мы на Свята с парашютами прыгнем с воздуха. У меня же кент есть. Он, правда, из лохов, но зато инструктор по парашютному спорту. В детстве когда-то дружили. Ты прыгал с парашютом?

— Нет, — растерялся Камаз, — не прыгал.

— Значит, прыгнешь!

Через полчаса вся банда Лаврентия, за исключением тех, кто остался охранять дом, со всем вооружением укатила вместе с боссом в неизвестном направлении. Охранники занялись привычным делом — то есть принялись бродить по территории и по дому. Правда сегодня они были особенно бдительны. Прошлая ночь их кое-чему научила.

Где-то в полночь на дороге мелькнули фары, и к КПП подкатила черная «Волга» последней модели с государственным номерным знаком. Ее сопровождали еще две «Волги». Открылись с двух сторон задние дверцы, и вышли двое представительных мужчин, в одинаковых серых костюмах, с квадратными подбородками. Затем вышел еще один гражданин точно в таком же костюме, но пониже ростом, с острым подбородком, аккуратной прической и умными проницательными глазами, серыми, со стальным отливом. Он смело подошел к насторожившимся охранникам. Двое последовали за ним.

— Полковник Федеральной службы безопасности Комиссаров, — представился он и тут же задал вопрос: — Гражданин Акимото Миягава здесь остановился?

— Кто? — непонимающе спросил начальник поста.

— Ты плохо расслышал? — удивился полковник Комиссаров, и стальные глаза его быстро оглядели непонятливого мужчину с головы до ног. — Хорошо, я поставлю вопрос иначе. Японец здесь?

Бандит сглотнул слюну и почувствовал, как по его спине забегали мурашки. Он хотел было соврать, но под взглядом стальных глаз не смог этого сделать и поэтому сразу сказал:

— Здесь он, гражданин полковник. Спит, язви его в душу.

— Спит? — удивился полковник Комиссаров. — Что значит спит? Отвечать!

— Наш пахан его напоил, вот он и спит. Вырубился, значит.

— Майор Полторанин, — обратился Комиссаров к одному из сопровождающих.

— Да, товарищ полковник? — тут же вытянулся тот.

— Приготовить все для приведения гражданина Миягавы в чувство, — велел Комиссаров. — А вы все следуйте за нами.

Полторанин бросился к машине, а полковник и еще десяток сотрудников, которые повыскакивали из других машин, прошли и повели всех охранников к дому.

К этому времени Лаврентий и его люди уже были на летном поле Черноборского аэроклуба. Здесь же стояла парашютная вышка. Они прибыли перед закатом. Солнце, прежде чем закатиться, затаилось, поглядывая на растерянных бандитов.

— Ну что, братки, — обратился к банде Лаврентий. — Пришла пора кое с кем поквитаться. Нас конкретно обидели. Если снесем обиду, об нас в Черноборске будут вытирать ноги.

— В натуре, — стали соглашаться братки. — Век воли не видать, если мы это паскудство стерпим. Кого мочить будем, Лавр?

— Свята, — ответил Лаврентий. — Только он, падла, как барсук, в своем монастыре долбаном окопался. Не возьмешь его без танков и артиллерии. Под землей тоже быстро не пройдешь, поэтому я решил взять его с воздуха. Устроим, так сказать, десант. А теперь я вас спрашиваю, кто прыгал с парашютом?

Братки в растерянности замолчали. Только Вентиль сделал шаг вперед и сказал:

— Ну я прыгал.

Камаз вытаращил на него глаза:

— Ты? Свистишь?

— Чего мне свистеть? Что я, зря два года в ВДВ отбарабанил? Это еще до того было, как я в пацаны подался.

— Значит, будем учиться, — спокойно сказал Лаврентий. — Время еще есть. А вот ваш инструктор. Его зовут Иван Иванович. Он, между прочим, еще и директор аэроклуба. Жаль, что я только сегодня про него вспомнил. Мужика не обижать.

К Лаврентию подошел директор аэроклуба. Это был пузатый и толстогубый коротышка с взъерошенными, словно щетка, волосами соломенного цвета. Казалось, будто его кто-то когда-то так сильно напугал, что волосы у него на голове встали дыбом и так и остались навсегда в стоячем положении.

— Здорово, Ваня. — Лаврентий пожал инструктору руку. — За сколько времени ты обучишь этих смелых парней обращаться с парашютом?

— А за сколько надо? — лениво спросил Иван Иванович.

— Утром на рассвете мы должны прыгнуть.

— Это, конечно, не мое дело, но зачем тебе это надо?

Лаврентий недовольно посмотрел на директора аэроклуба. Он не любил любопытных людей.

— У кореша моего день рождения, — нехотя сказал он. — Хочу ему сюрприз сделать.

— А, ну если сюрприз, то понятно!

— Плачу тысячу баксов тебе и тысячу баксов пилоту, который нас сбросит.

У Иван Ивановича от жадности забегали глаза.

— Так я тогда и за пилота тоже. Зачем нам лишние люди?

— Идет. Вентиль, он бывший десантник, назначается главным помощником тренера. С чего начнем, Ванюша?

— Половина идет на вышку с десантником, другая остается здесь со мной.

И началась тренировка, которая продолжалась целую ночь. К утру все кое-как уже умели обращаться с парашютом, знали теорию, совершили по пять прыжков с вышки, двое, правда, переломали ноги, это были Академик и Бубен. Академик даже умудрился разбить очки. Пришлось вызвать «неотложку». Обоих увезли в больницу «Скорой помощи».

— А там, в небе, — глядя вслед уезжающей и мигающей сигнальными огнями машине, сказал Иван Иванович, — вы не ноги себе переломаете, а долбанетесь так, что никакая мама вас уже не соберет. Знаете, чем презерватив отличается от парашюта?

— Чем? — угрюмо спросил Перец.

— А тем, что если презерватив порвется, то одним говнюком на свете станет больше, а если парашют, то одним говнюком меньше. Так что не окажитесь этим говнюком.

Братки весело заржали, хотя лица у всех были бледные и испуганные. Не всем братанам понравилась идея Лаврентия штурмовать крепость Свята с воздуха.

В три часа утра, когда небо посветлело, Вася объявил Лаврентию, что «Ан-2» на поле, можно запускать двигатели и начинать операцию.

— Начинаем! — дал команду Лаврентий.

И банда стала грузиться в самолет. Вентиль, словно самый строгий и придирчивый прапорщик, проверял готовность каждого. Правильно ли надет парашют, не мешает ли оружие, все ли пристегнуто. Он кричал, ругался. Особенно на Камаза. Тот пробовал огрызнуться, но Вентиль тут же стал кричать Лаврентию:

— Командир, а Камаз не слушается!

— Дай ему по зубам! — тут же посоветовал Лаврентий. — Ты же командуешь.

— Понял, да? — радостно осклабился Вентиль. — По зубам захотел?

— Ну ты у меня получишь, когда на землю сойдем, — прошипел Камаз.

Вентиль заржал:

— А ты сначала до земли долети. А там посмотрим. Не каждый до земли долетает.

Умел бывший десантник успокоить людей.

Мрачные и понурые бандиты один за другим проходили по трапу в самолет и занимали места на длинных, укрепленных по бокам лавках. Мест

всем не хватало, и больше половины расселось
прямо на полу. Кое-кто откровенно начал завидовать Академику и Бубену, которые сломали ноги и
укатили себе на «Скорой помощи» в больницу.

Последним в салон самолета прошел сам Лаврентий. Грозным взглядом главарь окинул всю
свою шайку и молча сел на самое дальнее место у
кабины. Это значило, что он будет прыгать последним.

Загремел двигатель, стены и пол самолета за-
дрожали. Где-то что-то зазвенело. С пожарного
щита свалился топор. Бледные лица людей стали
еще белее.

— Взлетаем! — радостно закричал Вентиль.

Самолет вздрогнул, качнулся с боку на бок и
покатил по летному полю. Грохот стоял такой, что
не слышно было, что говорит рядом сидящий.
Впрочем, кажется, никто разговаривать не собирался. Грозные воители Лаврентия сидели задум-
чивые и сосредоточенные. Самолет шатнуло, и все
с ругательствами повалились друг на друга. Это
Иван Иванович вывел самолет на взлетную поло-
су. «Кукурузник» начал набирать скорость. Лицо
Вентиля стало счастливым, как у ребенка. У остальных физиономии были скорбные и полные
ужаса.

Еще раз тряхнуло, и люди, сидевшие на ска-
мьях, попадали на тех, кто сидел на полу. Самолет
оторвался от земли и взмыл в воздух. Впрочем,
слово «взмыл» тут несколько не подходит. Лучше
сказать — с трудом оторвался от земли. В иллюми-
наторах можно было увидеть, как остается внизу
белесая предрассветная земля. Однако никто в ил-
люминаторы не смотрел. Всем было не до оставшихся внизу красот. Сразу же началась сильная
болтанка. И чем выше поднимался «кукурузник»,

тем сильнее становилась болтанка. Видимо, Иван Иванович был не очень хорошим пилотом, потому что самолет чуть не кувыркался в воздухе. Во всяком случае, он летел, как подбитая камнем птица.

Бледные лица братвы начали зеленеть. Лаврентий почувствовал, как к горлу у него подкатывает ком, а где-то в районе живота что-то неприятно засосало.

Первым вырвало Перца. Его всегда красное лицо в этот раз цветом напоминало баклажан. Он держался недолго. Сначала выпучил испуганные и полные невыносимой муки глаза, потом надул щеки, усы у него при этом встопорщились. Затем он издал неприятный булькающий звук и облил зеленоватой жижей сидевшего рядом с ним Камаза. В салоне сразу же распространился неприятный кисловато-сладкий запах.

— Ты что делаешь, гад? — закричал Камаз.

Бандит, сидевший напротив Камаза, увидел, что произошло, и его тоже стошнило. И тоже на Камаза. От омерзения того тоже начало рвать.

Это словно послужило для остальных командой. Все начали блевать и испускать при этом истошные вопли. А самолет мотало из стороны в сторону, вверх и вниз, что, естественно, не лучшим образом сказывалось на состоянии пассажиров. Не прошло и пяти минут, как все вокруг было облевано, и банда Лаврентия представляла собой самое жалкое зрелище.

— Что, салаги! — вовсю веселился Вентиль, которому все было нипочем. — Это вам не хрен собачий! Тут мужиком надо быть. Ничего, я вот посмотрю, что с вами будет, когда придет пора для прыжка.

И тут, словно в ответ на его слова, загудел ди-

намик, висевший над дверью пилотской кабины.
Вентиль завопил:

— Всем встать, приготовиться!

Несчастные с великим трудом выполнили команду. Стоять было трудно. Ноги скользили по заблеванному полу. В глазах у всех стоял самый настоящий ужас.

— Повторяю! — закричал Вентиль. — Стрелять в святовских фраеров начинайте прямо в воздухе, пока они у вас на прицеле. Метров за тридцать до земли бросайте гранату.

Он открыл дверь, и в салон ворвался холодный бешеный ветер.

— Первый, пошел! — закричал Вентиль.

И так как первый замешкался, Вентиль схватил его одной рукой за шиворот, другой за парашют, силой приволок к двери и выкинул наружу. То же самое с криком «Второй, пошел!» он проделал и со следующим. Увидев, что прыжка им не миновать, третий прыгнул сам, четвертый тоже, пятому пришлось помочь. Шестой, это был Бобер, шарахнулся назад и закричал:

— Нет, ни за что!

— Ты что, падла! — закричал Вентиль. — Убью!

— Ни за что! Лучше убей! — Бобер начал истерику.

Лаврентий понял, что сейчас все может сорваться из-за этого дебила. Он быстро расстегнул пряжки и стащил с себя парашют, затем с перекошенным лицом сорвался со своего места и, выхватив на бегу пистолет и скользя по заблеванному полу, подбежал к Бобру с криком:

— Ты меня уже с картиной кинул! Еще раз решил? Не позволю!

Всадил в него сразу три пули. Бобер охнул и

повалился на пол. Вентиль тут же оттащил его в сторону.

— Кто еще сфилонить решил? — визгливым голосом закричал Лаврентий. От ярости его всего трясло, и он тыкал дулом пистолета то в одного, то в другого. — Быстро все вниз!

После этого все стали прыгать послушно, словно мальчуганы пионеры. Испуганные лица так и замелькали у Лаврентия перед глазами.

Салон враз опустел. Остались только Вентиль, Камаз, Перец и сам Лаврентий.

— Теперь ты, братан! — противно ухмыляясь, крикнул Вентиль Камазу.

— Лавр, может, не надо? — взмолился тот. — Пусть Перец первым прыгнет.

Вместо ответа Лаврентий выстрелил в заместителя, но в это время самолет опять тряхнуло, и он промахнулся. Затем «кукурузник» бухнулся в воздушную яму, и Лаврентий выронил пистолет. Тот упал и тут же укатился прямо в открытую дверь.

— Да я тебя своими руками задушу! — кинулся на Камаза Лаврентий, и тот в панике выскочил из самолета.

Из рядовых остался только Перец. Жалкий, замызганный, вонючий, он и на человека-то не был похож. Когда он подошел к двери и глянул вниз, то тут же упал на спину, невероятно быстро повернулся на живот и пополз обратно.

— Куда? — закричали хором Лаврентий и Вентиль.

Они поймали его, схватили, Перец боролся отчаянно. Он вопил, кусался и царапался. Наградив его тумаками, озверевшие Вентиль и Лавр схватили его за руки, за ноги и выкинули из самолета. Оба невероятно запыхались.

Лаврентий с удовлетворением посмотрел вниз

и увидел под ногами сначала утопающий в зелени особняк Свята, затем распустившиеся разноцветные бутоны парашютов. Сквозь шум двигателя можно было расслышать треск автоматных очередей и буханье ружей.

— Все, — выдохнул он. — Теперь моя очередь! И кинулся вниз.

Вентиль посмотрел ему вслед и вдруг по-бабьи всплеснул руками и схватился за голову.

— Лавр! — истошно закричал он. — Ты же, блин, парашют забыл!

Но было уже поздно. До него лишь донесся пронзительный и долгий крик.

В ОГНЕ И В ДЫМУ

Ехавшие в «девятке» компаньоны открыли от изумления рты, когда увидели, как кружащийся над святовским особняком «кукурузник» начал выбрасывать парашютистов.

Первой опомнилась Марина.

— Гони! — закричала она. — Гони, Ник! Я уверена, они тоже за картиной. Мы должны их опередить.

Они были уже совсем рядом с особняком. Им оставалось каких-то метров сто. Ник надавил на газ, и несчастная «девятка» помчалась в свой последний путь.

Защитники особняка явно были растеряны. Они стояли и смотрели на парящие в небе парашюты. Но тут на середину двора выскочил Силантий.

— Чего вы смотрите? — закричал он. — Стреляйте! Стреляйте, черт вас побери!

И он первым выстрелил в небо.

Братья опомнились и тоже стали стрелять в

парашютистов. И напрасно. Те были еще слишком высоко, и все пули летели в «молоко». Но и бандиты Лаврентия, тоже, в свою очередь, напуганные выстрелами снизу, открыли беспорядочную стрельбу. А некоторые еще стали метать гранаты. Грохоту было в избытке.

Так как почти все братья Свята пялились и стреляли в небо, то несущуюся к особняку «девятку» не сразу заметили. Но все же один из пулеметчиков обнаружил ее и закричал:

— Свят! К нам кто-то едет! Кажется, машина. Развалюха! Что с ней делать?

— Отправь ее в ад! — закричал Свят, перезаряжая ружье.

— Ладно! Эй там, на воротах, приготовьтесь!

Пулеметчик направил свое орудие в сторону автомобиля и нажал гашетку.

— Что они делают? — закричала Марина, когда земля перед ними вдруг вздыбилась песчаными фонтанами. К счастью, ни одна из пуль в машину не попала.

Ник резко повернул вправо.

Вера высунулась из окна и стала стрелять по пулемету.

— Быстрее к воротам! — закричала Марина.

— Ворота закрыты! — закричал в ответ Петр. — Закрыты.

Тут сверху рядом с воротами упала граната. Раздался оглушительный взрыв.

— Уже открыты, — прокомментировал сей факт Ник. Он направил машину к воротам.

Пулеметчик продолжал поливать землю свинцом. Стрелком он был никудышным. Пулемет его плохо слушался. Такой же стрелок был и на противоположной вышке. Он тоже стрелял, только не по «девятке», а по парашютистам, и так увлекся этим делом, что не заметил, как во время одного из поворотов снес очередью соседнюю вышку. Как раз ту самую, из которой стреляли по «девятке».

Увидев, что по ним не стреляют, Ник вывел машину на открытое пространство и преодолел последние двадцать метров, отделявшие их от ворот. Через пять секунд они въехали во двор и оказались в самом эпицентре огня.

Парашютисты были совсем низко и стреляли по двору уже более прицельно. Свят и его братья не выдержали такого напора и побежали спасать свои шкуры. Кто куда. Они быстро скрылись, кто в доме, кто в подвале. Тут как раз во двор на полной скорости и въехала «девятка» с торчащим, как пушка, бампером. Тогда лаврентиевские молодчики стали стрелять по ней. Заодно швыряли и гранаты.

«Девятка» носилась по двору кругами, земля вокруг нее взрывалась, стучали пули. Все это продолжалось несколько секунд. В центре двора стоял каменный столб с державшим крест ангелом. В этот столб врезалась «девятка» и из нее повыскакивали Марина Азарова и Николай Караваев, Вера Грач и Петр Ручкин. То, что никто из них не пострадал во всей этой заварухе, можно было приписать не иначе как чуду. Возможно, их уберег ангел с крестом.

Их может, и уберег, а сам от удара сорвался со столба и с высоты трех метров упал на багажник «девятки», пробив его насквозь. Увидев это, Ник закрыл руками лицо и застыл на месте.

— Что с тобой? Ты ранен? — Марина бросилась к нему.

Вера и Петр бросились к Марине.

Двор наполнился бандитами. Около десятка их все же приземлились внутри, остальные промахнулись и свалились за стенами особняка. Но эти

знали свое дело, они окружили отважную четверку
и, путаясь в шелковых парашютных стропах, при-
близились к ним вплотную.

— Руки! — закричал один из бандитов. — Руки!
— Что, руки? — спросила Вера.
— Вверх!

Пришлось подчиниться. Стрельба сразу пре-
кратилась.

— Где Свят? — закричал бандит.

Все четверо пожали плечами.

Тут что-то просвистело в воздухе, тяжелое и
большое мелькнуло у всех перед глазами и со страш-
ным грохотом упало на крышу «девятки». Кабина
тут же пропала из виду. Словно ее и не было.

Не сразу присутствующие поняли, что масса,
лежащая в развалинах машины, является челове-
ческим телом. Событие так всех ошеломило, что
надолго возникла тишина. Вдруг один из бандитов
толкнул главаря в бок и прошептал:

— Эй, Камаз, иди глянь, что это такое?

Камаз осторожно, словно чего-то опасаясь, подошел к трупу. Вдруг его лицо исказилось грима-
сой отвращения и удивления.

— Е мое! — протянул он. — Да ведь это же Лаврентий.

— Ты чего пургу гонишь?
— Гадом буду!

Бандиты по одному стали подходить к Камазу
и вглядываться в труп. Послышались возгласы:

— В натуре, Лаврентий!
— Мать моя, женщина!
— Лавр. А чего это он?
— Во пахан дает! Он же без парашюта прыгнул!
— Точно, нет у него парашюта!
— Что делать-то теперь? Дальше воевать?
— Это кто тут собрался воевать? — раздался на-

смешливый окающий бас. — Вы, что ли, пацаны неразумные? Прости меня, Матерь Божья.

Все оглянулись и только тут увидели, что окружены со всех сторон мужичками в сутанах и с двустволками.

— Руки вверх, оружие вниз! — скомандовал Свят.

Никто сопротивляться и не думал. После смерти Лаврентия это не имело смысла. Камаз первый бросил автомат и поднял руки, за ним последовали остальные. Братья согнали всех в кучу и повели в подвал. А Свят внимательно посмотрел на четверку, которая к бандитам явно никакого отношения не имела. Увидев среди них двух женщин, он сразу заулыбался, приосанился и направил свои стопы к ним.

— Ага, — воскликнул он, подходя к ним, — вы те самые, которые ко мне с деловым предложением? Здравствуй, Багажник.

— Здорово, Силантий! — буркнул Петр.

— Значит, все же привезли тебя? Не соврали.

— Получается так.

— Однако милостив ко мне в это утро господь, — довольно произнес Свят. — И тебя прислал, и Лаврентия Павловича. — Свят кивнул на то, что осталось от «девятки» и усмехнулся. — Правда, не в лучшем виде, но тут уж недовольным быть не след. Неисповедимы пути господни.

И тут во двор опустился последний парашютист. Лицо у него было испуганное, глаза крепко зажмурены. В руках он держал автомат, из которого тут же и дал очередь. Пули застучали у Свята и четверых друзей над головами. Вера едва успела упасть на землю и повалить остальных. Братья Свята тоже попадали на землю, словно мешки. Однако парашютист стрелял недолго, на него тут же опустился парашют и накрыл его, словно простыней. От ужаса бандит уронил автомат, заверещал и закрутился на месте, пытаясь сбросить с себя парашют. Однако освободиться ему никак не удавалось, он запутывался еще больше и походил на живой тюк с непонятно чем. Вдруг из этого тюка вылезла рука с гранатой. Рука размахнулась и бросила гранату. После чего незадачливый парашютист свалился и задрыгал ножками.

А граната перекрутилась в воздухе и прямиком упала на заднюю часть «девятки». Через секунду раздался чудовищный взрыв.

Когда Ник поднял голову, он увидел свою любимицу, объятую пламенем. Он застонал, и на лице у него отразилась величайшая мука.

— Взять голубчика! — закричал Свят, указывая на замерший тюк.

Два святых брата поднялись на ноги, подбежали к тюку, взвалили его на плечи и понесли в подвал, куда уже увели всех пленников. Тюк не дергался, но крики издавал:

— Русские не сдаются! Я отомщу! Не будь я Перец! В натуре, блин!

— Кажись, все, — сказал Свят, когда Перца унесли. Он внимательно оглядел небо. Оно было чистым. Лишь вдалеке помахивал, как на прощание, крыльями улетающий «кукурузник». — Поднимайтесь, дети мои. Теперь вы под моей защитой.

Марина, Вера, Ник и Петр медленно поднялись на ноги и воззрились на пылающую машину.

— И объял пламень душу грешную! — торжественно объявил Свят, крестя страшный костер. — Душу грешную, не раскаявшуюся. Пусть земля тебе будет пухом, Лаврентий Павлович. Аминь!

К машине уже спешили еще трое братьев с огнетушителями в руках. Однако она горела так сильно, что их усилия оказались тщетными.

Свят подошел к четверке, окинул всех взглядом, надолго остановившись на Вере и Марине, и спросил:

— Кто из вас мне звонил час назад?

Азарова сделала шаг вперед и смело ответила:

— Ну я.

— Красавица, да к тому же храбрая, как погляжу, — довольно заметил Свят. — Ну что ж, проходите в дом, гости дорогие. Разговоры на улице не ведутся.

МАДОННА ВМЕСТО ОДУВАНЧИКОВ

Приглашение, исходившее от Свята, было больше похоже на приказ, потому что около каждого из четверых тут же встало по брату. Лица у них были грозными и в то же время благостными.

— За мной, — сказал Свят и широким шагом направился к дому.

— Что будем делать? — тихо спросила Вера.

— Пока ничего, — ответила Марина. — Вроде бы все идет по плану.

— По какому плану? — усмехнулся Петр.

— По моему, — спокойно ответила Марина.

Уже у дверей дома Свят остановился и обернулся.

— Ты пойдешь за мной, — ткнул он в Марину пальцем, — остальные пока могут отдохнуть.

Братья тут же отделили Марину от Веры, Ника и Петра.

— Эй, что-то мне это не нравится, — воскликнула Вера, видя, как уводят напарницу.

— Расслабься, Вера, — с деланым весельем хмыкнула Марина, однако на лице у нее все же отразилось легкое беспокойство.

— Ты не бойся, — Свят взял ее словно ребенка за руку и повел за собой. — Ты же когда по телефону разговаривала, смелая была. Я люблю смелых женщин. Очень люблю. Вот сюда.

Он привел ее в роскошный зал, в центре которого находился большой телевизор и другая аппаратура. Напротив телевизора стоял диван просто гигантских размеров. Но главной особенностью помещения было то, что все стены в нем были украшены фотографиями и плакатами, на которых красовались обнаженные и полуобнаженные женщины. Правда, кроме них, здесь еще, прямо у телевизора, висела репродукция, на которой была изображена Мадонна, кормящая младенца Иисуса. Она с нежностью склонилась над сыном и ничего ее больше не интересовало в этой жизни. Зато красотки встретили Марину лучезарными улыбками. Марина посмотрела на них, потом встретила полный нетерпения и томления масленый взгляд Свята, заметила его слюнявые губы, поднимающуюся и опускающуюся могучую грудь и все поняла.

— Что ты хочешь? — спросила она, отступив на один шаг.

— Любить тебя! — улыбнулся Свят и вдруг завопил: — О божественная!

— Ну нет, мы так не договаривались! — воскликнула Марина, отступая от Силантия. — Я за картиной пришла, а не в постельке резвиться. Говори, где картина!

— Какая картина?

— А такая! Которую вы у Багажника забрали.

— Да вот же она! — обиженно воскликнул Свят. — Поцелуй меня, и она твоя!

— Где она? — Марина начала злиться.

— Да вот! — Свят указал на Мадонну. — Богоматерь. Пречистая Дева Мария.

— Вы что, издеваетесь? На той картине, которая мне нужна, должны быть одуванчики.

— Одуванчики? У меня одуванчиков нет. — В глазах у Свята мелькнула растерянность. — Зачем мне одуванчики? Я что, кролик, что ли?

— Не знаю, кто ты, кролик или еще кто. Только ты меня обманываешь и пытаешься всучить другую картину!

— Ничего подобного! Эту картину я у Багажника сам лично взял. Ее тебе и отдаю.

— Не верю! — отрезала Марина.

— Напрасно. Вера, она завсегда с человеком должна быть.

Больше Свят разговаривать не стал. Он вдруг неожиданно подскочил к Марине, схватил ее за обе руки и привлек к себе:

— Хватит искушать! Отдайся, прекрасная девственница!

После этих слов Свят попытался поцеловать Азарову, но та выкрутилась из его объятий и закричала:

— Какая я тебе девственница! Ах ты, мурло бородатое!

Она подпрыгнула и с диким криком нанесла Святу ногой прямой удар в грудь, после чего свалилась на пол. Свят же как стоял, так и остался стоять. Удар Марины даже не сдвинул его с места. Он только охнул и засмеялся. Азарова опять резво вскочила и стала молотить его кулаками, как молотят в спортзале боксерскую грушу.

— Вот тебе! — кричала она. — Вот тебе!

Свят кряхтел, сопел, а когда Марина, вконец уставшая и запыхавшаяся, вцепилась ему в бороду, рассмеялся:

— Да что же ты, сердешная, так серчаешь! Только кровь мне еще более разгорячила. Да я же тебя сейчас облагодетельствую! Все грехи тебе сразу отпустятся. Отдайся только святому человеку. Прости меня, господи!

С этими словами он через голову стащил с себя рясу и остался в одних подштанниках, сбросил с ног ботинки и бросился на оторопевшую от этого зрелища Марину. Та попыталась бежать, но Свят, несмотря на свои крупные габариты, оказался стремителен, как гепард. Он через две секунды поймал Марину, поднял ее и понес к дивану. Она задрыгала руками и ногами, но все было бесполезно. Вырваться из этих железных объятий оказалось невозможно. А когда Свят повалил ее на диван и стал стаскивать с нее одежду, она пронзительно закричала:

— Караул! На помощь! Мама-а-а-а!

Свят заткнул ей рот слюнявым поцелуем. Марина почувствовала мерзкий запах, идущий от насильника, и все поплыло у нее перед глазами. Силы стали стремительно покидать ее...

Веру, Багажника и Ника святые братья завели в какую-то комнату, уставленную иконами и пропахшую свечным воском и ладаном.

— Вы пока здесь подождите, — смиренным монашеским голосом сказал брат с козлиной бородкой.

— Что значит «подождите»? — возмутилась Вера. — А как же наша подруга?

Братья ничего не сказали и по одному вышли из комнаты. Тот, который выходил последним, а это был как раз смиренный брат с козлиной бородкой, вдруг ухмыльнулся и подмигнул Вере. Это заметил Петр. Он резко бросился вперед и, когда бандит уже закрывал дверь, схватил его за шиворот и за руку и приволок обратно в комнату. Брат попытался вырваться, но ничего не получилось.

Багажник так скрутил ему запястье, что тот заскулил. Братья, оставшиеся снаружи, попытались прийти на помощь, но Багажник спиной закрыл за собой дверь и локтем поднял ручку автозамка. Все это он проделал невероятно быстро. В дверь забарабанили.

— Ты чего, гад, ухмыляешься? — строго спросил Багажник плененного.

— Ничего, — жалобно ответил тот. — Тебе показалось.

Багажник вывернул ему запястье так, что бандит согнулся вдвое и, подметая бородкой пол, заверещал:

— Ой, больно! Больно! Отпусти!

— Отпущу, как только ты скажешь, чему ты так ухмылялся и почему подмигивал моей девушке?

Говоря эти слова, Багажник ловко обыскал бандита и вытащил у него из-за пазухи обрез. Приставил его к голове пленника.

— Ну что, падла, шкерить будешь или базарить начнешь?

— Тебя мои братья на куски порвут, если ты со мной что-то сделаешь! — стал угрожать бандит, но Багажник снова так заломил ему руку, что тот опять заверещал. — Ой больно!

— Ты на что намекал? Что нашу подругу решили трахнуть? Свят решил трахнуть? Говори!

— Да! — не выдержав боли, закричал бандит. — Он всех баб трахает! А, га-а-а-д!

Петр отпустил бандита, и тот повалился на пол. Ник и Вера посмотрели друг на друга, потом оба уставились на Багажника. Тот был бледен.

И тут до них донесся далекий еле слышимый крик.

— Это Марина! — воскликнула Вера.

Недолго думая, она подбежала к двери, нажала

на ручку и резким движением распахнула ее. Бандиты, которые ломились снаружи, горохом посыпались внутрь. Попадав друг на друга, они образовали кричащую кучу малу. Вера ловко перепрыгнула через эту кучу и побежала по коридору. По дороге ей попались еще два бандита. С наглыми ухмыляющимися лицами они преградили ей дорогу. Оружия в руках у них не было. Они не предполагали, что с Верой Грач без оружия может связаться только человек, подобный Брюсу Ли или Арнольду Шварценеггеру. Пройдя сквозь них, как нож сквозь масло, она сделала какое-то неуловимое движение, и святые братья громко стукнулись головами и, отлетев друг от друга, попадали на пол, словно кегли в боулинге.

Петр и Ник бросились за Верой. Но перепрыгнуть через братьев им не удалось. Бандиты уже опомнились и, схватив обоих за ноги, повалили на пол. Началась свалка. Петр треснул рукояткой обреза кого-то по челюсти, кого-то по ребрам, затем откатился в сторону и выстрелил в потолок, где висела люстра. Люстра рухнула прямо на бандитов и обсыпала их брызгами хрусталя.

За это время Вера прибежала к выходу дома, затем свернула в коридор, куда Свят увел Марину. Больше никаких криков она не слышала, и это затрудняло дело. Перед ней было три двери. За которой из них кричала Марина?

Вера Грач выбрала самую красивую двойную дверь с матовыми стеклами и ворвалась в комнату. Видимо, бог в этот день был на ее стороне, потому что она сразу увидела и Марину, поверженную на диван, и Свята, стаскивающего с нее одежду. Он уже добрался до трусиков и, вожделенно вздыхая и облизываясь, готовился стащить их, когда с диким яростным криком Вера подбежала к нему и схватила святого отца за уши.

Грач была опытным бойцом и сразу поняла, что с человеком такого богатырского телосложения, каким обладал Свят, ничего не сделаешь при помощи ударов или заломов. Здесь можно победить, только воздействуя на болевые точки и нервные окончания.

Свят дико закричал от боли и мигом забыл про Марину. Вера подняла его с дивана и заставила отойти в сторону. После чего она с ненавистью глянула ему в глаза. Затем Вера оглянулась на истерзанную и несчастную Марину и не выдержала. Ее сильное острое колено метко вошло Святу между ног. Тот открыл рот, выпучил глаза. От страшной боли он даже не мог кричать. Просто согнулся вдвое и, схватившись обеими руками за пострадавшее место, повалился на пол. Вера за уши его больше не держала. Она подбежала к Марине и стала приводить ее в чувство.

— Марина, Мариночка! — звала она ее. — С тобой все в порядке? Что он с тобой сделал?

Веки Марины вздрогнули, и через несколько секунд она открыла затуманенные глаза. Не сразу в них появился смысл. Наконец она узнала Веру, и ее губы растянулись в улыбке.

— Ты?

— Да, я.

— Что со мной?

— С тобой все в порядке.

— Он меня трахнул?

Вера улыбнулась:

— Не успел. Что-то у него не заладилось с «инструментом».

Вера подобрала футболку, спортивные штаны

и куртку Азаровой и стала ее одевать. Марина всхлипывала и послушно отдалась подруге.

Свят катался по полу, переворачиваясь с боку на бок, как выброшенная на берег рыба. Кричать он все еще не мог.

А дом тем временем наполнился шумом и криками. Несколько раз прозвучали тяжелые ружейные выстрелы. Марина уже была одета, когда к ним ввалились Петр и Николай. Оба были вооружены. Ник тут же бросился к Азаровой. От волнения он не мог ничего сказать. Зато красноречивыми были его глаза.

«С тобой все в порядке?» — казалось, кричали они.

— Все ништяк! — Марина уже почти полностью пришла в себя. Она улыбнулась Нику и все еще слабой рукой похлопала его по плечу. Ник счастливо улыбнулся и облегченно вздохнул. Затем он повернулся и глянул на Свята, затем на Веру.

«Это его так Вера?» — опять только взглядом спросил Ник.

— Да, это Вера, — ответила Марина.

Азарову не так-то легко было сломить. Она оправила на себе одежду и сказала:

— Дела хуже некуда. Этот гад, — она кивнула на Свята, — спрятал картину и не хочет ее возвращать.

— Почему спрятал? — удивился Петр Ручкин и подошел к Мадонне. — Вот же она.

Марина открыла рот.

Вера и Ник ничего пока не поняли.

— Повтори, что ты сказал, — потребовала Марина.

— Вот она, та самая картина, которая была у Тихого, когда мои парни его повязали, — объяснил Ручкин.

— Ты уверен?

— Абсолютно!

Марина села на диван. Лицо ее было мрачнее тучи.

— А где же тогда Дейнека? — спросила Вера.

— Какой Дейнека? — удивился Петр. — Александр?

— Ну да. Мы же Дейнеку ищем, который стоит сто тысяч долларов.

Багажник еще раз внимательно оглядел Мадонну.

— Нет, это не Дейнека. Точно говорю. Это дилетантская мазня. Гибрид между православной иконой и Леонардо да Винчи. Такой на рынке в хороший день красная цена пятьсот деревянных. И то, если рама будет крутая. Да я вам сколько раз об этом говорил!

— Говорил, — пробормотала Марина, внимательно глядя на злосчастную картину. — Говорил, только мы тебя невнимательно слушали. Где-то я ее видела. Вот только не помню где.

— А может, это все же наша картина, — сделала предположение Вера. — Может, ее закрасили?

— А что? — обрадовалась Марина. — Это мысль! Контрабандисты ведь всегда так делают. Берут картину, малюют на ней ерунду всякую, потом вывозят за границу, смывают с нее свежую краску и продают за бешеные деньги.

Она подбежала к Мадонне, наслюнявила палец и стала тереть.

— Зря стараешься, — подошел к ней Петр. — Нет там ничего. Это я тебе как несостоявшийся художник говорю.

Но Марина продолжала упрямо тереть Мадонну, лица у Девы Марии и младенца Иисуса расплылись, превратились в разноцветные пятна, но никаких одуванчиков под ним не обнаружилось.

— Полный облом! — сказала Марина.

И тут раздался крик. Даже не крик. Вопль дикого зверя. Такой высокий, что заложило уши. Друзья обернулись и увидели, что это кричит Свят. У него наконец-то прорезался голос.

Шатаясь, с перекошенным от боли лицом, он стоял на ногах и кричал. Глаза у Свята были красные, борода встала колом. Одна его рука держалась за мужское хозяйство, в другая сжимала здоровенный, отливающий зловещим светом «магнум» сорок пятого калибра. «Магнум» был нацелен на Веру.

Зловещее зрелище, от которого все оцепенели.

— Ведьма-а-а-а!!! — визгливым бабьим голосом прокричал Силантий Топорков и нажал на курок.

Петр Ручкин успел сделать шаг вперед и закрыть собой Веру. Пуля ударила его в грудь и отбросила Петра на Веру. Они оба повалились на пол и при этом еще опрокинули диван.

— Петр! — закричала Вера, чувствуя, как разрывается ее сердце.

После выстрела Свят уронил пистолет, упал на колени и опять завизжал. Видимо, отдача выстрела причинила ему новый приступ боли.

В двери ворвались святые братья. Человек десять. Все с ружьями наперевес. Увидев происходящее, они тоже все замерли.

— Чего стоите, бараны! — по-бабьи завизжал Свят. — Мочите их всех! Мочите-е-е-е!!!

Братья подняли ружья и взвели курки. Марина и Ник прижались друг к другу и в ожидании смерти закрыли глаза.

ПОЛКОВНИК КОМИССАРОВ СЛУШАЕТ
И РАССКАЗЫВАЕТ

Выстрелы не прозвучали, вместо них в помещении раздался громкий суровый голос:

— Отставить! Никто никого мочить не будет. Я полковник Комиссаров — Федеральная служба безопасности. Именем Российской Федерации вы все арестованы. Кто окажет сопротивление, будет уничтожен на месте.

Марина и Ник открыли глаза и увидели, что перед ними стоит солидный представительный мужчина невысокого роста, в сером костюме. Его стальные глаза внимательно глядели прямо на них. Рядом с ним стояли еще двое мужчин высокого роста с квадратными подбородками и в серых костюмах. Кроме них, вся комната была заполнена людьми в камуфляже, масках и с автоматами в руках. Они быстро надевали наручники на всех братьев и по одному выводили их из комнаты. Делали все быстро и сноровисто.

За диваном Вера осторожно сняла с себя Петра и положила его на пол. Вся грудь Ручкина была залита кровью. Вера приложила к его груди ухо и громко воскликнула:

— Он жив! Он дышит! Срочно «Скорую»!

Комиссаров быстро зашел за диван, глянул на Ручкина и распорядился:

— Носилки. Срочно!

Петр застонал и открыл глаза. Увидел побелевшее от горя лицо Веры и прошептал:

— Любовь моя!

После чего потерял сознание. Вера закрыла лицо руками и тихо заплакала. Громко плакать она не умела.

Через полминуты пришли люди с носилками и

унесли Петра. Вера хотела было последовать за ним, но Комиссаров преградил ей дорогу.

— А вас я попрошу остаться, — сказал он, немного помолчал и сочувственно добавил: — Вы ему все равно ничем не поможете.

— Я провожу его до машины и вернусь, — твердым голосом ответила Вера. Ее глаза грозно сверкнули. — Или вы мне не верите, товарищ полковник?

Комиссаров вгляделся в Верины глаза, после чего молча дал ей пройти. Вера догнала носилки и взяла Петра за руку.

Увели и Свята. Он все еще был в полусогнутом положении, стонал и подвывал. Вся борода его была в слюнях и соплях.

В комнате остались только Марина и Ник, а также полковник Комиссаров и двое его сподручных.

— Прошу садиться, — усталым голосом произнес Комиссаров.

Марина и Ник сели на диван. Комиссаров взял стул и сел против них.

— Кто такие? — поинтересовался он.

Ник тут же достал из нагрудного кармана рубашки свои и Маринины документы, среди которых было и разрешение на частную сыскную деятельность, а также на ношение огнестрельного оружия, и молча протянул их полковнику.

— Частные сыщики, значит? — хмыкнул тот. — Понятно. И что же вы тут делаете?

— Ищем картину художника Дейнеки, — немного помолчав, ответила Марина. — А что?

Полковник явно был удивлен. Он потрогал свой острый подбородок, о чем-то ненадолго задумался, затем вдруг спросил:

— На кого вы работаете?

— На тетю Катю, — спокойно ответила Марина.

Комиссаров опять сильно удивился.

— Что? На какую такую тетю Катю? Она что, тоже из местных уголовных авторитетов? — спросил он, оглядываясь на подчиненных. Оба лишь недоуменно пожали плечами.

— Нет, тетя Катя, это просто гражданка Поцелуева Екатерина Дмитриевна, которая наняла нас для поиска украденной у нее ценной картины.

— Так, так, так! — Полковник опять затеребил подбородок. — Кажется, я начинаю кое-что понимать. Давайте рассказывайте все подробно. Это в ваших интересах.

Тут как раз вернулась Вера, прошла к дивану и села рядом с Мариной. Но видно было, что мыслями она там, рядом с Петей Ручкиным.

— В конце концов, мы ничего противозаконного не сделали, — вздохнула Марина и начала рассказывать. Все с самого начала, как в пятницу к ней пришла Вера Грач и они стали компаньонами, затем явилась тетя Катя, и они начали искать картину.

Комиссаров слушал очень внимательно. Его стальные глаза изучающе оглядывали всех троих. Ни разу на протяжении всего рассказа, а он оказался длинным, он не перебил Азарову, и Марина благополучно добралась до финала, когда они очутились у пустого корыта. То есть нашли совсем не то, что искали.

— Так, так, так! — воскликнул полковник. — Так, так, так!

Он вдруг встал и нервно заходил по залу. Затем остановился и внимательно осмотрел изуродованную Мадонну с младенцем.

— Значит, вы утверждаете, что это не та картина, которую вы разыскивали? — спросил он, снова садясь на стул.

— Да, утверждаем, — согласилась Марина. — Мы ищем одуванчики.

— Одуванчики, — глубокомысленно произнес Комиссаров. — Выходит, что вы шли по ложному следу?

— Выходит, — опять согласилась Азарова. — Как сыскари, мы облажались.

— Ну зачем так? — Комиссаров опять вскочил со стула и нервно прошелся вокруг дивана. Сделал один круг, затем второй. — Может, картину вы и не нашли, зато разворошили сразу три осиных гнезда. Можете поздравить себя, как бывший работник правоохранительных органов, товарищ Азарова. И вы очень храбро себя вели. Я восхищаюсь подобными действиями.

Комиссаров пожал всем троим руки, затем сделал еще два круга вокруг дивана, у Марины даже начала слегка кружиться голова от его передвижений. Затем полковник снова сел на стул.

— Но картину найти надо! — воскликнул он. — Во что бы то ни стало. Речь идет о безопасности и благополучии нашей Родины.

Все трое резко подняли головы и посмотрели на Комиссарова. Никто ничего не понимал.

— Попробую объяснить, — после некоторого молчания нарушил тишину полковник. — Не выдавая, разумеется, государственных тайн.

Тут мимо прошел эксперт с фотоаппаратом, и Комиссаров замолчал. Фотограф все вокруг тщательно заснял. У него при себе было несколько камер, в том числе и «Полароид».

— Вы не смогли бы сделать для нас срочный снимок вот этой картины? — обратилась к нему Азарова.

Фотограф вопрошающе посмотрел на Комиссарова. Тот кивнул. Эксперт сфотографировал то, что осталось от Мадонны с младенцем, и дал снимок Марине. Та прижала его к груди.

Фотограф ушел.

— Я продолжу, — возобновил прерванный рассказ полковник Комиссаров. — Прошу выслушать меня внимательно и серьезно отнестись ко всему, что я скажу. Вас может удивить, почему это вдруг полковник ФСБ так разговорился. Просто у меня нет другого выбора. По всей видимости, времени у нас нет. Картина, скорее всего, тоже уже за пределами Черноборска.

— Как? — воскликнула с тревогой Марина. — Почему вы так думаете?

— Но может быть, она еще в городе. Мы ее найдем. Все сделаем для этого. Однако может случиться и так, что ее найдете вы. И вот что я скажу, — полковник сделал многозначительную паузу, — вы должны сделать все для того, чтобы первыми картину все-таки нашли мы. Вот вам мой телефон.

— Но почему? — возмутилась Марина, взяв листок с телефонным номером, который протянул ей Комиссаров.

— Начну сначала, — спокойно ответил полковник. — Итак, примерно месяц с лишним назад гражданин Японии некий Акимото Миягава совершенно неожиданно прибыл в Россию и начал наводить контакты в нашем криминальном мире. В результате своих поисков он вышел на Лаврентия Беркутова. К счастью, передвижения японского гражданина попали в поле зрения нашей конторы. Связавшись с Интерполом, мы выяснили, что Миягава, в свою очередь, является крупным уголовным авторитетом у себя в Японии.

Тогда, то есть месяц назад, Миягава отбыл обратно в Японию, Беркутов же отправился на Дальний Восток. Это нас также насторожило. Но наблюдения в Приморье ничего не дали. Беркутов не давал повода для подозрения и, что самое странное, контакты с японцем не возобновлял. Занимался сугубо домашними делами. Однако по возвращении Беркутова в Черноборск сюда тут же прибывает Миягава. Одновременно замечается лихорадочная деятельность среди местных уголовных группировок. Я получаю из Москвы санкцию на задержание обоих — и Миягавы, и Беркутова. Во время ареста Миягава оказался полностью невменяемым по причине тяжелого алкогольного опьянения. Нам пришлось потрудиться, чтобы привести его в чувство. Зато куда легче было заставить его заговорить. Я поставил перед господином Миягавой стакан водки и сказал, что дам ему опохмелиться только после того, как он расскажет, что и с какими целями он делает в России. Признаюсь, сделал я это больше для развлечения, и неожиданно самурай начал говорить. И вот что он рассказал.

Полтора месяца назад в Японии в городе Киото умер дед Акимото Акира Миягава. Незадолго до смерти он вызвал к себе внука и рассказал ему следующую историю. Привожу ее со слов Акиры.

Во время Второй мировой войны, в сорок пятом году, в августе, будучи в чине майора японской армии, Акира Миягава попал в плен. Случилось это в Маньчжурии. Оттуда с остальными военнопленными он был отправлен в Сибирь. Там в лагере для японских военнопленных он заболевает оспой и попадает в лагерный госпиталь, в котором среди младшего медперсонала числился советский заключенный профессор Ленинградского университета Иван Гермогенович Поцелуев.

— Поцелуев? — перебив полковника Комиссарова, воскликнула Азарова. — Вы сказали Поцелуев? Но ведь это, получается, родственник мужа нашей тети Кати?

— Если быть точным, то это его родной брат, — подтвердил полковник. — Вы меня внимательно слушаете, Марина Евгеньевна. Похвально.

— Спасибо. Продолжайте.

— Спасибо, продолжаю. Итак, Акира Миягава был в мирной жизни физиком. Он и советский физик Иван Гермогенович Поцелуев на этой почве сильно сдружились. И не просто подружились, а даже вместе совершили побег из лагеря и вдвоем отправились по тайге в сторону китайской границы. Перед ними была непроходимая чаща, болота, и, конечно же, оба беглеца заблудились. По пути Иван Гермогенович сломал ногу. Миягава нес его на плечах девяносто километров. Представляете, какой это был человек? Но у профессора началась гангрена, он не выдержал тяжести перехода и умер.

Комиссаров сделал паузу, достал из кармана пиджака пачку сигарет «Донские» и закурил.

— Перед смертью он открыл Миягаве свою тайну. До войны, году этак в тридцать седьмом, профессор Поцелуев возглавлял группу, которая работала над разработкой топливных систем реактивных самолетов. Вы удивлены? Да, да! Уже тогда в нашей стране производились подобные работы. Профессор Поцелуев и его группа добились потрясающих результатов, они составили формулу совершенно нового вида топлива, производимого на основе водорода. То есть, проще говоря, в бензин превращалась вода. Это было великое открытие, и о нем было доложено лично товарищу Сталину. И конечно же, у профессора нашлись недруги, как это всегда бывает в научных кругах. Поползли слухи, что Поцелуев занимается профанацией науки, что его водяное топливо — чистейшей воды авантюра и фикция. Делом заинтересовался лично товарищ Берия. Вышел приказ группу расформировать, а ее участников арестовать. Все разработки уничтожить. Да, время, конечно, было дикое. Нашему разуму подобные поступки просто непонятны. Но тогда бывало всякое. Поговаривали, что ведущую роль в закрытии группы сыграл тогдашний министр нефтяной промышленности, который боялся утратить свое влияние. Хотя какое у него было влияние?

Профессора арестовали. Но за несколько часов до ареста его кто-то предупредил, и Поцелуев забрал из лаборатории все бумаги и принес их домой. В ожидании сотрудников НКВД он аккуратно невидимым карандашом переписал всю цепь вычисления формулы водяного топлива на обратной стороне картины Дейнеки, который был его хорошим другом. Работа, над которой он проработал с двадцать лет, уместилась на квадратном метре холста. После этого он все бумаги уничтожил, и во время обыска чекисты ничего не нашли. Профессору дали двадцать пять лет лагерей и отправили в Сибирь.

О том же, что на обратной стороне картины он написал весь процесс получения из воды топлива, в два раза более энергетически ценного, чем бензин, профессор Поцелуев не сказал ни одной живой душе. Он до конца надеялся, что вернется к работе и прославит свое имя. Однако смерть пришла к нему раньше, чем освобождение. Потрясенный подвигом Акиры Миягавы, Поцелуев открыл ему тайну. А ведь тогда, в сорок седьмом году, до всемирного энергетического кризиса было далеко. Но Поцелуев сказал Акире: «Твоя страна бедная в плане полезных ископаемых. Я дарю вашему народу эту тайну. И если понадобится, ты добудешь картину и узнаешь ее».

Может возникнуть вопрос, почему же Миягава сам не попытался найти картину Дейнеки? Ответ невероятно прост. Миягава был слишком хороший физик, и рассказ русского профессора про водяное топливо принял за бред умирающего. И только в старости, перед самой смертью, он отчетливо вспомнил про то, что услышал в глухой сибирской тайге от умирающего товарища по несчастью. Вот тогда-то он позвал своего внука Акимото, с которым не общался двадцать лет, потому что отрекся от него за то, что тот связался с преступным миром и опозорил весь клан Миягавы. Он рассказал ему про профессора Поцелуева и напоследок добавил: «Акимото, ты всегда, с самого детства, приносил своим близким только горе и страдания. Ты негодяй, бандит и вор. Но у тебя есть возможность искупить свои грехи. Поезжай в Россию, добудь картину профессора Поцелуева, которую нарисовал знаменитый советский художник Александр Дейнека, и привези ее в Японию. Если в ней действительно сокрыта бесценная формула, отдай ее нашим ученым. Отдай ее своей стране, и она благословит тебя. Япония станет самой великой державой в мире, и мой дух будет спокоен и счастлив».

Акимото сразу поверил деду и стал активно искать картину Поцелуева. Поиски привели его в Черноборск и свели с Лаврентием. Однако я сомневаюсь, что он собирался облагодетельствовать свою страну. У него на уме только деньги. К счастью, картина ему не досталась. К несчастью, она пока не досталась и нам. Теперь вы понимаете, почему так важно найти ее?

Три сыщика были потрясены, услыхав историю картины, которую они разыскивали.

Полковник Комиссаров закурил уже пятую сигарету.

— Вы представляете, что будет с Россией, если картину с формулой вывезут за рубеж? В какую-нибудь европейскую страну или, хуже того, в Соединенные Штаты? — воскликнул он, и голос его дрогнул. — Мир обретет водяное топливо, и все страны, которые живут на доходы от добычи и переработки нефти, в одночасье станут нищими. А Россия, которая только-только начинает вставать на ноги, пострадает больше всех и опять откатится в своем развитии на триста лет, как во время татаро-монгольского нашествия. Вся судьба нашей Родины сейчас находится на обратной стороне этой картины. Вы это понимаете?

— Понимаем! — выдохнули Марина, Вера и Ник.

— А раз понимаете, то и я буду ждать от вас всяческого содействия!

Марина еще раз пристально вгляделась в полароидный снимок (саму картину с Мадонной уже отправили на экспертизу), так и сяк повертела его в руках.

— Где-то я эту живопись все-таки видела, — задумчиво пробормотала она. — Вот только никак не могу вспомнить, где именно.

— Придется вспомнить, — строго произнес Комиссаров.

После этих слов начались утомительные опросы, описания, заполнения протоколов. Потом всех троих отвезли в отдел областного управления ФСБ и тоже долго и мучительно допрашивали, по одному и всех вместе. Сюда же привезли и всех святых братьев, людей Лаврентия, тех, кого удалось поймать, бандитов Багажника. И всех допрашивали, пытаясь отыскать картину с одуванчиками.

Только в семь часов вечера наши друзья вышли на свободу и тут же чуть не бегом отправились к тете Кате.

— Мы должны искать другую нить! — заявила Марина. — С самого начала мы пошли по ложному пути. Не Скворцов украл картину, а кто-то другой. И кто это, мы должны выяснить первыми. Это дело чести. Поговорим с тетей Катей, глядишь, она что-нибудь и вспомнит.

— Может, завтра? — угрюмо спросила Вера. Она хотела помчаться в больницу к Петру.

— Завтра тетей Катей уже займутся фээсбэшники, и ей будет не до нас. Да и нас к ней уже не подпустят. А к Ручкину ты все равно не попадешь. Даже не надейся. Он сейчас, скорее всего, в реанимации.

РАЗВЯЗКА

— Тетя Катя, — в который уже раз жалобным голосом спрашивала Марина, подсовывая клиентке полароидную фотографию с Мадонной, — ну посмотрите внимательнее, может быть, это все-таки та картина?

— Да что ты, Мариночка? — отвечала тетя Катя, выпучив глаза. — Да что же я, с ума сошла, что ли? Глаза-то у меня есть. Не та эта картина. Не та! И убери ты от меня эту гадость! Тьфу! Прости меня, господи.

У тройки сыщиков был понурый вид, они виновато посматривали в сторону клиентки, которая готова была залиться слезами.

Дело было полностью провалено. Никто понятия не имел, где теперь искать подлинную картину Дейнеки.

— Ой, ребята, ой горемычные, — причитала сидевшая на диване тетя Катя. — Не нашли вы мне картину! Не нашли! Все надежды мои теперь рухнули. Как жить после этого? Ой, да за что мне такое наказание? Да чтоб им провалиться, этим ворам поганым! Значит, точно, Скворцов не мою картину украл?

— Увы, не вашу. — Марина сама готова была расплакаться. — И больше нет ни одной нити, за которую можно было бы зацепиться. Может, вы что-нибудь вспомните?

Вера и Ник тоже сидели за столом подавленные и без всякого удовольствия, только чтобы не встречаться с тетей Катей взглядами, прихлебывали из чашек чай.

Тетя Катя недовольно посмотрела на Азарову.

— Какие еще тебе нити нужны? — возмущенно воскликнула она. — Ты давай мне картину ищи. А то и следователь этот, Спиваков, чтобы ему пусто было, не нашел, да еще и в отпуск отправился. А теперь и ты от меня слинять хочешь? Не выйдет. Я тебе доллары выплатила? Выплатила! А раз так, то, значит, продолжай искать!

От возмущения тетя Катя даже хлопнула кулаком по столу, да так сильно, что чашки задребезжали, а ложки в них зазвенели.

Марина послушно кивала головой, опуская ее все ниже и ниже, как провинившаяся школьница. Она была полностью согласна со всем, что ей говорила тетя Катя. Вот только, где искать картину, понятия не имела.

— Это ведь память о муже! Ищи, Маринка, ищи!

Вдруг качающаяся голова Азаровой замерла на

полупоклоне. Она подняла лицо, и глаза ее прищурились.

— Как вы сказали вашего следователя зовут? — спросила она. — Ну того, который картину не нашел и в отпуск уехал?

— Следователя-то? Виктор Иванович он. — Виктор Иванович? А фамилия его, как вы сказали? — Марина неожиданно разволновалась, она так напряглась, что ее состояние мгновенно передалось тете Кате.

— Фамилия? — шепотом переспросила она. — Фамилия? Сейчас вспомню. Как же его, ирода, величают? Вспомнила! Спиваков его фамилия. Ой, что это с тобой, Мариночка? Ты чего это так побледнела?

Азарова вскочила с дивана и схватилась за голову.

— Тетя Катя! — со стоном закричала она. — Что же вы сразу-то не сказали, кто у вас следователь? Почему его фамилию не назвали? Где мой телефон?

Она вскочила со стула, подбежала к телефону, подняла трубку и судорожно стала крутить диск.

— Только бы он был на месте, — бормотала она, — только бы он был на месте! Товарищ Комиссаров? Это вы? Ой как здорово! А это Азарова звонит. Узнали? Очень хорошо. У меня для вас информация. Что? Да с этим делом! Слушайте! Картину похитил следователь ОВД Ленинского района Спиваков Виктор Иванович. Уверена! На все сто!

Затем она торжествующе посмотрела на ошеломленных друзей и открывшую рот тетю Катю, широко улыбнулась, три раза хлопнула в ладоши и, словно кастаньетами, защелкала пальцами.

— Вот так вот!

— Марина, что с тобой? — удивленно спросила Вера. — Ты это чего?

— А то! Помните, я вам еще у Свята сказала, что эту картину видела? Помните?

— Ну помним.

— Только я вспомнить не могла, где ее видела. Помните?

— Помним.

— Так я теперь вспомнила! Как фамилию Спивакова услышала, так сразу и вспомнила. Эта картина у него дома висела. Мы у него как-то, когда я еще в милиции работала, что-то отмечали, кажется, День милиции. Тогда я ее и видела. Он еще хвастался, что у него тесть настоящий художник. И ведь совершенно случайно я тогда туда попала! Меня Светка Журавлева позвала. Чуть ли не силой привела. Блин! Кто же мог подумать? Я ведь про милицию и думать не думала, пока вы, тетя Катя, не сказали, что ваш следователь Спиваков картину не нашел да еще в отпуск уехал.

Марина потихоньку успокоилась и снова села на диван и стала объяснять более внятно:

— По-видимому, он сразу решил проверить Скворцова на наличие картины. Но только не процессуальным, а, так сказать, частным образом. Дождался, когда квартира похитителя оказалась пуста, забрался в нее и нашел подлинник. Неизвестно только, сразу ли он подменил полотна или позже. Скорее всего, позже, иначе бы Скворцов успел обнаружить подмену, да и в отпуск он ушел бы гораздо раньше. А так он на следствии время тянул, картину не искал, а справки наводил, сколько Дейнека стоит и за сколько его можно продать. Да и отпуска, видимо, ждал.

— А зачем ему в отпуск? — удивилась Вера.

— Как зачем? Картину продавать. Это ведь дело нешуточное. Сразу ее не сбудешь. Сто тысяч баксов. А то и больше!

— Ну и где мы теперь будем искать этого самого Спивакова? — пожала плечами Вера.

— А мы его искать не станем, — сказала Марина и, как ни в чем не бывало, начала пить чай. — Теперь его полковник Комиссаров со товарищи найдет. Уж этот найдет!

Фирменный скорый поезд номер триста двадцать четыре Черноборск — Москва мерно постукивал колесами, одиннадцатый купейный вагон слегка покачивался из стороны в сторону, по коридору туда-сюда сновали готовящиеся ко сну пассажиры. Спиваков ложиться пока не собирался. Он пил остывший чай и смотрел в грязное зажиренное окно купе, только ничего там не видел, потому что за стеклом уже была ночная чернота. На душе у него почему-то было неспокойно, и он пытался отвлечь себя от тревожных мыслей мечтами о том, как он потратит вырученные от продажи картины деньги. Покупателя в Москве он уже нашел, и о сумме они тоже договорились. Сумма была приличной. Даже очень приличной. Денег должно хватить и на квартиру, и на оплату обучения сыновей-близнецов, которые в будущем году окончат школу. И еще останется на безбедное существование в течение не одного года.

В четырехместном купе он ехал один, и ему было скучно. Не с кем было перекинуться даже словечком, а Спиваков любил в дороге компанию. Впрочем, сейчас одиночество ему было на руку.

Поезд почему-то неожиданно сбавил ход, а затем и вовсе остановился. Спиваков посмотрел на часы. Было без пяти минут одиннадцать ночи.

«Странно, — подумал он, — вроде бы в это время нет остановок».

Мысль ушла так же внезапно, как и появилась. Какое ему, собственно говоря, дело, почему остановился состав? Может быть, впереди узел и он уступает кому-то дорогу?

Поезд продолжал стоять. Спиваков посмотрел внимательнее в окно. Может быть, все же станция, про которую он забыл?

Нет, за окном по-прежнему густела темнота. Ни фонарей, ни строений.

В коридоре послышались твердые шаги. Спиваков почему-то вздрогнул, когда их услышал. Дверь отъехала в сторону, и в купе вошел мужчина в сером костюме и с острым подбородком. Ни чемодана, ни сумки при нем не было. Спиваков вопросительно глянул на вошедшего. Тот на него. Смотрел внимательно и молчал. Наконец так же молча он сел на противоположной полке, продолжая пялиться на Спивакова. И глаза у него поблескивали, словно стальные.

— Куда едем? — деланно-веселым голосом спросил Спиваков.

— В Черноборск, — незнакомец наконец-то подал голос.

Спиваков растерялся.

— Как же так? Ведь поезд идет в Москву, — пробормотал он.

— Поезд идет в Москву, — согласился незнакомец. — А я в Черноборск. И вы тоже, гражданин Спиваков.

Спиваков попытался было встать, но тяжелая рука незнакомца опустилась ему на плечо и заставила сесть на место.

— Разрешите представиться. Полковник Федеральной службы безопасности Комиссаров. Вы арестованы, гражданин Спиваков Виктор Иванович. Кстати, разрешите поинтересоваться. Картинка, надеюсь, при вас?

Спиваков кивнул. Картина была при нем.

ЭПИЛОГ №1

На следующее утро Марина Азарова, Вера Грач и Николай Караваев были вызваны в Черноборский отдел областного управления Федеральной службы безопасности. Всем троим было велено явиться в четырнадцать часов. Они встретились в офисе Азаровой в двенадцать часов дня. Все трое выспались и выглядели свежими и отдохнувшими. Вот только настроение у них было не самое радостное. Их мучила тревога и неизвестность.

— Зачем нас вызывают? — Марина размышляла вслух. — Неужели я ошиблась?

Нет, она не ошиблась. В два часа дня все стало ясно. Полковник Комиссаров лично встретил их у входа в здание, в котором располагался отдел. Лицо у него было радостное, и друзья поняли, что их ждут хорошие вести.

Комиссаров провел их в кабинет самого начальника отдела. Кабинет был выдержан в строгом стиле, над большим, сверкающим полировкой столом смотрел со стены в окно президент России. Казалось, что он видит и знает все, что делается и там, за окном, и здесь, в здании, и в душе каждого присутствующего.

На столе лежала картина тети Кати. Та самая, с одуванчиками, что была на фотографии. Кисти художника Дейнеки. Азарова бросилась к ней.

— Это она! Она! — воскликнула она в крайней степени волнения. — Вы нашли ее?

Комиссаров улыбнулся:

— Нет, это вы нашли ее, уважаемая Марина Евгеньевна. О чем я вам ответственно и заявляю.

— Я? — Марина счастливо улыбнулась. — Я?

— Конечно, вы. Вы и ваши друзья. Позвольте вам выразить свое восхищение и от лица президента Российской Федерации объявить благодарность.

— Президента? — ахнули все трое.

— Да. — Комиссаров выразительно посмотрел на портрет. — Он уже в курсе. Так что жму ваши доблестные руки.

И Комиссаров торжественно пожал всем троим руки.

— Мы ее, конечно, тоже нашли бы непременно, — как бы оправдываясь, сказал он. — Но не так быстро, разумеется. Нам бы понадобилось время, чтобы раскрутить всю цепочку событий и выйти на след Спивакова. Прошло бы время, и он успел бы ее сбыть, так что следы картины, скорее всего, затерялись бы. Ищи ее потом по просторам матушки-России. А там бы кто-нибудь обязательно заинтересовался, что за формулы написаны химическим карандашом на ее обратной стороне. И кто знает, к чему бы это привело.

— Можно на нее глянуть? — сдавленным от волнения голосом спросила Марина, и взялась за краешек холста.

— Конечно, — щедрым жестом согласился полковник. — Это ваше право. Заслуженное право.

Марина, Вера и Ник стали рассматривать картину и любоваться ею. Еще бы! Столько ради нее пришлось испытать.

Одуванчики были великолепны, горшок и стол тоже, но самое главное, в нижнем правом углу красовалась подпись творца, значит, они действительно нашли то, что искали.

Марина сделала рассеянный вид, и будто бы случайно перевернула холст. Обратная его сторона была чистой. Азарова растерянно глянула на Комиссарова. Стальные глаза полковника смотрели на нее с доброй отцовской насмешкой.

— Но тут, — пробормотала Марина, — тут ничего нет.

— Конечно, нет, — белозубо и широко улыбнулся Комиссаров. — Профессор, Поцелуев, видимо действительно был в бреду, когда рассказал Акире Миягаве про водяное топливо.

Лица Марины, Веры и Ника окаменели.

— Шутка! — быстро ответил полковник. Потом усмехнулся: — Неужели вы так наивны, Марина Евгеньевна?

— Понимаю! — покачала головой Марина. — Государственная тайна.

— Она самая, — еще шире улыбнулся полковник. — Наши люди тщательно скопировали содержание, все сфотографировали, а то, что было на полотне, уничтожили. Теперь ни одна экспертиза, даже самая скрупулезная и современная, не в состоянии будет восстановить записи.

— Но зачем? — удивилась Вера. — Зачем вы их уничтожили?

— А как же мы тогда сможем отдать эту картину обратно в частные руки, если она содержит столь ценные, нет, бесценные данные? Это было бы безумие!

— А разве вы собираетесь вернуть картину ее владелице? — искренне удивилась Марина.

Комиссаров даже обиделся:

— За кого вы нас принимаете, Марина Евгеньевна? Мы живем в правовом государстве! Или вы не читали Конституцию?

— Читали! — чуть не хором ответили Марина и Вера.

— А раз так, то вы знаете, что право частной собственности охраняется законом, — поучительным тоном ответил полковник. — Значит, вернуть картину ее законному владельцу наш долг.

— Вы вернете ее? — обрадовалась Азарова.

Комиссаров опять расплылся в улыбке:

— Нет, — сказал он, увидел, как сникла Марина и улыбнулся: — Это вы вернете ее. Ведь это же вы ее нашли. В нашем заведении никто не собирается приписывать себе чужие заслуги. У нас своих хватает.

— Так вы отдаете ее нам? — чуть не подпрыгнув, закричала Марина.

— Да. И прямо сейчас. Вот только оформим все как полагается. Увы, без бюрократии не обойтись.

Через три часа трое сыщиков позвонили в квартиру тети Кати. Та встретила их с распростертыми объятиями. Затем долго и громко плакала, рассматривая свое сокровище. Потом картину торжественно водрузили на ее прежнее место. Так как рамы у картины пока еще не было, ее прикрепили к стене при помощи скотча. Тетя Катя опять заплакала и долго благодарила Марину, Веру и Ника. Делала она это так громко и в таких выражениях, что даже вогнала их в краску. Сыщики были полностью удовлетворены, видя свою клиентку столь счастливой.

— За это надо выпить! — вдруг всплеснула руками тетя Катя. — Такое дело надо обязательно отметить. Вы не против, ребята?

— Мы не против, — ответила Марина. — Только давайте сначала произведем расчет и со спокойной душой за стол.

— Какой такой «расчет»? — удивилась тетя Катя, и радость с ее лица почему-то сразу исчезла.

Марина даже растерялась. Вера и Ник тоже.

— Как какой? — удивленно переспросила Марина. — За выполненное дело.

— Но ведь, Мариночка, я дала тебе пятьсот долларов. Разве нет?

— Да, и теперь осталось еще пятьсот.

— Позвольте! — строго подняла брови вверх Екатерина Дмитриевна. — Вы мне сказали с самого начала, что берете тысячу долларов в неделю. А разве неделя прошла? Помнится, я обратилась к вам в пятницу после обеда. Сегодня у нас понедельник. Вечер. Прошло трое суток. Значит, я вам должна даже не пятьсот, а четыреста двадцать восемь долларов. Получается, это не я вам, а вы мне должны семьдесят два доллара! Ну да ладно, я вам их прощаю! Так что все расчеты закончены. Разве не так, Мариночка? Не так?

Азарова вздохнула:

— Все так, тетя Катя, все так. Письменно контракт мы в пятницу не составили. Я так обрадовалась интересному делу, что про него забыла. Забыла я вам сказать и о том, что за успешные дела я беру в любом случае тысячу. И говорить о том, что ваше дело обошлось нам не в одну тысячу долларов, мы тоже не будем. Что делать? Мы так работали, с перерасходом. Так что, вы правы, у нас с вами расчет полный. Правда, ребята?

Вера и Ник кисло кивнули. Что они могли ко всему услышанному добавить?

— Тогда за стол? — радостно заулыбалась тетя Катя. — Я вас таким ужином накормлю.

— Нет, спасибо, — сухо сказала Вера. — У нас дела.

— Срочные, — добавил Ник.

— До свидания, тетя Катя, — сказала Азарова. — А лучше всего, прощайте.

И сыщики направились к выходу.

— Прощайте, ребятки! — радостно откликнулась тетя Катя. — Жаль, что не хотите поужинать. Но дела есть дела! Если что, у меня ваш адрес записан.

ЭПИЛОГ №2

Настроение компаньонов было не самым лучшим, когда они с пустыми карманами и разбитыми сердцами возвращались от тети Кати в свой офис. И хотя само дело с картиной было закончено блестяще, в финансовом плане они, откровенно говоря, погорели. И погорели круто. Расходы были намного больше, нежели доходы. Фирма оказалась на грани банкротства. Особенно угнетала потеря машины. Куча аппаратуры и снаряжения осталась на пыльном чердаке особняка Лаврентия Беркутова.

— Сколько же нам теперь пахать, чтобы новую тачку купить? — воскликнула Марина, когда ко всему прочему выяснилось, что придется идти пешком. Денег не было даже на такси. Да что такси! Мелочи, чтобы воспользоваться троллейбусом, и той не было. Вот почему в офис они попали почти под вечер, тогда же было принято решение устроить по этому поводу грандиозную выпивку. Горе надо заливать алкоголем.

— Что, будем прямо здесь, в офисе? — вяло спросила Марина.

Вера обвела все вокруг критическим взглядом, потом посмотрела на часы и сказала:

— Можно и здесь, да только через полчаса институт закроется, и нас попросят удалиться.

— И опять тащись пешкодралом. Этак можно и в вытрезвитель попасть. Что ж, тогда придется у кого-то на хате. Какие предложения?

— Только не у меня, — тут же ответила Вера и извиняюще улыбнулась. — Папа не любит этих дел. Он у меня человек старой закалки.

— Понятно, — вздохнула Марина. — У Ника тоже нельзя. Они вчетвером живут в двухкомнатной квартире. Придется опять у меня. Помнится, кто-то нам обещал испечь «Наполеон».

— Для «Наполеона» нужно хорошее, радостное настроение, — в свою очередь вздохнула Вера. — «Наполеон» не пекут, когда так погано на душе.

Марина была разочарована:

— Ну вот, теперь и тортика нам поесть не придется.

— Почему не придется? Купим по дороге.

Втроем они покинули офис и пешком отправились на троллейбусную остановку. Несмотря на восемь часов вечера, общественный транспорт был переполнен. Они ехали в давке и непереносимой духоте. Наконец их выпихнули из троллейбуса, и со вздохами облегчения сыщики отправились к дому Марины, который, к счастью, стоял неподалеку от остановки. По пути зашли в магазин, где их ждало очередное разочарование. Тортов не было, так же как и пирожных. Все разобрали еще полчаса назад.

— Полный облом! — Марина от злости начала кусать губы. Вера и Ник промолчали. — А была бы сейчас машина, сгоняли бы в супермаркет, набрали бы всего.

Еще более понурая троица отправилась к четвертому подъезду. Проходя мимо своего третьего подъезда, Ник с грустью и тоской глянул на белоснежный «Мерседес», который гордо отливал боками и приковывал к себе все взгляды. Из машины внезапно вышли два кавказца. Увидев их, Ник поморщился и прибавил шаг.

— Эй, джигит! — вдруг крикнул один из тех, что вышли из «мерса». — Падажди!

Ник оглянулся и сжал кулаки. Вера и Марина тоже. Все трое остановились. Два кавказца хлопнули дверцами и направились к ним.

— Зачем спешишь, брат! — сказал все тот же хачик. — Пачему пагаворыть не хочешь?

— Ник, — спросила Марина, — что им от тебя надо?

Ник промолчал. Зато кавказец широко улыбнулся, показав крупные белые зубы, причмокнул толстыми масляными губами и спросил:

— Николай Караваев, это ты?

— Ну я, — тихо ответил Ник.

— Солист «Любе» твой брат, да?

— Нет. Он сам по себе, я сам по себе.

— А я Абиддулах!

— Оч-чень приятно, — пробормотал Ник.

— Мине тоже. Казбека помнишь?

Ник кивнул.

— Он тэбе тоже помнит.

— И что? — Ник опять сжал кулаки.

— Он тебе падарок прислал. Вот. — Посланник Казбека широким жестом показал на белый «Мерседес».

У троих сыщиков вытянулись лица и пропал дар речи.

— «Шестисотый»! — радостно объявил Абиддулах. — Нравится? Забирай! Документы все готовы.

Завтра только у нотариуса заверим, и катайся на здоровье.

— Я не могу принять такой подарок, — сказал Ник, когда с него сошло оцепенение. — Честное слово, не могу!

— Зачем так говоришь? — воскликнул Абиддулах. — Ты смелый джигит. Казбек тэбе от души дарит. Отказываться нельзя. Смертный обида. У нас на Кавказе положено. Я у тэбе осел взял, осел сдох. Я тэбе бика отдам. Понимаешь? Мы твой «дэвятка» портил, «шестисотый» «мерс» отдаем.

— Все равно не могу, — упрямо ответил Ник.

— Конечно, — поддержала его Вера. — А вдруг он у вас краденый?

Абиддулах был искренне потрясен таким заявлением.

— Зачем так говоришь? Какой краденый? За деньги купленный! Все бумага есть. С печать и подпись. Понимаешь!

— Стоп! — скомандовала Марина.

Все замолчали. Марина обвела всех взглядом.

— Ник берет машину и искренне благодарит товарища Казбека за подарок, — сказала она.

Ник и Вера смотрели на Марину с недоумением.

— А что вы так на меня смотрите? — удивилась она. — Человек нам дарит от всего сердца. Машина нам нужна. Мы в данный момент не на государственной службе, значит, взяткой это назвать тоже нельзя.

— Какой взятка? — воскликнул Абиддулах. — Зачем взятка? Подарок!

— Правильно, подарок! А от подарков отказываются только дураки.

— Канэчно! Какой умный дэвушка! Как правильно говорит! — поддакивал Абиддулах и при этом кивал головой, как лошадка.

— Мы уже остались один раз в дураках, — продолжала Марина. — Что, так ими и будем?

Вера и Ник промолчали. Кажется, в словах Марины был смысл. К тому же им очень была нужна машина.

— Ладно, — сказал Ник. — Я согласен.

— Маладэц! — Абиддулах радостно хлопнул его по плечу и вложил в руку ключи от машины и документы. — Настоящий джигит. Вот тэбе ключ и доверенность. Ты теперь нам брат. Твой друг наш друг. Твой враг, наш враг. Мы вэдь знаем, что вы Лаврентия и Свята убирал, и Багажник тоже. Тэперь Казбек вор в законе. Он главный в этом городэ. И он ваш брат!

— А вот это уже лишнее, — тут же сказала Марина. — Завтра оформим дарение, и все, на этом наше знакомство прекращается. Никаких братских и дружеских отношений. Ясно?

— Ты тут главный? — спросил Марину Абиддулах.

— Да, я главная! — твердо и гордо ответила Азарова.

— Как скажешь, так и будет, — сразу же согласился Абиддулах.

Марина уверенно подошла к «Мерседесу» и открыла дверцу.

— Чего вы стоите? — повернулась она к друзьям. — Запрыгивайте!

Ник и Вера последовали за ней. Николай сел за руль и хотел было повернуть ключ зажигания, как вдруг Вера воскликнула:

— Стойте!

— Что такое? — повернулась к ней Азарова. — Ты чего кричишь?

— А вдруг машина заминирована? Ник сейчас

повернет ключ, и мы взлетим на воздух. А тут вокруг люди. Дети.

— Ерунда! — засмеялась Марина. — Машина не заминирована.

— Откуда такая уверенность?

— Кто же станет минировать «шестисотый» «Мерседес»? Такое в голову никому не придет. Если бы нас и впрямь захотели взорвать, то подарили бы «Запорожец» или «копейку». Так что поехали, Ник, поехали.

Ник осторожно повернул ключ. Все-таки слова Веры заронили в нем толику сомнений. Но нет, все обошлось. Мотор мягко и ненавязчиво зашумел. «Мерседес» тронулся с места.

— «Мерс» мы, конечно, продадим, — уверенно сказала Марина. — Не правда ли, Ник?

Ник кивнул головой.

— Сыщикам такая роскошь ни к чему, — продолжала Азарова. — Только светиться. Купим новую «девятку», конечно же, белую, как снег. Не так ли, Ник?

Ник улыбнулся и опять кивнул. Марина мечтательно продолжала:

— А на вырученные деньги мы такого оборудования накупим. Никакие конкуренты нам не страшны будут! Дистанционную подслушку, микрокамеры, всякие прибамбасы.

— Куда едем? — прервала ее мечтания Вера.

— Как куда? — удивилась Азарова. — В супермаркет за продуктами и выпивкой. Должны же мы отметить удачный исход дела. Черт меня побери! Не каждый же день нам «Мерседесы» дарят! Да и попробуем наконец-то твой знаменитый торт «Наполеон». Ведь ты нам его испечешь, Верунчик?

Вера Грач вдруг впервые за последние два дня рассмеялась. Это значило, что настроение у нее самое подходящее для выпекания тортов...

ЭПИЛОГ №3

Через пять дней после описанных выше событий Вера Грач сидела в приемном покое Черноборской больницы «Скорой помощи». У ног ее стояла сумка, полная продуктов.

Вошла сухонькая санитарка со шваброй в руках и скрипучим строгим голосом спросила:

— Кто тут к Ручкину?

Вера вскочила с места:

— Я!

— Иди за мной!

Санитарка долго вела Веру по длинному темному коридору.

— Только утром его из реанимационной палаты доктор выпустил, — рассказывала она по дороге. — Чудом твой дружок на этом свете остался. И сразу налетели его дружки, милиционеры, даже чекисты приходили. Но к нему никого не пустили. Кристалл Васильевич строго-настрого запретил. Ему даже угрожали. Но с ним разве кто спорить будет? Спорщиков много, а Кристалл Васильевич один. Не пустил он. И мне велел никого не пускать. Плох еще очень Ручкин. Шутка ли? Пуля у самого сердца прошла.

Санитарка с усмешкой посмотрела на Веру:

— Что, думаешь, почему я тебя пустила? Меня сам Ручкин попросил. Как глаза открыл и говорить начал, так и просит: «Тетя Маша, ко мне женщина должна прийти, очень красивая. Зовут Вера. Ты уж ее пропусти». Нет, говорю, не пущу. Доктор не велел. А он мне: «Если не пустишь, умру, от тоски умру». Так и сказал. Люблю, говорит, эту женщину, тебя, значит, больше жизни. «Приведешь ее ко мне, я тебя щедро награжу». Как думаешь, наградит или врет все?

— Наградит, — кивнула Вера. Она была вся в нетерпении.

— Ну и слава богу. Вот и пришли. Сюда иди.

Они подошли к двери, у которой с каждой стороны на стульях сидели двое. Один из них был Орех. Увидев Веру, он выпучил глаза и стал усиленно тереть затылок. Другой был незнакомый. Но по его напряженному строгому лицу было явно видно, что он из милиции или фээсбэшник.

Вера вошла в палату, и тетя Маша затворила за ней дверь. Палата была одноместная, удобная, с холодильником, телевизором и отдельным санузлом.

В центре, на широкой кровати с балдахином, лежал Петр Ручкин. Услышав скрип двери, он открыл глаза, и губы его расплылись в счастливой улыбке, потому что он увидел Веру. Она подбежала к нему и припала к груди, но тут же отпрянула назад, потому что Петр не смог удержаться от стона.

— Прости, — сказала Вера.

— Это ты прости, что не стерпел. От тебя даже боль — сладкая нега.

Вера присела у него в изголовье и стала гладить Петра по волосам.

— А я тебе торт принесла. «Наполеон». Сама испекла. Как думаешь, тебе можно?

— Если сама испекла, то для меня это лучшее лекарство, — счастливо улыбнулся Петр.

— Хорошо тут у тебя. — Вера окинула взглядом палату. — Словно ты у себя дома.

— Братки постарались, оформили все в лучшем виде.

— Эх, Багажник, Багажник, — вздохнула Вера. — Ты так и остался тем, кем был. Бандит и гангстер Петя Ручкин.

— А куда мне деваться? — вздохнул Петр. — Мне братки насвистели, что прокурор на меня целую папку компромата собрал. Очень толстую. Как только опасность для жизни минует, меня переведут в тюремный лазарет, а потом суд. Но я не дурак. Раньше смотаюсь. Куда-нибудь за границу. Земля большая. А ты? Ты поедешь со мной?

Вера улыбнулась и поцеловала Ручкина в лоб:

— С тобой хоть на край света, любимый.

Не могла же она сказать человеку, который только что вырвался из лап смерти, а до этого спас ей жизнь, заслонив собой, что-то другое.

— Мы купим дом где-нибудь на берегу моря, — начала фантазировать она. — Каждый вечер будем смотреть на закат. Ты будешь играть на скрипке и рисовать мои портреты в костюме надувной женщины, то есть нагой. Как же мы будем счастливы!

Багажник слушал ее и улыбался. Счастье переполняло его.

— Я хочу тебя поцеловать, — выдохнул он. — Пусть даже это будет последний поцелуй в моей жизни.

Вера приблизила губы к его губам и прошептала:

— Я тоже хочу поцеловать тебя.

Они прильнули друг к другу, и Вера забыла обо всем на свете. Даже обессиленный, прикованный к постели, Багажник целовался так, словно он был не человеком, а богом любви.

Литературно-художественное издание

Васильева Марина Евгеньевна
КОСТЮМ НАДУВНОЙ ЖЕНЩИНЫ

Ответственный редактор О. Рубис
Редактор Т. Семенова
Художественный редактор В. Щербаков
Художник Е. Рудько
Компьютерная обработка оформления И. Дякина
Технический редактор Н. Носова
Компьютерная верстка А. Захарова
Корректор Е. Самолетова

ООО «Издательство «Эксмо».
127299, Москва, ул. Клары Цеткин, д. 18, корп. 5. Тел.: 411-68-86, 956-39-21.
Интернет/Home page — www.eksmo.ru
Электронная почта (E-mail) — info@ eksmo.ru

По вопросам размещения рекламы в книгах издательства «Эксмо»
обращаться в рекламное агентство «Эксмо». Тел. 234-38-00.

Оптовая торговля:
109472, Москва, ул. Академика Скрябина, д. 21, этаж 2.
Тел./факс: (095) 378-84-74, 378-82-61, 745-89-16.
Многоканальный тел. 411-50-74. E-mail: reception@eksmo-sale.ru

Мелкооптовая торговля:
117192, Москва, Мичуринский пр-т, д. 12/1. Тел./факс: (095) 411-50-76.

Книжные магазины издательства «Эксмо»:
Супермаркет «Книжная страна». Страстной бульвар, д. 8а. Тел. 783-47-96.
Москва, ул. Маршала Бирюзова, 17 (рядом с м. «Октябрьское Поле»). Тел. 194-97-86.
Москва, Пролетарский пр-т, 20 (м. «Кантемировская»). Тел. 325-47-29.
Москва, Комсомольский пр-т, 28 (в здании МДМ, м. «Фрунзенская»). Тел. 782-88-26.
Москва, ул. Сходненская, д. 52 (м. «Сходненская»). Тел. 492-97-85.
Москва, ул. Митинская, д. 48 (м. «Тушинская»). Тел. 751-70-54.
Москва, Волгоградский пр-т, 78 (м. «Кузьминки»). Тел. 177-22-11.

Северо-Западная Компания представляет
весь ассортимент книг издательства «Эксмо».
Санкт-Петербург, пр-т Обуховской Обороны, д. 84Е.
Тел. отдела реализации (812) 265-44-80/81/82.

Сеть книжных магазинов «БУКВОЕД». Крупнейшие магазины сети:
Книжный супермаркет на Загородном, д. 35. Тел. (812) 312-67-34
и Магазин на Невском, д. 13. Тел. (812) 310-22-44.

Сеть магазинов «Книжный клуб «СНАРК» представляет самый широкий
ассортимент книг издательства «Эксмо».
Информация о магазинах и книгах в Санкт-Петербурге по тел. 050.

Всегда в ассортименте новинки издательства «Эксмо»:
ТД «Библио-Глобус», ТД «Москва», ТД «Молодая гвардия»,
«Московский дом книги», «Дом книги в Медведково», «Дом книги на Соколе».

Весь ассортимент продукции издательства «Эксмо»
в Нижнем Новгороде и Челябинске:
ООО «Пароль НН», г. Н. Новгород, ул. Деревообделочная, д. 8. Тел. (8312) 77-87-95.
ООО «ИКЦ «ДИС», г. Челябинск, ул. Братская, д. 2а. Тел. (8512) 62-22-18.
ООО «ИнтерСервис ЛТД», г. Челябинск, Свердловский тракт, д. 14. Тел. (3512) 21-35-16.
Книги «Эксмо» в Европе — фирма «Атлант». Тел. + 49 (0) 721-1831212.

Подписано в печать с готовых диапозитивов 25.08.2003.
Формат 84x108 $^1/_{32}$. Гарнитура «Таймс». Печать офсетная. Бум. тип.
Усл. печ. л. 16,8. Уч.-изд. л. 13,3.
Тираж 10 000 экз. Заказ № 4302190.

Отпечатано на ФГУИПП «Нижполиграф».
603006, Нижний Новгород, ул. Варварская, 32.

Галина Куликова –
автор 18 классных романов!

Писательница – страстная поклонница детективов, голливудских мелодрам и КВНов! Она считает, что три кита развлекательного чтения – это загадка, любовь и юмор. Если смешать эти ингредиенты, получится не что иное, как *иронический детектив*

Самые лучшие книги